Por pasiones así

Seix Barral Biblioteca Breve

Pedro Molina Temboury
Por pasiones así

Diseño colección: Josep Bagà Associats

Primera edición: febrero 2002

© 2002, Pedro Molina Temboury

Derechos exclusivos de edición
en castellano reservados para
todo el mundo:
© 2002: Editorial Seix Barral, S. A.
Provenza, 260 - 08008 Barcelona

ISBN: 84-322-1121-4
Depósito legal: M. 509 - 2002
Impreso en España

En Madrid,
para Rosa Regàs

y para Laura Buccellato,
en Buenos Aires.

1

Quién dijo que el calor es cosa del Caribe, de las regiones ecuatoriales del continente. Aquella tarde, bien entrado el verano, Buenos Aires ardía como la más tórrida de las capitales centroamericanas. Centroamérica, Javier Bonfín la conocía muy bien: había pasado allí los años duros de la guerra en Nicaragua y si al principio llegó con la ilusión de encontrar algo diferente que contar, acabó por hartarse de tanto repetir lugares comunes, los clichés de la América mágica a los que los corresponsales recurrían para disimular el hecho de que allí estaba en juego la misma batalla perdida de siempre. En cuanto tuvo la oportunidad de elegir, puso tierra por medio de los trópicos. No es que ahora viviera en el mejor de los mundos pero, junto a la lejanía, la ausencia de exotismo era lo que más le agradecía a un destino como Buenos Aires.

También tenía que agradecerle, desde luego, el regalo de la mujer que, justo en aquel momento, se empeñaba en licuarse con él en su cama. Deportiva y hermosa, encrucijada genética de las más diversas civilizaciones europeas. Pero sobre todo razonable. Una mujer sin prejuicios, lo suficientemente civilizada para valorar en su justa medida, y sin más pretensiones de trascendencia, el preciso intercambio de fluidos que toda relación sexual suponía. Un intercambio de fluidos que de prolongarse demasiado a esa hora de la siesta, en uno de los días más calurosos del verano porteño, amenazaba peligrosamente con convertirse en licuefacción absoluta. A cada asalto, el cuerpo atlético de la chica se iba desintegrando contra el suyo en una sudorosa gelatina y en esas condiciones su deseo resbalaba por la epidermis escurridiza, similar al tacto de un pez —no, ésa no era una metáfora afortunada: el pasado domingo, paseando solo por Palermo, Javier Bonfín había entrado al jardín japonés y casi había sentido ganas de vomitar ante el espectáculo de las carpas en el estanque supuestamente zen, pero tan abandonado por entonces y tan superpoblado que a los peces no les quedaba espacio no ya para nadar, ni siquiera para moverse—. Puestos a evadirse, a intentar escapar del calor, era mucho más refrescante dejarse ir hasta el fondo, no al del río, al lecho cenagoso y opaco del Río de la Plata, tan caliente como el exterior, sino al fondo del mar. Imaginar que se zambullía en las profundidades del océano o mejor todavía, cerrar los ojos y soñar que en lugar de hacer el amor a una mujer en donde andaba explorando esa tarde era en el vientre fresco, húmedo y resbaladizo, de un calamar.

El ronroneo asmático del obsoleto aire acondicionado del hotel acompañaba perfectamente. Sonaba como la respiración de un submarinista, amplificada por las bombonas. Peces bajo el agua. Allí abajo, en sus mojadas ingles, una anguila nerviosa comenzó a dar coletazos eléctricos acechando a su presa a la entrada de la madriguera. Lujuria subacuática. Con más de treinta y cinco grados centígrados de temperatura y una sensación térmica de cuarenta y dos, Javier Bonfín no podía haber encontrado una fantasía erótica mejor. Justo entonces sonó el teléfono. El tacto del auricular era aún más pegajoso que el de la chica. La voz de Cristina Wilde, en cambio, llegaba fresca como una brisa antártica. Ella no parecía tener problemas con el aire acondicionado. Como tantas otras cosas, ni siquiera tenía que pagarlo; para algo su marido era uno de los «capitanes de la industria» argentina y tenía en nómina a buena parte de los directivos de SEGBA, el monopolio eléctrico en la capital federal.

—Cómo te va, gallego, qué hacés.

—Buceaba —casi gimió Javier Bonfín.

—¿Con quién?

Con la respiración entrecortada. Javier le pasó el teléfono a la chica.

—¿Aló? ¿Quién sos?

La respuesta no debió de gustarle porque le devolvió el teléfono enseguida. Al otro lado, Cristina había dejado de bromear.

—Ya podés ir despidiendo a tu sirenita. Siempre sos el último en enterarte: Aldo Rico ha desaparecido de su domicilio.

Hablar por teléfono con una mujer mientras se estaba haciendo el amor con otra era un ejercicio difícil que podía levantar en cualquier momento susceptibilidades en las dos, así que Javier intentó abreviar:

—¿Y qué? Se habrá marchado de vacaciones, andará con alguna mina...

—No seas boludo. Hoy era el día en que debía presentarse al juez militar. Está prófugo, te lo digo yo.

El hotel City se alzaba en pleno centro como un fantasma superviviente del pasado cosmopolita de la ciudad. Sus torres grises y despintadas ascendían verticales, con una pureza de líneas que evocaba, aunque a mucha menor escala, la arquitectura neoyorquina de los rascacielos de los años treinta. Curiosamente, poco recordaba del City a los edificios de la época de Madrid o Barcelona pese a que su propietario era un emigrante español. En su interior, el pasado se mantenía aún más intacto: el ascensor hidráulico manual, las viejas moquetas, las mismas enormes habitaciones con los cuartos de baño originales y el papel pintado y desgastado por el paso del tiempo en la pared. Cuando se construyó debió de serlo, pero hacía mucho tiempo que el hotel City se había caído de la lista de los mejores hoteles de Buenos Aires y ni siquiera figuraba entre los regulares. Lo que para Javier Bonfín distaba mucho de ser un inconveniente: la decadencia del hotel que había elegido como residencia era la mejor garantía de que no iba a tropezarse por sus destartalados corredores con ningún otro periodista o personaje mínimamente noticiable. La razón por la que había elegido pasar el resto de su vida en hoteles se perdía en la noche de los tiempos de los diez años que llevaba dando tumbos por América por cuenta de distintos diarios y medios de comunicación españoles. Había sido una decisión de las que se toman solas: cambiar de hotel era tan fácil como cambiar de periódico o de país. A veces sus acompañantes, sobre todo los femeninos, no podían ocultar una primera decepción al cruzar el vestíbulo del City, pero luego terminaba cautivándoles la enorme aunque desangelada suite, un lujo que el dueño le concedía sin gastos añadidos, debido a su condición de residente fijo, pero sobre todo por tratarse de un compatriota, con azotea particular incluida: tan sólo había que dar un pequeño salto por la ventana para encontrarse sobre uno de los tejados del hotel, al que únicamente su habitación tenía acceso, y contemplar desde allí una espléndida vista urbana: el corazón financiero de la ciudad, las torres de los bancos y las casas de cambio cerrando el horizonte hacia el río, unidas entre sí por una tupida tela de araña cuyos hilos en realidad no eran sino líneas telefónicas piratas que intentaban paliar las deficiencias de servicio de la descapitalizada ENTEL, tan en bancarrota como el resto de las empresas públicas. De pie sobre el tejado, a medio vestir, Javier Bonfín escrutó el laberinto de cables tratando de imaginar cuántas de las conversaciones que sostenían en ese momento los grandes capos de las corporaciones financieras tendrían como tema monográfico la desaparición del teniente coronel Aldo Rico. Jefe de comandos en la guerra perdida de Las Malvinas, pero sobre todo líder del abultado grupo de oficiales y suboficiales golpistas conocidos como «carapintadas» por su afición al camuflaje de combate, el hecho de tenerle fuera de control era una noticia especialmente intranquilizadora. ¿Qué estaría tramando Rico? ¿Un nuevo intento de desestabilización, un nuevo chantaje a la frágil democracia argentina? Aunque dada la situación del país y la escasa afección democrática de empresarios e inversores, Javier Bonfín estaba seguro de que la pregunta que en esos momentos debía de circular como la pólvora por los mercados era otra: de producirse, ¿qué efecto tendría sobre la cotización del dólar un hipotético nuevo Golpe? Subiría, seguro. El año había empezado con unas previsiones de inflación cercanas al ciento ochenta por ciento y una moneda nacional que había perdido más de tres veces su valor a lo largo de 1987. El resto de los indicadores económicos eran igualmente catastróficos. Si miraba hacia abajo, y esa era otra de las virtudes del hotel City, su inigualable posición estratégica, se podía contemplar parte de la plaza de Mayo, la cuadrícula fundacional de la ciudad. Allí estaba el Cabildo, único y modestísimo resto de arquitectura colonial en Buenos Aires, la catedral metropolitana, fea y neoclásica y cerrando el extremo más alejado, invisible desde su observatorio, la Casa Rosada, el palacio presidencial. Hacía sólo seis meses, durante la pasada Semana Santa, doscientos mil argentinos habían esperado allí a pie firme el regreso del presidente Alfonsín que, como último recurso, había tenido que desplazarse personalmente a la escuela de infantería de Campo de Mayo para pedirle al rebelde Rico, al frente entonces de su primera intentona golpista, que acatase el orden constitucional. En la tensa espera, junto a los tradicionales bombos peronistas, un estribillo había rugido en las gargantas de la multitud: «no se atreven / si se atreven / les quemamos los cuarteles».

Esa tarde de enero no se escuchaban voces ni bombos en la plaza desierta y todo lo que ardía era el empedrado bajo el calor, aparte de los pies descalzos de Javier Bonfín sobre la manta asfáltica que parcheaba el suelo de su mirador particular. Allá a lo lejos, sobre el río, el cielo comenzaba a encapotarse, anunciando para la noche una de esas espectaculares tormentas eléctricas que suelen suceder a los días calurosos en los veranos de Buenos Aires. Pero Javier Bonfín no se había asomado a la azotea para mirar el cielo. Tenía que darse prisa. En una profesión como la suya, llegar a tiempo a la información era más importante que la información misma.

—¿Viste? ¡Mirá cómo me sobran los *jeans*! —le saludó al entrar su compañera de siesta que, ajena por completo a sus preocupaciones profesionales, estaba terminando de vestirse. Ya se había puesto la camiseta y la piel bronceada de sus muslos desaparecía en ese momento en el interior de unos ajustados vaqueros.

—¡Bárbaro! ¡Me habré quitado casi un kilo sudando con vos!

Había tanta satisfacción en sus palabras, una alegría tan elemental y física, que Javier Bonfín no pudo evitar conmoverse. Ése era el tipo de mujeres que le gustaban. Las que sabían lo que querían y no necesitaban fabricarse coartadas románticas para conseguirlo. Como aquélla, como Cristina Wilde. Aunque en el caso de Cristina Wilde, al margen de sus cualidades eróticas, más le valía no olvidar que era también una mujer bien informada, y no sólo por razón de su matrimonio. Un par de llamadas de teléfono acabaron de confirmarle que la intranquilidad iba creciendo en los cuarteles, especialmente en las guarniciones más estratégicas que rodeaban a la capital. No es que fuera todavía demasiado, pero en Semana Santa todo había empezado por mucho menos.

* * *

Dos días después, en Madrid, convocado de urgencia al despacho del director de su periódico, Andrés Sebastián recibió con sorpresa, pero sobre todo sin ningún entusiasmo, la propuesta de hacerse cargo de la corresponsalía de Buenos Aires. De hecho, se apresuró a objetar lo que el director sabía perfectamente, que él no era un especialista en temas internacionales. Además, Latinoamérica nunca había entrado en su campo de intereses, ni siquiera había viajado allí. Lo suyo era el periodismo de opinión y no se veía para nada corriendo detrás de la noticia como un becario recién graduado.

—Tu perfil es precisamente lo que andamos buscando, alguien con un punto de vista personal —le explicó el director.

—Para enviar noticias enlatadas ya están los teletipos de agencia —dijo el jefe de Internacional que también participaba de la reunión.

No, por favor, que no le engañasen. Puestos a presentarle como un premio el ofrecimiento de una corresponsalía, allí estaban París, Bonn, Londres, Roma... Incluso del otro lado, Washington o Nueva York... Eso es lo que tenía ganas de decirles: Por favor, podían ahorrarse el esfuerzo de venderle Buenos Aires como un destino de primera clase. Sabía perfectamente que en realidad se trataba de un destierro, un exilio remoto alejado de cualquiera de los verdaderos centros de decisión internacionales. A Andrés Sebastián le había costado mucho ir labrándose un prestigio como periodista. Toda su carrera profesional la había hecho en aquel periódico. Así que las únicas preguntas que ahora rondaban su cabeza eran: ¿Qué había hecho mal? ¿Por qué querían joderle? Pero antes de que pudiera plantearlas se le adelantó el jefe de Internacional.

—Te divertirás —dijo—. En Argentina están pasando cosas.

—El tipo de cosas que hacen interesante a un país —en confirmación de sus palabras, el director llevó las manos a un montón de periódicos que tenía sobre la mesa y los desplegó ante los ojos aprensivos de Andrés Sebastián. La mayoría eran nacionales, pero también en los extranjeros la última crisis militar argentina ocupaba las primeras páginas. Una simple ojeada a los titulares, desanimó todavía más a Andrés: jamás, ni en las más desbordantes fantasías de su infancia, se había imaginado a sí mismo cubriendo conflictos militares o episodios de hazañas bélicas.

Pero ni sus fantasías ni sus deseos parecían figurar en el orden del día de aquella reunión porque ya el director se había puesto de pie, dando por descontada su conformidad.

—Nuestra empresa editora va a firmar un acuerdo de colaboración con un grupo de grandes periódicos europeos —dijo—. Están los mejores: *The Independent, Corriere della Sera, Le Monde*... la idea es optimizar recursos, ir sentando las bases para una prensa del mañana que llegue a ser verdaderamente europea... Cada medio aporta su *know how* informativo y comprenderás que nosotros, recién llegados a la Comunidad, el producto que mejor podemos vender es información latinoamericana.

—¡Ya lo verás: tus crónicas van a leerse en París, en Londres, en Roma! —En el pasillo, a solas los dos, el jefe de Internacional persistía en el empeño de dorarle la píldora indeseada. Como último recurso, Andrés Sebastián se había reservado el derecho a invocar su situación familiar. Era un hombre casado y, aunque no tenían hijos, su mujer sí tenía profesión: era médica internista en un hospital y en ningún caso iba a plantearse siquiera la renuncia a su empleo para acompañarle a él a Buenos Aires. Aquel argumento era definitivo: en el periódico podían pedirle cualquier sacrificio laboral, pero nadie, ni el corazón más duro y obsesionado por el trabajo —especímenes que, por otra parte, proliferaban como hongos en las redacciones periodísticas—, podía atreverse a exigirle que, en nombre de los supremos intereses de la empresa editora, sacrificara también su matrimonio.

—Tómatelo como un experimento. Es cuestión de probar. Unos meses, un año... —le dijo su nuevo jefe de sección, palmeándole amistosamente la espalda—. Recuerda: los temas latinoamericanos van a más. Sólo faltan cuatro años para el 92.

Basta. No tenía sentido prolongar por más tiempo aquella situación. Sólo tenía que abrir la boca para decir no, pero Andrés Sebastián no llegó a hacerlo. La verdad es que empezaban a hacerle mella los argumentos que escuchaba.

—Si todo sale bien, podríamos publicarte un libro; una recopilación de tus crónicas argentinas.

Un libro. Para cualquier periodista de su edad, publicar en la prestigiosa editorial del periódico significaba entrar con todos los honores en el más exclusivo club: el de los maestros del oficio, aquellos a quienes se les concedía el privilegio de ver salvados sus escritos del destino efímero para el que habían sido concebidos. ¿Por qué no? Bien mirado, no sólo lo del libro, toda aquella oferta no era sino una prueba de la confianza que el periódico ponía en él. Existían destinos de más peso, de acuerdo, pero también tenía que reconocer que entre las capitales latinoamericanas, Buenos Aires era la mejor... aunque había algo en la propuesta que no terminaba de cuadrarle.

—Si me enviáis a mí, ¿qué va a pasar con el otro, con el que ha venido mandando hasta ahora las crónicas desde allí?

—¿Te refieres a Javier Bonfín?... Ni te preocupes —se despidió con un último apretón de manos el jefe de Internacional—. Javier Bonfín no ha sido nunca un verdadero corresponsal. Trabaja de *free lance*, a veces para nosotros, a veces para otros... De América sabe más que nadie, pero de España... se fue en el 77 antes de las primeras elecciones. Desde entonces no ha vuelto. Un hombre así, ¿cómo puede tener ni puta idea de qué es lo que interesa hoy a los lectores españoles?

La pregunta era más bien retórica, desde luego no hecha para ser contestada, pero, por si cabía la menor duda, el jefe de Internacional resumió en seis palabras lo que la empresa editora esperaba de Andrés:

—Para eso te mandamos a ti.

* * *

En el sector militar del aeropuerto, cada uno de los periodistas extranjeros acreditados recibió un casco y un paracaídas antes de subir al *Skyvan* de Prefectura naval —un avión de siniestra memoria, masivamente utilizado por los militares durante el Proceso para arrojar detenidos políticos al mar— que habría de conducirles, siguiendo el curso del río Uruguay, hasta Monte Caseros, una pequeña localidad a setecientos cincuenta kilómetros de distancia de Buenos Aires. Allí era donde el teniente coronel Aldo Rico había reaparecido dos días después de su desaparición, de vuelta al traje de comando y al frente de unos doscientos hombres entre soldados y oficiales, todos ellos pertenecientes al regimiento de Infantería número 4, alzados en armas contra el Gobierno para exigir de nuevo, tal y como habían hecho en la pasada Semana Santa, el final de los juicios a militares implicados en violaciones de derechos humanos y la reivindicación pública de los crímenes cometidos por las fuerzas armadas argentinas durante lo que cínicamente denominaron guerra contra la subversión.

(Paradojas de un oficio siempre hecho de improvisación y casualidades: apenas había despegado el avión que se llevaba a los periodistas en busca de algo sobre lo que escribir en la lejana provincia de Corrientes, cuando ya saltaba la noticia tras ellos en forma del único incidente armado que habría de producirse en la capital: un variopinto grupo, integrado por elementos civiles de extrema derecha y oficiales retirados en su mayor parte, irrumpió en el vestíbulo del aeropuerto Jorge Newbery de Buenos Aires. A voz en grito, tras algunos disparos al aire para silenciar los avisos de aterrizajes y despegues en la megafonía, proclamaron su solidaridad con los *carapintadas* sublevados comunicando a los desconcertados pasajeros el cierre indefinido del aeropuerto a la espera de órdenes de un fantasmal «ejército argentino en operaciones».) Pero de nada de ello recibieron durante el vuelo información los corresponsales, apretujados como podían en los estrechos bancos de la zona de carga del avión militar. Y es que eran muchos, bastantes más de los que habitualmente formaban el mundillo de la prensa extranjera en Buenos Aires; debido al eco internacional que había despertado la noticia, los más importantes medios de comunicación habían despachado enviados especiales. Sentado en su rincón, sin mayor interés en participar en el juego de presentaciones de sus compañeros de oficio, Javier Bonfín prefirió entretener el viaje observando a la escolta de soldados armados hasta los dientes que les acompañaban hasta Monte Caseros. Oficiales jóvenes pero nada joviales, más bien tensos y taciturnos, enfrentados contra su voluntad a la paradoja de tener que llegar a combatir a sus propios compañeros de armas. Oficialmente leales al orden constitucional, pero en el fondo de sus corazones tan desafectos como los sublevados, no podían sentir sino rencor y desprecio hacia el grupo de civiles que les habían ordenado escoltar. En la escala de valores castrense, periodista extranjero era una categoría que debía situarse en la lista de enemigos de la patria justo debajo de la de subversivo, más o menos a la altura de la de espía o traidor. Ningún soldado se dignó abrir la boca durante el vuelo. Para compensar la previsible hostilidad, la oficina de prensa del Ministerio de Defensa había designado un oficial de enlace, mucho más locuaz y amable. Distribuyó credenciales entre los periodistas, además de unos brazaletes que debían llevar para ser identificados fácilmente en caso de que llegara a producirse un intercambio de fuego real. «Queremos evitar errores trágicos», dijo mientras desplegaba sobre el suelo del avión una serie de mapas militares que le ayudaran a documentar sus explicaciones. Esta vez las cosas no eran como en Semana Santa: tan sólo un pequeño regimiento de la remota Patagonia, en la provincia de Neuquén, había hecho amago de solidarizarse con Rico, pero la intentona había sido rápidamente sofocada por efectivos de la VI brigada de Montaña. Podía decirse que, en estos momentos, la práctica totalidad del ejército había cerrado filas en torno a su jefe de Estado Mayor, el general Dante Caridi y se mantenía fiel a la cadena de mando natural. Rico y sus hombres representaban sólo una nube de tormenta pasajera en la geografía de la tranquilidad nacional, una molesta mancha que pronto iba a desaparecer, borrada para siempre del mapa por los numerosos efectivos del II cuerpo de Ejército que a las órdenes del general Juan Ramón Mabragaña, habían recibido instrucciones de recuperar a cualquier precio las instalaciones militares sublevadas y capturar a los rebeldes. «Infantería, artillería, blindados», enumeró con evidente satisfacción el oficial de enlace, mientras señalaba en el mapa los puntos de partida de cada una de las unidades militares que avanzaban en ese momento sobre Monte Caseros. «Esta vez va en serio, esta vez no será como en Semana Santa», reiteró.

—Espero que las tropas leales no tarden tanto en llegar como entonces —dijo en su peculiar español el veterano corresponsal del *Frankfurter Allgemeine Zeitung*, que cubría para el diario alemán la totalidad del Cono Sur—, dos días para avanzar veinte kilómetros...

—No hay que hacerse ilusiones: los militares argentinos nunca van a pelear entre sí —apostilló, con acento norteamericano, un periodista desconocido para Javier Bonfín.

Como si se hubiera abierto la veda, zarandeados por el traqueteo del avión, los corresponsales extranjeros se lanzaron en plena algarabía a exponer cada uno el escepticismo generalizado con que contemplaban la situación.

—Si esta vez reprimen es porque Rico ya no les puede conseguir nada más —dijo el enviado especial del *Excelsior* de México—. Ya tienen la ley de Punto Final y después de Semana Santa consiguieron la de Obediencia Debida..., ¿qué les falta?

—El indulto a las Juntas militares —replicó el del *Washington Post*.

—El general Caridi le debe su puesto a Rico —dijo un cubano del exilio, enviado especial de *Miami Herald*—. Por eso no puede ser demasiado duro con él.

—Todos esos oficiales de comando son ahora un grano en el culo de los generales —replicó el del *Excelsior*—. Un ejército no puede sobrevivir en permanente estado insurreccional.

—Apostemos —dijo el de *Frankfurter Allgemeine,* quitándose de la cabeza el casco militar y echando mano de su cartera— cien dólares a que ni siquiera llegan a disparar.

El griterío llegó al paroxismo, mientras los corresponsales iban dejando caer sus billetes en el interior del casco del alemán. Se escuchó un «cien a que sí», «otros cien a que hay muertos». «¡Tienes que decir cuántos muertos!... No vale sin precisar...» Agarrados a sus fusiles ametralladores, los militares de escolta tuvieron que hacer un esfuerzo extra para conservar su imperturbabilidad frente a aquella indecente subasta. Hasta el simpático y extrovertido oficial de prensa no pudo menos que torcer el gesto, no tanto porque le molestase el que se tomaran tan poco en serio los planes de combate del Estado Mayor —algo que él podía comprender muy bien dado el pudridero en que se había ido convirtiendo la situación interna del ejército—, pero sobre todo porque uno solo de esos billetes verdes que tan alegremente dilapidaban los extranjeros representaba, al cambio del cada vez más devaluado austral, una cantidad bastante superior a lo que él cobraba mensualmente.

Antes de entrar en las apuestas, Javier Bonfín se quedó un rato estudiando el mapa. El hecho de que Rico se hubiera sublevado en una remota guarnición como Monte Caseros no podía ser casual. Se trataba de una localidad fronteriza separada tan sólo por el río del límite de dos países vecinos: Brasil y Uruguay. Si el líder de los *carapintadas* había elegido ese lugar para reaparecer, en vez de optar por un regimiento más cercano a Buenos Aires, desde el que hubiera podido montar mucho más ruido y despertar mayores adhesiones, es porque temía algo, probablemente una dura respuesta de los generales del ejército. Quizás era verdad que pese a la aparente coincidencia de objetivos se iban agudizando las contradicciones entre los sectores nacionalista y liberal (cuidado con las apariencias, este último el más sanguinario y retrógrado) de las fuerzas armadas argentinas. Ojalá. Por lo que a él se refería, le vendría muy bien una buena exclusiva para remontar el bache económico que iba a estarle esperando a su regreso a Buenos Aires: «No te preocupes, a ti no tiene por qué afectarte, queremos seguir contando con los dos», le habían dicho los del periódico para hacerle pasar más suavemente el trago amargo del envío de un nuevo corresponsal. Pero en su fuero interno, Javier Bonfín sabía perfectamente que más le valía preocuparse: en el oficio periodístico, dos trabajando para un mismo medio forman una conflictiva multitud. Tenía pues que diversificar sus colaboraciones si quería seguir manteniendo su nivel de ingresos actual; y una buena exclusiva era el mejor señuelo para pescar nuevos encargos. Ante esa perspectiva, Javier Bonfín echó una última mirada al mapa. Quizás era verdad que esta vez no iba a ser como en Semana Santa. Si los cabecillas rebeldes habían elegido sublevarse en un lugar perdido como Monte Caseros no era por su importancia estratégica, sino porque, en caso de enfrentamiento real, les ofrecía una más fácil oportunidad de huida al exterior.

Ya había iniciado el avión la maniobra de descenso sobre las verdes pampas de la provincia de Corrientes cuando Javier Bonfín se decidió a echar mano de su cartera.

—Apuesto doscientos —dijo—. Doscientos a que esta vez sí van a combatir de verdad.

* * *

«Ustedes no me conocen. Soy hijo de asturianos y nieto de gallegos. Esa mezcla de sangre no se rinde jamás», respondía Aldo Rico con evidente chulería ante la insinuación de que pudiera haber considerado siquiera la posibilidad de escapar del país. Seguían después otras declaraciones a cual más arrogante en una exclusiva obtenida al azar por el grupo de corresponsales cuando la furgoneta en que se desplazaban por los alrededores de Monte Caseros tratando de localizar el escenario de los futuros combates casi había chocado con el *jeep* desde el que el teniente coronel, acompañado de otros oficiales, inspeccionaba las posiciones avanzadas de sus hombres. En la improvisada rueda de prensa, allí mismo, sobre el terreno, metralleta al hombro y boina de paracaidista para rematar su uniforme de faena, el militar golpista, quizás halagado de tropezarse en pleno campo con un auditorio tan internacional, se había explayado a modo: «El pueblo argentino quiere leones en los cuarteles, no políticos», «por supuesto que estoy dispuesto a luchar; todos los que me siguen están dispuestos a luchar» y la guinda final: «Anoten bien lo que voy a decir: yo no dudo, soy un soldado y la duda es una jactancia de los intelectuales.»

Pero de todas las declaraciones de Rico que Andrés Sebastián iba leyendo en el periódico que le habían entregado en el avión para entretener las largas horas de vuelo que le separaban de Buenos Aires, la que más le incomodaba, la que más le había molestado, era precisamente la primera. Bastante le había costado convencerse a sí mismo y convencer a su mujer de la importancia que tenía para su carrera periodística aceptar, aunque sólo fuera por unos meses, aquel destino en Buenos Aires —que implicaba además postergar nuevamente una paternidad que los dos andaban por entonces debatiendo enfrentar— bastantes sueños y proyectos se habían quedado en tierra, sin encontrar lugar en el equipaje, demasiadas cosas estaban en ese momento, a la velocidad en que el Boeing 747 cruzaba los cielos de noche como un inmenso pájaro migratorio, quedándose temporalmente atrás, para ir a encontrarse, a diez mil kilómetros de distancia, con una estampa más del mismo esperpento, la vieja España negra que los españoles de hoy no querían sino olvidar. «Un hijo de asturianos, un nieto de gallegos...», había dicho Aldo Rico. (¿Es que no podía invocar otro linaje? Como si no saltase ya a la vista, hasta en el grado militar, la similitud de su acción con esa otra farsa patética de Tejero en el Congreso de los Diputados de Madrid, el intento de golpe de apenas siete años atrás que hoy día él y sus compatriotas consideraban tan remoto y ajeno como si hubiera sucedido en otra época y en otro país.)

En la penumbra de la cabina, Andrés Sebastián echó una última y cansina ojeada a la crónica firmada por Javier Bonfín. La foto que acompañaba al artículo mostraba una tanqueta embarrancada en Monte Caseros por causa no de batalla alguna sino de las fuertes lluvias que asolaban la zona. De fondo, como remarcando la inverosimilitud de la imagen bélica, podía distinguirse un horizonte de inmensas llanuras cultivadas. Sin duda la pampa, dedujo Andrés, el paisaje argentino por antonomasia. En la cabecera, leyó la fecha de la edición: Lunes, 18 de enero de 1988. Luego dejó el periódico. No, si al final iba a tener razón el jefe de Internacional; desde luego que él tampoco estaba de acuerdo con el tono pretendidamente neutro, sin vuelo, tan pegado a los hechos de aquella crónica: lo menos que se le podía pedir a un corresponsal destinado en un país remoto es que resaltara lo exótico, la diferencia, en lugar de poner el acento en semejanzas culpabilizadoras. El mundo sería igual en todas partes pero no hay lector que no busque que le sorprendan; y desde luego que si a él le hubiera tocado escribir ese artículo lo habría hecho de muy diferente manera.

2

No llegó a haber combates. Incluso, según le explicó
Javier Bonfín, era una pena que se hubiera precipitado
tanto en viajar porque, en su opinión, la última crisis militar podía darse ya por completamente superada. Como
sucediera en Semana Santa, Rico y sus hombres, vista la
superioridad de las fuerzas leales, se habían rendido sin
disparar un tiro. «Otra vez la casa está en orden», había
reiterado su frase histórica de entonces el presidente Alfonsín y al oírla, como si fuese un pistoletazo de salida, periodistas de paso y enviados especiales se apresuraron a
hacer el equipaje y a abandonar en masa el país. Una vez
liberados los suboficiales rebeldes conforme a la patente
de corso que les proporcionaba la ley de Obediencia Debida, el saldo provisional quedó en cuarenta y dos oficiales
del ejército de Tierra, incluido su líder, recluidos en espera de juicio en el penal de La Magdalena; y con la tranquilidad de la situación política, también la gran ciudad
pareció adormilarse y recuperar el ambiente de letargo inherente al receso estival: pese a sus enflaquecidos salarios,
las familias porteñas se fueron en masa de vacaciones, el
Gobierno dejó de sesionar, cerraron los mercados cambia-
rios, las oficinas y los ministerios, callaron los teletipos de
noticias y los pocos habitantes que quedaron de guardia
en Buenos Aires desertaron de recorrer las calles sofocan-
tes refugiándose en casas y patios o, los más pudientes, en

sus departamentos con aire acondicionado. Aquélla no era desde luego la estación ideal para entrar en contacto con una realidad nueva, pero Andrés Sebastián se propuso sacar todo el partido que pudiera a su llegada anticipada. Para empezar, se estableció a sí mismo un concienzudo programa de lecturas de autores y temas argentinos; el paréntesis veraniego ofrecía además una oportunidad de oro para ir tomándole el pulso a Buenos Aires antes de que las urgencias del nuevo curso político le obligaran a dedicarse de lleno a su trabajo como corresponsal. Guía en mano, salía cada mañana de su recién estrenado apartamento en Palermo —alquilarlo fue lo primero que hizo; por más que Javier Bonfín le había ofrecido alojarse como él en el City, no había nada más contrario a su carácter que acercarse a un país y sus gentes desde la provisionalidad de una habitación de hotel—, bajaba al centro y así iba recorriendo como cualquier turista los lugares más típicos de la ciudad: por la avenida de Mayo hasta el Congreso, por la abigarrada calle Florida hasta la umbría de los grandes gomeros de la plaza de San Martín, la torre de los Ingleses y la estación de Retiro; más allá de la frontera de la Nueve de Julio, los cafés de Corrientes y el exclusivo barrio Norte; al Sur, el barrio de San Telmo, con su arquitectura colonial y sus mercadillos de antigüedades y, aún más al Sur, el viejo puerto de la Boca y sus casas de chapa coloreada.

Solía caminar hasta que se cansaba o el calor se volvía insoportable. Entonces subía a un taxi. Normalmente iba solo, y no porque Javier Bonfín dejase de ofrecerle su compañía. Pero Andrés prefería que ninguna mirada más experta que la suya pudiese condicionar sus exploraciones. Le habían llevado allí para aportar un punto de vista original sobre la situación argentina y le era fácil imaginar que el de su predecesor tenía que estar ya irremediablemente contaminado por la inercia de tantos años; y fue sin duda a falta de mejores noticias, pero también para marcar desde un comienzo la diferencia de talante y estilo con él, que eligió como tema de su primer artículo, apenas un par de semanas después de aterrizar, una aproximación a la Argentina más poética que contingente, a la vez velada protesta por su destierro y celebración de los atractivos de su destino:

AUSTRALIDAD
(Una crónica desde los antípodas
por Andrés Sebastián)

El Sur, el verdadero Sur, no se entiende bien desde el Norte. Buenos Aires es una ciudad austral, situada bajo el trópico de Capricornio, y sus habitantes pertenecen a esa exigua porción de la humanidad que vive en los antípodas de nosotros. En España nadie se siente boreal, pero los argentinos sí se sienten australes. Hay incluso una lista de excentricidades naturales que señalan las diferencias: el agua en el desagüe gira en sentido inverso, las fases de la luna son opuestas, cambian las constelaciones y la Cruz del Sur sustituye a la invisible Estrella Polar como referencia. La orientación deseable para las viviendas es en Buenos Aires el Norte, mientras el Sur recibe todos los adjetivos habituales que en nuestro hemisferio se reservan al septentrión: gélido, frío, desapacible. Un mundo al revés. A la soledad de la distancia, los argentinos unen la soledad de los antípodas: de todos los acontecimientos, políticos o culturales que ocurren en el Norte durante el invierno —invierno boreal, como se esfuerzan por recalcar los telediarios argentinos—, son informados los porteños en el más caluroso de los veranos. Cuando en Argentina se tirita de frío, los boreales se bañan en la playa. Agosto es sinónimo de febrero y es en septiembre y no en abril cuando la primavera florece. ¿Qué hacer con un lenguaje hecho a la medida exclusiva del Norte?

(Haciendo honor a la verdad, la idea base de aquella crónica no fue directamente suya; se la proporcionó una entrevista que le tocó hacer al poeta Juan Gelman, recién llegado como él al país tras doce años de exilio en Italia y Francia —un exilio marcado por la tragedia: su hijo, su nuera y su nieto figuraban en la lista de desaparecidos por los militares—. Pues bien, mientras hablaban de la revuelta situación política, de los horrores del pasado y de la fragilidad de la recién instaurada democracia argentina, una frase se había colado imperceptiblemente a Andrés en la grabadora, irónica, ligera, intrascendente, pero, en el fondo, la manera más íntima de expresar el impacto emocional del regreso. En las propias palabras del poeta: «estoy contento de volver a sentir calor en enero y febrero y no en agosto, que es una cosa absurda».)

—No pudimos sacártela, la entrevista al tal Gelman ya era demasiado larga —le explicó por teléfono el jefe de Internacional ante su extrañeza de no verla publicada— y tampoco es que sea un poeta conocido en España, los de Cultura casi ni tenían referencias... ¿Es que no hay otro tipo de noticias?

—Es verano —se defendió Andrés Sebastián.

—Disfrútalo entonces, aquí hace un frío de perros... Oye, ya sé que es cosa tuya, pero ¿no podías probar con una aproximación a la Argentina, no sé, un poco más directa? Estás en la sección de Internacional... ponerte a hacer literatura...

Se le ocurrían mil formas de aproximarse, sólo con las lecturas y paseos que llevaba: hubiera podido escribir de la Atenas del sur donde las artes y la cultura habían florecido como en ningún otro lugar de la América hispana; de la arquitectura de Buenos Aires, sus grandes avenidas, sus parques, como un diseño urbano modelo; quizás elogiar el prodigio de la fusión de razas, religiones, pueblos, tan diferente de la tradicional intolerancia española. Cualquiera de estos temas hubiesen permitido a Andrés dotar a su destino, el lugar desde donde escribía, de un mucho mayor relieve internacional, pero a lo que parecía a él no le habían enviado a Buenos Aires a contar viejas glorias pasadas.

—Recuerda los temas prioritarios —le dijo el jefe de Internacional— por este orden: primero, militares... ¿Se mueve algo en los cuarteles?

—Últimamente nada.

—Pues entonces escribe sobre la crisis económica... ¿Es cierto eso de que las reservas en dólares no llegan a cuatrocientos millones? El nivel más bajo desde la Segunda Guerra Mundial...

—Bueno... —respondió vagamente Andrés, mientras repasaba de memoria, a toda velocidad, las estadísticas que conocía. Pero pronto el desconcierto inicial dejó paso a una muy diferente inquietud—. ¿Cómo lo sabes? ¿De dónde habéis sacado ese dato?

—Javier Bonfín nos ha enviado una crónica.

Aún sin mostrar excesiva tensión, procuró que su voz sonara bien firme, sin el menor asomo de contemporizar.

—Eso no puede ser. Me dijisteis que yo iba a ser vuestro único corresponsal aquí.

—Qué quieres, somos una empresa privada. Compramos y vendemos información.

La economía nunca había sido su fuerte, pero se puso a ello con verdadera rabia y dedicación absoluta. No estaba dispuesto a permitir que Javier Bonfín se le adelantara una segunda vez. Recabó información, contrastó estadísticas, consultó a periodistas más expertos... Del análisis de cuadros de financiación, propuestas de renegociación con el FMI y de las propias palabras del portavoz del Ministerio de Economía sacó la conclusión de que nadie tenía en Argentina la menor idea de cómo hacer frente al problema de la deuda. Una deuda externa que, en el año en que entraban, ascendía ya, con los intereses acumulados, a 54.700 millones de dólares, es decir un sesenta por ciento de la totalidad del Producto Interior Bruto argentino. Impagable, insostenible, insoportable como carga. Ante el escalofrío de las cifras, tampoco esta vez resistió Andrés la tentación de añadir un poco de calor a su crónica (con el deseo añadido de demostrar que si no podía competir en oportunismo periodístico, por lo menos tenía una capacidad de análisis de mucho más calado que su predecesor).

... En Argentina, más allá de las causas puramente económicas, la idiosincrasia inflacionaria echa sus raíces en el viejo mito de El Dorado. El lenguaje cotidiano usa y abusa del superlativo: el río más grande, la pampa más grande, la cabaña ganadera más grande, «Argentina el mejor país del mundo» —lema de uno de los canales de televisión privada— y todas las veces que el uso del prefijo re-multiplica el valor de las palabras: *relindo, recopado, recanchero*. Tras el espejismo fundacional, la toponimia insiste en las menciones argénteas, Río de la Plata, Mar del Plata, La Plata, cuando nunca existió en estas latitudes un gramo de ese metal. Atraídos por ese tintineo de metales imaginarios vinieron después los inmigrantes y sus sueños inflacionan cada día un país ya de suyo desproporcionado. «Plata» es aquí sinónimo de dinero, una palabra que en Argentina, el país de la plata que nunca existió, está en boca de todos: que si la «plata dulce» que si «la plata fácil» que si «vení, acá podés hacerte un *fangote* de plata». Cualquiera que sea la solución de la actual crisis, Argentina necesita un ajuste económico, pero también ajustar de una vez sueños y realidades. Cualquier política de contención sobre los precios debería moderar a la vez las palabras, «el verso», como le llaman ellos...

Quizás a él también se le fue la mano con «el verso», pero es que en el fondo, mientras transcurría el húmedo y sofocante febrero, seguía sin tener gran cosa que contar. Por no haber, no había en Buenos Aires ni siquiera argentinos que conocer. En la deshabitada ciudad estival, aparte de su colega, del que, tras aquella última jugada había pasado lógicamente a desconfiar, el único contacto humano a su alcance era el de las cartas que, al menos en esos primeros días, escribía casi diariamente a su mujer: una manera de no sentirse todavía más solo, de ir compartiendo sus descubrimientos, pero sobre todo un intento de amortiguar el abismo de incomunicación —al que no estaban nada acostumbrados; era la primera vez que se separaban, a tantos kilómetros y por tanto tiempo— que se iba abriendo entre ellos. La nostalgia, el sentimiento de ausencia se le hacía a Andrés paradójicamente mucho mayor, en la medida en que, pese a la distancia, nada allí resultaba demasiado diferente: fuese a donde fuese, mirase hacia donde mirase, por más exotismo que intentara buscarle, Buenos Aires le respondía con un entorno urbano perfectamente ajustado a los cánones europeos: había barrios que recordaban más a Madrid, otros a Barcelona o a París... La propia monumentalidad de la ciudad —la dimensión de cuyas plazas y espacios públicos había sido concebida para mejorar en lo posible a sus modelos del otro lado— era una expresión clara de ese esfuerzo de mimesis pero a la vez de camuflaje: Buenos Aires tenía que parecerse lo más posible a una ciudad europea, sobre todo para disimular que no lo era.

Para un español, además, el juego de las semejanzas era todavía mucho mayor porque empezaban desde el mismo momento de hablar, de escucharse. Como escribió a su mujer, el idioma común les unía y separaba a la vez, le producía la sensación de no haberse movido de sitio, pero también de desconocer los límites de su propia lengua.

—Los argentinos son unos italianos que hablan español. No hay más que ver la lista de compositores y músicos de tango —le explicó en plan experto el agregado cultural—: Homero Manzi, Roberto Firpo, Enrique Cadícamo, Osvaldo Fresedo, Pugliese, Astor Piazolla... ¿Te han llevado ya a ver tangos?

—Aún no —se excusó Andrés.

—Cuando quieras ir, avísame. En El Viejo Almacén o en Taconeando, hacen un buen descuento si vas de parte de la embajada...

—Gracias. Muy amable.

—No hay de qué. Cuidar a la prensa es parte de nuestro trabajo.

Aquella cita, cortesía inexcusable de presentación de todo nuevo corresponsal, se la había organizado, cómo no, Javier Bonfín; y allí, en el imponente palacio de la avenida Libertador —residencia en origen de una de esas familias ganaderas enriquecidas durante la primera ola exportadora de finales del XIX—, le tocó a Andrés enfrentar por primera vez el aluvión de tics pseudoimperiales que, como si fueran inherentes al cargo, se sentían obligados a exhibir los diplomáticos españoles destinados en Hispanoamérica.

—Todos italianos: Francisco Canaro, Adolfo Muzzi, Jose María Contursi, Osvaldo Tarantino, Aníbal Troilo... —continuó con su enumeración el agregado cultural, un hombre obsesionado por las genealogías y, según le había anticipado JB, extravagantemente convencido de la superioridad del castellano viejo, como a sí mismo se consideraba, sobre cualquier hijo de Roma. Pero el caso es que Andrés Sebastián había acudido a la embajada con ánimo de obtener información autorizada para escribir una buena crónica y no a documentarse sobre las raíces del tango, así que respiró con alivio cuando el embajador en persona acudió a rescatarle de su subordinado.

—No hay que tomárselo tan al pie de la letra —le espetó mientras le llevaba, como un honor especial, con la mayor familiaridad del brazo—. Puede que el tango sea italiano pero el verdadero folklore argentino es otra cosa: vidalitas, chamamés, milongas, carnavalitos, payadas...

—¡Claro! —reaccionó el agregado, pisándoles los talones—, pero para conocerlo tienes que viajar por el interior... Córdoba, Mendoza, Corrientes... Ya verás, el interior sí es de verdad nuestro...

Estaba Andrés preguntándose qué podía significar aquel «nuestro» de resonancias tan anacrónicamente virreinales cuando, por si cabía alguna duda, el propio embajador se encargó de aclarárselo:

—Todo recién llegado tiende a identificar Argentina con Buenos Aires. Quizás en un extranjero pueda disculparse el error, pero en un español... Viaje usted, conozca, escriba sobre tierra adentro... ¡Ahí es donde pervive todavía, pura y sin contaminar, la huella hispánica!

—Y fíjate, no es casualidad —puso la guinda el agregado cultural cuando volvió a tenerle para él solo—, los músicos del interior llevan todos apellidos españoles: Ariel Ramírez, Jaime Dávalos, Leopoldo Castilla, Mercedes Sosa, Jaime Torres...

—Podría escribirse mucho de nuestros diplomáticos en Buenos Aires —se quejó Andrés una vez se libraron de tan chocante dúo, mientras tomaban una última copa en el desvencijado hotel que servía de residencia a su colega. Lejos de confortarle, aquel primer encuentro con los representantes oficiales de su país no había hecho más que multiplicar su sensación de desamparo.

—¡Qué más te da!... A nosotros nos pagan por contar de los argentinos, no de los españoles —dio por zanjado el tema Javier Bonfín—. Y ya te lo dije, el verano no es época para buscar información de nada aquí.

Apenas lo hubo dicho, los dos se quedaron mirando hacia la puerta giratoria de la entrada del City, de la que salía en ese momento la más asombrosa criatura con que hasta entonces se había tropezado Andrés en sus exploraciones por la capital. Rubia y esbelta, vestida con una ligera camiseta y unos pantaloncitos que dejaban al descubierto una piel de membrillo, deliciosamente dorada por el sol, lo verdaderamente extraño en ella no era ni su falsa melena rubia que ondeaba a su paso, ni la exageración del bronceado artificial, ni siquiera la capa de maquillaje que, cual si fuese una máscara de la ópera de Pekín, ocultaba por completo sus rasgos; no, lo verdaderamente inquietante en ella era que, por detrás o delante, de cerca o de lejos, resultaba imposible precisar su edad más allá de un espectro increíblemente abierto; o por lo menos, a primera vista, a la luz mortecina del City, Andrés no se sentía capaz de distinguir cuántos años tenía aquella mujer: si veintipocos o si cincuenta y tantos años.

—Che, con este calor no sé como podés sobrevivir acá... Yo me voy mañana a la playa.

Tras echársele al cuello, también Javier Bonfín pareció quedarse observándola, pero en su caso no con mirada de sorpresa, sino interrogadora:

—¿Vas a irte sola? —le escuchó preguntar.

—¡Dejate de joder!, ¿vos que creés?

—Si es a Punta del Este no me parece una buena idea. Hay muchas otras playas. En Punta del Este todo el mundo te conoce.

—Pará, no hinchés... Precisamente vos... —protestó la recién llegada. Ajeno a lo que hablaban, a su sobreentendida complicidad, Andrés se sentía por completo de sobra, inexistente entre los dos, cuando Cristina Wilde reparó al fin en él y le ofreció a besar su mejilla tersa, sin la menor arruga, inverosímilmente estirada por obra y gracia de la cirugía.

—Vos debés ser el nuevo gallego. Javier me ha hablado tanto de vos. Bienvenido al culo del mundo.

3

De mañana, en el dormitorio principal de la mansión que su marido había construido para ella en el exclusivo balneario del Uruguay, Cristina Wilde observaba dormir a su amante. Amante era una palabra excesiva, cargada de connotaciones, que no se correspondía para nada con la fase embrionaria en que se encontraba su relación. Aquélla era su primera escapada juntos. Además de que una palabra así le hubiera parecido a Rodrigo Melnick una expresión caduca, antigua, completamente desfasada. Seguro que, a sus años, sólo existía una forma de nombrar la relación con una mujer: de llegar a ser algo, a lo más que podía aspirar ella era a convertirse en su chica, en su piba. No estaba mal. A Cristina no le importaría que se lo llamase, pero sólo en privado: era una manera de acercarles, de atenuar las diferencias que les separaban: la diferente posición social, el estado civil... pero sobre todo la edad... En público ya sería otra cosa: ella conservaba el suficiente sentido del ridículo para comprender que la sociedad —su sociedad— iba a invertir los términos: Cristina nunca podría llegar a ser la chica de Rodrigo Melnick; Rodrigo sería el chico, léase el juguete, el capricho, la flamante máquina de coger *full equipment* y «cero kilómetros», que se había buscado para entretener la madurez Cristina Wilde de Corrugueiro. Sabía que eso era lo que pensarían sus amigas... Al diablo con sus amigas (unas amigas con las

que, tenía razón Javier Bonfín, eran mayores las posibilidades de tropezarse en cualquiera de las playas o locales de
moda de Punta del Este que en el desertizado Buenos Aires del verano). Lo que pensara su marido, en cambio, se
suponía que debía de ser para ella mucho más importante. Y, sin embargo, no le preocupaba demasiado. Aunque
nunca hubieran hablado de ello, seguramente él ya sabía
que había habido otras infidelidades, como ella sabía que
muchas de las noches en que sus diversificados negocios le
obligaban a detenerse en algún rincón perdido del país o
del continente, no las pasaba solo. Le había pillado más de
una vez enredado en excusas inverosímiles y sobre todo
nunca pedidas. ¿Y qué? Ninguna grieta habían abierto esas
noches de supuesta traición en una relación mucho más
sólida, tejida, por qué no, de intereses mutuos, aunque
quizás sería mejor hablar de un entramado de complicida-
des: de clase, de forma de ser y de saber estar, de disfrutar
y de entender la vida. Cuando su marido se había casado
con ella, sabía perfectamente lo que se llevaba. Cristina
Wilde era la más guapa de su grupo de amigas de la Facultad de Bellas Artes pero también, cualidades muy ra-
ramente coincidentes, una alumna brillante y moderna,
ansiosa por experimentar toda clase de novedades; y por
entonces el joven Corrugueiro andaba tonteando con la
posibilidad de renunciar a sus aburridas obligaciones
como heredero de los negocios de su padre —bien sustan-
ciosos ya, pero sin *pedigree*, propios de un inmigrante hecho a sí mismo— a cambio de entregarse a tiempo completo a disfrutar, como uno más de su generación, de la
dorada juventud de entonces, los prodigios de la década
loca que empezaba. Años sesenta en Argentina, durante el
breve paréntesis democrático que supuso la presidencia de
Arturo Illia, años de todo tipo de experimentalismos y
rupturas: sexo en grupo, primeros ácidos, las más provo-
cadoras instalaciones artísticas que promovía el Centro de
Artes Visuales del Instituto di Tella, antipsiquiatría, pop,
viajes iniciáticos por Estados Unidos y Europa... Una épo-

ca mítica y perdida, sepultada después por dos décadas de represión y golpes militares, cuyo espíritu, ahora que de nuevo volvían a darse las condiciones mínimas de libertad, le hubiera gustado transmitir a Rodrigo Melnick (por lo demás, joven promesa artística a quien poco podían impactar los pretéritos fulgores vanguardistas de su país, ya que el más insanable defecto que le veía, éste sí, sin arreglo, era lo condenadamente lejos que se encontraba de los mercados internacionales de arte).

De todos modos, no es que Cristina Wilde tuviese en mente echar a perder el viaje hablándole a Rodrigo de su pasado: contarle lo que había vivido en los sesenta hubiera sido una manera de recordarle su edad, de convertirse a sus ojos en una pieza arqueológica o de museo; y además que no tenía sentido, porque aquellos tiempos nunca volverían, como ella nunca volvería a ser aquella prometedora profesora de arte contemporáneo, un futuro académico al que había renunciado —a tiempo, desde luego, porque poco después las nuevas autoridades militares intervinieron la universidad— para ayudar a su marido a liberarse del sarampión de los *sixties* y a reingresar de nuevo en el prosaico, pero tan económicamente provechoso, redil familiar. Una decisión que no lamentaba en absoluto. Al fin y al cabo, ella sabía muy bien lo mucho que para alcanzar la felicidad importaba el dinero: descendiente de una de las viejas familias patricias de los tiempos de la colonia —de hecho, el célebre patriota y escritor decimonónico Eduardo Wilde figuraba entre sus antepasados directos—, había crecido en un hogar venido a menos, casi sin otro patrimonio que el apellido. Justo lo que a su marido le faltaba. Su matrimonio vino a cambiar las cosas: desde entonces había disfrutado de una buena vida, la mejor de las vidas. Incluso ahora, cuando ya no podía recurrir a la juventud ni a la belleza de sus veinte años, su posición económica le permitía seguir sintiéndose seductora aunque con otras armas: gracias a tener cosas que ofrecer a alguien como Rodrigo, lugares tentadores como su magnífica residencia en Punta del Este. Por el gran ventanal, abierto por completo al Atlántico, Cristina Wilde podía contemplar a placer la larga playa dorada y rectilínea que a esas horas empezaba a llenarse de gente. Todavía el sol no pegaba de pleno, pero muchos bañistas preferían tomarlo a una hora en que podían resultar menos dañinas las radiaciones solares, año a año más peligrosas debido a los efectos del agujero de ozono sobre la Antártida. A esa distancia, viendo sobre la arena los diminutos puntos en movimiento, Cristina Wilde se preguntó cuántas de aquellas figuritas que parecían hormigas a la orilla del mar podrían pertenecer a conocidos de Buenos Aires. Muchas, sin duda, tantas como limitados eran los destinos vacacionales de los porteños de su clase social, marcados, como todo en Latinoamérica, por las oscilaciones en la cotización del dólar: Buzios o Florianópolis, los años de cambio favorable con Brasil; si tocaban las vacas flacas y había que quedarse en la Argentina, siempre era mejor Pinamar que Necochea o Mar del Plata, centros de un turismo masivo y medio pelo; aunque el destino más exclusivo por antonomasia era y había sido siempre Punta del Este.

(¿Y qué?, ¿qué más le daba a ella que la vieran allí con Rodrigo Melnick? ¿De qué tenía que avergonzarse? Lo que hiciera con su vida sexual no era de la incumbencia de Javier Bonfín ni casi, si la apuraban, de la de su marido. Lo que ella buscaba, él no podía dárselo, al fin y al cabo lo mismo que buscaba él, lo que buscan la mayoría de los hombres maduros como esos que empezaban a pavonearse en la playa allí abajo, gallos viejos de abultadas barrigas y carnes fláccidas al aire, patéticamente orgullosos, ya que no podían presumir de la suya, de la juventud de sus acompañantes. Ella por lo menos no tenía nada de patética: seguía usando la talla treinta y ocho, la misma de cuando era joven y aunque su esfuerzo le costaba, su cuerpo aún podía resistir la comparación —siempre contando con una iluminación favorable, claro está— con los de esas minas de veinte años que paseaban por la playa la insolencia de su juventud, por otra parte, lo único que tenían.)

En un ángulo del ventanal, contra un fondo de océano y espumas blancas, podía ver reflejada la cama y sobre ella el cuerpo desnudo de Rodrigo Melnick. Un cuerpo intacto, leve, en el que el tiempo aún no había dejado la menor huella. Sintió el deseo de tumbarse otra vez a su lado, de despertarlo, de restregarse contra él. La noche anterior habían hecho el amor tres veces pero ella aún seguía teniendo ganas. Se imaginó ahí abajo, desnudos, cogiendo y revolcándose juntos en la orilla del mar (una idea que despertó otras asociaciones de su memoria erótica: esa experiencia ya la había compartido en esa misma playa con su marido, cuando todavía no lo era, una noche de ácido treinta años atrás). Todavía quedaban en la mesita de noche, restos de la cocaína que habían consumido la noche anterior. Valorando cuánto habían tomado por lo muy poco que quedaba, Cristina decidió que sería mejor bajar a la playa a darse un paseo y, si el agua no estaba demasiado fría, incluso a bañarse. Cuando se metía mucho, Rodrigo solía tener un mal despertar. Abrió el armario en busca de algo que ponerse y si al principio le desconcertó verse ante aquel vestuario inusual, luego sonrió de felicidad. Aquélla era su pequeña travesura del viaje, una sorpresa para Rodrigo. Nada más despedirla en el aeropuerto —camino de una de sus habituales estancias trimestrales para perfeccionar su inglés en Estados Unidos— había corrido al cuarto de su hija para seleccionar, rebuscando en cajones y armarios, la ropa que iba a llevarse a Punta del Este. La más provocativa: *jeans* bien estrechos, tops y vestidos cortísimos, una ropa interior maravillosamente adolescente. Por suerte tenían la misma talla. Algo que a su hija no le costaba nada pero que a ella le suponía casi dos horas de gimnasia diaria, dejando de lado tratamientos anticelulíticos, inyecciones de colágeno y periódicas liposucciones. Tampoco podía decirse que Rodrigo Melnick mimase demasiado su cuerpo, día y noche dándole a la merca. Pero tanto su hija como él eran jóvenes y no necesitaban cuidarse; tenían energía de sobra para gastar y derrochar, mientras que ella tenía que compensar los excesos con dietas rigurosas y aportes vitamínicos (si de ella dependiera, de buen grado hubiese renunciado a tomar esos polvos destructores, pero en el fondo temía que su renuncia pudiese ser tomada por una claudicación, un reconocimiento de que a su edad ya no podía seguir forzando su organismo a tope).

Terminó por elegir un dos piezas mínimo que había sido el favorito de su hija el verano anterior. Le quedaba perfecto. Quizás el pecho empezaba a caer un poco más de la cuenta, observó con un mohín de insatisfacción, algo de lo que tendría que ocuparse en poner remedio. En lo demás, hecha una piba. La piba de Rodrigo Melnick. Antes de bajar a la playa, Cristina Wilde se puso a recoger la ropa de su amante del suelo. ¡Los jóvenes eran tan descuidados! También fue a limpiar la mesita, pero no pudo resistir la tentación de meterse ella misma los restos de polvo blanco que quedaban en el espejo. Se sintió eufórica, llena de vigor. Como no se sentía desde muchos años atrás, cuando su vida aún no tenía límites y era como un inmenso océano de deseos y proyectos sin puertos a la vista en que desembarcar. Seguía recordando esa sensación, por mucho que el tiempo hubiera pasado. Al fin y al cabo en qué otra cosa podía consistir la juventud sino en cerrar los ojos y dejarse llevar, ir deslizándose por la vida como sobre una ola interminable y vertiginosa. Precisamente lo que ella había estado haciendo todo el fin de semana sobre el cuerpo perfecto, escandalosamente joven, de aquel chico que ahora dormía en su cama. Aunque a decir verdad, para ser del todo feliz, a Cristina le hubiera gustado que Rodrigo le hubiese dicho algo, que hubiese dado muestras de apreciar el detalle: cómo antes de salir de Buenos Aires, especialmente para aquella escapada, se había cortado y teñido el pelo a la manera y con el color exacto del de su hija.

4

«Nada más hizo su aparición dejó de existir otra cosa que ella, llenó el espacio sola. Semidesnuda, semivestida, hacía tintinear las monedas de oro que apenas ocultaban sus pechos, su sexo; movía los pies descalzos, las pulseras y las ajorcas en los tobillos; agitaba sus largos cabellos coronados con una diadema de monedas de oro y cada uno de los dedos enjoyados y las muñecas y los brazos que retorcía en el aire. Detenida en el centro de la pista, empezó a balancear la cintura mientras todos nosotros la mirábamos en silencio, pendientes solamente del tintineo de las monedas de sus adornos, nuestras respiraciones contenidas ante el prodigio de su presencia...»

*　*　*

Desde luego aquel antro no tenía pinta de figurar en ninguna selección de circuitos turísticos que pudiera recomendar la embajada de España. Bastaba mirar alrededor, más allá del grupo de amigos que había reunido Javier Bonfín para celebrar *la rentrée* y de paso ofrecer a su colega un primer baño de argentinidad, y reparar en la catadura de los habituales del lugar, hombres alcoholizados y mujeres de alterne, verdaderas ruinas humanas, del todo desinteresados de su presencia. Qué quería demostrarle JB asomándole a semejante lugar —tan miserable como cualquier otro que pudiera existir en España y tan poco argentino además, puesto que se trataba de un club griego— era algo que no acababa de descifrar Andrés, aunque le pareció entender que la responsable de la idea, quien había recomendado ir allí, era su amiga ex-rubia de edad indefinible, que había cambiado por completo de *look* y lucía ahora una melena corta rabiosamente pelirroja. Extranjero al fin, para nada dispuesto a arriesgar juicios de opinión precipitados, Andrés regresó la mirada a sus compañeros de mesa, un mundo igual de extraño aunque del todo opuesto al que formaban los clientes y las putas del club: gente bien, representantes de la variopinta sociedad porteña, variopintamente emparejados; Cristina Wilde con un joven artista de veintitantos años; Javier Bonfín acompañado esa noche por una exótica y también juvenil belleza que dijo ser de origen húngaro y estar haciendo un máster en «estudios interdisciplinares». Frente a él, manteniendo la desigualdad de edad, una elegante mujer madura, como Andrés sin acompañante —¿qué quería decir, acaso era la pareja que se le suponía destinada?—, que resultó ser una importante coleccionista de arte argentino ante quien tenía mucho interés en promocionarse el protegido de Cristina Wilde.

—¿Tangos? —había intentado adivinar Andrés el destino al que se dirigían, mientras se adentraban en el barrio popular del Once, por completo alejado de sus exploraciones habituales.

—Ma qué tangos... Nada de tangos *for export* —protestó Cristina Wilde al volante de un exclusivo BMW que no tenía nada de nacional.

—Los tangos son para los turistas —bufó despreciativo Rodrigo Melnick.

—¡Qué cosas tienes! Nadie va a ver tangos en Buenos Aires... —corroboró, sin dar tampoco pistas, Javier Bonfín.

* * *

«... Movía las caderas y el ritmo iba brotando en su cintura con la sinuosidad de una serpiente; incluso después, cuando la orquesta volvió a tocar sirtaki y ella recorría la sala cimbreando su cuerpo entre las mesas como el platillo de un mendigo en busca de propinas, parecía seguir bailando sola como si no estuviese entre nosotros, como si fuese de otro lugar, de otro mundo, y ni siquiera los billetes que los clientes, enardecidos por la bebida, iban dejándole prendidos en su sostén y en sus bragas doradas lograban rebajar su arte...»

* * *

A propósito de JB, apenas se sentaron le había comunicado que estaba a punto de contratar colaboraciones en dos semanarios españoles, lo que sin duda era una manera indirecta de informarle de que ya no necesitaría pelear con él por una misma fuente de divisas. A su vez, en prueba de que creía posible restaurar la confianza entre ellos pese al mal pie con que habían comenzado, Andrés le confesó que andaba en esos días dándole vueltas a una serie de artículos sobre el medio centenar largo de colectividades de inmigrantes que, junto a las mayoritarias de italianos del sur y españoles del norte, habían ido mezclándose en Buenos Aires: galeses, armenios, judíos rusos y orientales, alemanes, suizos, franceses, polacos, rumanos, japoneses, cristianos maronitas, musulmanes de Siria y Líbano y hasta últimamente una invasión de surcoreanos... Lo más llamativo, el verdadero nexo de unión que había fundido a unos con otros era que cada grupo humano venía huyendo de algo, traía a la espalda su propio drama nacional. Catástrofes, hambrunas, guerras, persecuciones y violentos reajustes de fronteras estaban en el origen de todas estas migraciones. Es más, podía decirse que en un principio nadie (ni siquiera él, se sumó íntimamente Andrés) había viajado voluntariamente a Buenos Aires. Incluso, por ejemplo, si tomaban el caso de los húngaros... (La sonrisa de interés que le dedicó la exótica muchacha al sentirse aludida, pero sobre todo el haber conseguido distraerla

43

aunque sólo fuera momentáneamente del constante magreo que se traía con su colega ante sus incómodas narices, le animaron a proseguir)... El caso de los húngaros era
perfectamente ilustrativo, ya que podía comprobarse fácilmente cómo la inmensa mayoría de los que emigraron a la
Argentina se habían echado al mar huyendo de las terribles consecuencias que ambas guerras mundiales...

—¡Ya va a salir! —le interrumpió muy excitada la ar-
gentino-magiar, sin mostrar la menor pesadumbre por las
calamidades de sus antepasados.

—Perdona, es muy interesante, pero creo que va a comenzar el espectáculo —le explicó con más educación Javier Bonfín llenándole de nuevo el vaso de ouzo y dándole
de paso la oportunidad de respirar. En efecto, justo en ese
momento, las parejas que bailaban sirtaki volvieron a sus
mesas, se escucharon unos aplausos deslavazados, la miserable orquestina del Esmirna hizo una entradilla solemne y
todos, incluido Andrés, se dejaron llevar por el haz de luz
del único foco, con escasa esperanza ante lo que iban a
contemplar, el número estelar en aquel club de cuarta.

* * *

«Fue una verdadera sorpresa. Al igual que los demás
tampoco yo logré apartar un momento durante su actuación mis ojos de ella. Era tan diferente, tenía tan poco que
ver con el local en que bailaba como una venus entre ade-
fesios, como una perla en un basurero; y sin embargo parecía entregarse a su danza por el puro placer de bailar,
aceptando el dinero que la clientela le ofrecía como si en
lugar de sudados billetes se tratase de piadosas ofrendas.
En nuestra mesa, fue casualmente a mí a quien eligió
como espectador privilegiado, para quien movió su cintura a pocos centímetros de mí, abriendo y cerrando su ombligo enjoyado de monedas de oro, agitando su cuerpo en
mil acompasados estremecimientos. Esperaba claramente
que le diese dinero pero yo no sabía cómo hacerlo, me

44

avergonzaba la idea de ofrecérselo como hacían los demás, comprando tan vulgarmente su arte. En mi indecisión o mi timidez, desde las otras mesas se alzaron muchas manos que agitaban billetes, voces reclamando a gritos la atención de la bailarina. Entonces ocurrió algo. Mientras todavía bailaba frente a mí, Cristina Wilde se levantó, sacó un billete del bolso, grande, una cantidad desorbitada al lado del resto de los donativos y mirándome fijamente a los ojos se puso a acariciar con él los pechos de la bailarina mientras ella, comprendiendo el encargo, se acercó más, me dedicó su baile que se iba volviendo más y más enfebrecido conforme nuestra acompañante hacía descender el dinero por su cuerpo. A nuestro alrededor los aplausos estallaron rítmicos, marcados por un invisible diapasón, y los jadeos y las obscenidades también se acompasaron al deslizarse del billete, siempre pendiente abajo, demorándose en cada accidente de la piel, en cada músculo en tensión, hasta que, bajo el vientre, un movimiento firme de la mano lo hizo desaparecer en sus bragas de oro como si se tratase de una hucha. Fue la apoteosis del espectáculo. A mi espalda el público atronó y jaleó, pero mi vista seguía fija en la bailarina, profanada, humillada por la limosna. Sin embargo, ella no pareció ofenderse; correspondió al obsequio con un último contoneo vertiginoso, movió sus caderas con una desvergüenza que nada tenía que ver ya con la sutileza del baile, hasta que el movimiento de su cuerpo hizo entrar al billete en lo más hondo. Cuando se fue, cuando desapareció en el cuartucho de los baños (ni siquiera había camerino) el Esmirna recuperó su atmósfera siniestra, su realidad, mientras en nuestra mesa todos festejaban la audacia de nuestra compañera, capaz de dar una lección a aquellos tipos, demostrando que una mujer podía ir más allá de lo que ninguno de los parroquianos del club se había atrevido con la bailarina.»

* * *

Al salir, en la puerta, los amigos intercambiaron valoraciones. No es que se lo hubieran pasado mal, pero no eran del tipo de gente inclinada a regalar elogios fáciles. «Lo encuentro muy del Once, de lo más atorrante», se quejó la belleza húngara. «Pero querida, olvidás que Grecia es la cuna de la civilización», protestó la elegante matrona. «Mersa y patético», sentenció duramente Rodrigo Melnick, el gesto aún más endurecido de tantas visitas como había hecho durante la actuación a esnifar cocaína en el cuarto de baño. «En un contexto deconstruido como el argentino, la única estética posible es el patetismo», contraatacó la coleccionista, aprovechando para colocar una frase que le había oído a un crítico europeo citando de memoria a Derrida en una conferencia en el CAYC. Sin entrar en honduras, la promotora de la idea le brindó a Andrés la noche mientras se dirigían a continuar la juerga en otra parte. «Ha sido una sorpresa para el nuevo gallego —dijo—. Para que se lleve una idea diferente de lo que es Buenos Aires.»

—¿Ya le estás echando? —protestó Javier Bonfín—. ¿Adónde quieres que se la lleve? Si acaba de llegar...

—Se irá de todas formas. Excepto vos, los extranjeros ya no se quedan. Buenos Aires es yeta.

Al oír la palabra, con un chocante automatismo, Rodrigo Melnick se llevó la mano a la entrepierna en un expresivo gesto de origen italiano para ahuyentar la mala suerte. Todos prorrumpieron en risas. Todos menos Andrés, que dejó que se alejaran un poco los demás y acompasó su paso para hablar a solas con Cristina Wilde.

—Quiero saber por qué lo hiciste —le soltó a bocajarro— por qué pagaste a la bailarina.

—¿Y por qué no? —se extrañó ella—. Es la costumbre, allá todos lo hacían...

Andrés sintió crecer su hastío, el cansancio de aquel grupo de esnobs en el que había intentado introducirle Javier Bonfín, prácticamente los primeros argentinos que conocía. Como primer contacto con el factor humano de su destino, le produjeron una impresión bien desconcertante. Especialmente Cristina Wilde —cuya inmensa fortuna se había encargado de remarcarle JB— y que no dudaba que pudiera ser una interesante relación profesional, pero que no le parecía merecedora de la estrecha amistad que un colega mantenía con ella y que él no tenía ganas de establecer.

—Era para mí para quien bailaba —insistió.

—Así que es eso —pareció comprender Cristina Wilde—. ¿Querés saber por qué le pagué? Hubiera dado esa plata y mucha más por saber lo que estabas viendo en ella. Absorto, concentrado del todo. Nadie la miraba como vos pero ella no se daba cuenta. Por eso lo hice.

—La humillaste —dijo Andrés—, la degradaste con tu dinero.

Desde luego que Cristina Wilde de Corrugueiro no estaba acostumbrada a que nadie le hablara en ese tono. Para empezar, por su nivel social, pero también porque, como todos los latinoamericanos, usaba el español de una manera mucho más suave y cadenciosa que el tono áspero y siempre desabrido con el que hablaban los peninsulares. Además se sintió herida: no era justo el desagradecimiento con que aquel extranjero insolente estaba correspondiendo a la proverbial hospitalidad argentina.

—Para nada quise humillar a esa mujer, ¿entendés? Sólo la acerqué a vos, la hice humana. ¿Quién carajo creías que era la mina? ¿Rita Hayworth en Salomé?...

Se dio la vuelta y antes de recibir respuesta ya caminaba calle abajo colgada del brazo de su joven artista. La coleccionista de arte había hecho mutis y, delante de ellos, Javier Bonfín y su pareja también se dirigían, sin interrumpir ni un instante el magreo, hacia un fin de la noche perfectamente previsible. Andrés les vio alejarse como quien se desprende de un lastre. Apenas doblaron los cuatro la esquina y antes de que nadie se acordase de preguntar por él, alzó la mano para llamar a un taxi.

*　*　*

«¿Por qué me enfadé tanto? Ni los amigos de Javier Bonfín son tan esnobs y superficiales como he tratado de pintártelos, ni la idea de hacer una incursión a otros barrios distintos de Buenos Aires ha estado en absoluto mal. Aparte de que Cristina Wilde tenía razón. Aún no entiendo por qué me empeñé en metamorfosear a la bailarina, convirtiendo su baile del vientre en una suerte de danza sublime cuando no pasó de ser una burda mixtificación. Sin embargo, por alguna razón que ignoro, necesité creérmela; la revestí con todo su falso oro, imaginé que había algo más profundo en ella, una belleza misteriosa y secreta que sólo a mí, un extranjero, me era posible percibir. Por eso me molestó tanto que, al pagarle, Cristina Wilde pusiese en su lugar de aquel modo a la bailarina. Empujó el billete dentro de sus bragas doradas y, al hacerlo, mi sensación fue la de que se rompía un encantamiento. Pero lo cierto es que no fue más que una broma sin importancia y mi absurda reacción da la medida de hasta qué punto sigo todavía sin lograr integrarme en Buenos Aires. Quizás el problema esté en que trato de convertir en objeto de estudio a todas las personas que conozco; o que ando siempre a la busca de cosas nuevas que contar, de descubrimientos para mis crónicas. Si no tengo cuidado, terminaré por obsesionarme... Lo malo de trabajar solo, sin horarios, es que uno no llega nunca a desconectar, que sigues trabajando hasta cuando toca divertirse...»

Sobre la mesa, una botella de Criadores —sucedáneo local en una época en la que ni siquiera había divisas en el país para importar whisky decente— acompañó a Andrés en su escritura hasta que, en un impulso, dejó caer cansinamente las manos sobre el teclado del ordenador. Había regresado a casa y nada más llegar, con el automatismo de un hábito, se había puesto a escribirle las impresiones de la noche a su mujer. Solo en su apartamento de alquiler, impersonal y frío, con más de medio litro de dudoso alcohol en el cuerpo, fingiendo mantener todavía un contacto, en realidad una apariencia de contacto que la distancia y el tiempo —a no olvidar ese desfase horario que hacía imposible la menor coincidencia con el otro hemisferio en un mismo momento del día o de la noche— volvían, cada vez más, una ilusión consoladora. Como el recuerdo de su mujer, más bien del cuerpo de su mujer, que tantas noches húmedas había hecho subir aún más la temperatura de aquel largo verano que había pasado en solitario. Sólo que esa noche no tenía ganas de consolarse con recuerdos. El cuerpo de la bailarina estaba todavía demasiado próximo para entrar en la categoría del pasado. Era un presente que estaba allí con él, vivo a esa altura de la madrugada, despertando en su sexo la misma corriente de deseo que había sentido una hora antes (porque de deseo se trataba, por mucho que en su carta no hubiese mencionado esa palabra, de deseo puro y duro, de deseo en carne viva y no de sublimada admiración artística).

Miró el reloj. Todavía era posible que el club siguiera abierto. Quizás aún ofrecieran un último pase. ¿Por qué no? No tenía nada mejor que hacer y sobre todo no tenía que darle a nadie explicaciones de sus actos en Buenos Aires. Dio un último trago a la botella de whisky y, antes de salir, se quedó mirando la fotografía de su mujer, una que él mismo le había hecho unos cuantos años atrás cuando le acompañó a cubrir una cumbre europea en Florencia, posando sobre un puente del Arno, aquel en el que la tradición popular situaba el encuentro de Dante y Beatrice. Beatriz era precisamente su nombre y desde entonces aquella foto se había convertido en un juego privado y en el mejor recordatorio de la importancia que tenía en su vida. Beatriz no era sólo su pareja, también era su musa y a ella le debía la inspiración de casi todos sus artículos —podía decir de todos sin miedo a exagerar, puesto que habían empezado a salir juntos apenas acabada la universidad—. A ella pensaba dedicarle, con toda justicia, aquel libro de crónicas que habían prometido publicarle a su vuelta y por eso se había llevado aquel retrato con él, el mejor talismán para inspirarle en su viaje. Una foto que constituía, excluido el ordenador falsamente llamado personal y su flamante colección de libros sobre Buenos Aires, el único elemento de su vida íntima que había en el apartamento. Demasiadas escasas referencias, a esas alturas de la noche austral, para mantenerle sujeto a nada. A esas horas, Javier Bonfín andaría ya en la cama con la muchacha húngara y su amiga del alma disfrutando de los mismos placeres con su joven artista. Sin el menor cargo de conciencia, y eso que Cristina Wilde también era casada y por lo que le había contado JB no tenía escrúpulos en cargar a la abultada cuenta de su marido los gastos generados por sus amantes. ¿Y entonces? ¿Por qué le daba tantas vueltas él? «Un par de horas de desconexión», se anunció a sí mismo en voz alta mientras apagaba el ordenador, haciendo suyos los propósitos que acababa de escribir en su carta; y luego, sin saber por qué, quizás porque quería sentirse aún más solo, sin el menor testigo esa noche, guardó el retrato en un cajón.

«Cerrado», dijo el tipo moreno y rechoncho que asomó sus grandes bigotes negros tras la puerta entornada del Esmirna. «El espectáculo ha terminado» y en la contundencia con que interpuso su cuerpo en el umbral se notó la desconfianza que le inspiraba aquel extranjero que olía a alcohol y al que se le trabucaban las consonantes. Los clientes se habían marchado y a esas horas, por las calles sucias y mal iluminadas del Once, no circulaba nadie. Ni personas, ni coches ni, lo que era más preocupante, un solo taxi. Con el entusiasmo de su excursión nocturna, Andrés había despedido alegremente el suyo y ahora se encontraba en una situación cuando menos bastante desairada, en un barrio deprimido y poco recomendable a mucha distancia de su casa. La escasa luz proyectaba en la calle sombras nada tranquilizadoras y ya Andrés empezaba a entrar en esa fase de la borrachera en la cual la automortificación sucede sin transición a la euforia cuando, por una puerta lateral, la vio salir a la calle. Bastante poco reconocible, la verdad, sin joyas ni maquillaje, su figura de diosa de paisano discretamente oculta en unos simples vaqueros y un jersey. Pero era ella.

—Hola —dijo, aproximándose.

La bailarina dio el respingo que era de esperar ante una presencia inesperada en plena noche. Se volvió en tensión, pero algo, quizás su apariencia de náufrago urbano o el reconocimiento de haberle visto antes entre los clientes del club, le devolvió la tranquilidad. Aunque su voz no sonó nada amistosa.

—¿Qué querés?, ¿qué hacés vos acá? —dijo.

—He llegado tarde. Quería verte bailar otra vez.

Por toda respuesta, la chica miró a un lado y a otro de la calle desierta, claramente buscando a alguien que hubiera debido estar allí. Pero no estaba. Un gesto de fastidio se dibujó en su cara.

—Podríamos tomar juntos una copa... —se atrevió Andrés.

—Fuera del laburo no salgo con clientes —le interrumpió ella tajante—. Andate a dormirla.

Milagrosamente, un taxi libre apareció en una bocacalle. La bailarina casi se tiró al centro de la calzada para pararle. Luego se volvió hacia él. Parecía más cansada que molesta.

—Más vale que te vayas, a estas horas, éste no es barrio para hacer turismo...

—Lo siento —dijo Andrés, mientras la bailarina subía al coche, última tabla de salvación para salir del Once ante la improbable casualidad de que apareciese otro taxi—. Llevo muy poco tiempo aquí, lo ignoro casi todo. No quería molestarte.

Alguna fibra sensible debió tocar en su interlocutora el desamparo que expresaba esa última frase, porque asomó la cabeza por la ventanilla y se quedó mirándole.

—¿Vos de qué planeta salís? ¿Te acordás al menos de dónde está tu casa?

* * *

Andrés tuvo una primera sensación de pudor al encontrarse a solas en su departamento con ella, como si le

51

estuviese franqueando demasiado rápidamente a una extraña el umbral de su intimidad. Pero en aquella casa de alquiler no había intimidad que proteger y su mismo vacío, su impersonalidad de hogar de paso, volvía indiferente la intromisión de la mujer. Ni siquiera recordó si hablaron mucho ni cuántos tragos bebieron antes. Cuando la vio desnuda fue como si recuperase su aparición en el Esmirna y sintió entera, por un momento, la misma fascinación que entonces; allí tenía, de nuevo ante sus ojos, aquel cuerpo perfecto —más delgado de cerca sin el brillo de falsos oros y monedas—, cuyos músculos se pronunciaban bajo la piel, el pelo negro que iba cayendo sobre los hombros suavizando sus agudas aristas, la cintura breve que le había visto contonear en el club; y más, porque ahora ella le ofrecía su entera desnudez sin reservarse nada, sin un secreto que ocultar, rendida de antemano con una docilidad inesperada y maravillosa.

Se besaron. Andrés deslizó sus dedos por los muslos de ella y midió una larga extensión de piel tersa, suave y dura a la vez. Pero al llegar al vértice se detuvo. Era muy fácil deslizarse por aquella pendiente, pero no era eso sólo lo que buscaba.

—Espera —dijo, interrumpiendo bruscamente sus caricias.

Saltó de la cama, buscó el billetero en el pantalón y dejó que los billetes relampaguearan como una tentación en su mano.

—Antes quiero que bailes para mí. Puedo pagarte lo que pidas. Por favor, baila.

Desde luego que estaba borracho y era sólo gracias a la desinhibición del alcohol por lo que se atrevía a ir tan lejos, pero Andrés se sintió inundado de felicidad cuando vio que la bailarina se incorporaba con total obediencia y, con el mismo aire sonámbulo que le había visto antes al aparecer en el club, comenzaba a bailar para él. Volvió a arrojarse al lecho y desde allí, como quien asiste a un milagro, disfrutó para él solo el espectáculo de contemplar su vientre ir y venir, su danza absorta, sin encontrar extraño estar mirando a aquella mujer desconocida que bailaba desnuda en su casa, que le hechizaba, que se movía de verdad con la cadencia de una diosa, desde la soledad sagrada, esta vez sí, de una bailarina de la antigua Grecia.

No supo en qué momento la pesadez de los párpados le hizo caer en el más profundo de los sueños. Pero cuando volvió a abrir los ojos, más despejado de la borrachera, la bailarina seguía allí, sin vestirse, a su lado.

—Me gusta el sexo —dijo como un saludo—. Coger es maravilloso, aunque traiga problemas.

—¿Problemas? —preguntó Andrés—. ¿Qué clase de problemas?

—Problemas con él —respondió escuetamente ella; pero como fuera evidente que su compañero de cama no parecía entender quién era el «él» del que le hablaba, se lo aclaró a continuación—: No estoy sola... Va a buscarme todas las noches al club. Esta noche no vino... y apareciste vos.

—Yo sí estoy solo en Buenos Aires —le explicó Andrés con intencionada ambigüedad, para nada dispuesto a entrar en más detalles sobre su vida personal. Al fin y al cabo, la facilidad con que la bailarina se había dejado conducir allí, pese a sus iniciales protestas, era una buena prueba de que hacer horas extras con los clientes, como hacía el resto de las mujeres del club, también formaba parte de su trabajo. Andrés no tenía mucha idea sobre las costumbres al uso en el mundo de la prostitución, un recurso completamente ajeno a su mentalidad y a su código ético generacional que por primera vez y en unas circunstancias bastante atenuantes estaba experimentando. En todo caso lo que sí tenía claro era que el hecho de pagar descartaba *a priori* otras intimidades que las físicas: no era para hablar de sus respectivas situaciones sentimentales para lo que se habían metido los dos en una cama.

—En serio, no sé qué hago acá con vos —dijo ella como si le hubiera leído el pensamiento, mientras se montaba sobre Andrés y empezaba a moverse lentamente, frotando su pubis contra el suyo—. Cada minuto que pasa le estoy engañando a él.

De madrugada, el cansancio había vencido a Andrés y todavía la lengua de la bailarina seguía recorriendo su vientre, explorando sus ingles. Pero al final la falta de respuesta terminó de rendirla a ella también.

—Siempre me espera fuera. Nunca ha querido entrar al club.

—¿Para no verte?

Ella asintió.

—No me extraña, cuando bailas allí les vuelves locos a todos. A mí también me pasó esta noche.

—Es coreógrafo. De los mejores de acá... Desde que me dio clases en la facultad, lo mejor de su trabajo lo ha dedicado a mí. Cree en mi talento... y sólo de pensar en verme bailar para todos esos enfermos...

—¿Enfermos?

—Así les llama él: gritan, jadean. Algunos se masturban mientras bailo. Me doy cuenta.

Era extraño ese empeño en estar hablándole todo el tiempo mientras hacían el amor del hombre con el que vivía. Quizás es que necesitaba justificarse, sentía vergüenza de su modo de ganarse la vida, no podía admitírselo a sí misma y prefería fingir que estaba viviendo una pasión antes que una simple transacción comercial. Y en cuanto al supuesto coreógrafo, se le ocurría otra forma mucho más directa de llamar al oficio que seguramente desempeñaba... A no ser que no participase del negocio, en cuyo caso tenía motivos de sobra para sentirse preocupado de la conducta sexual de su pareja.

—Creo que puedo entenderle —dijo de todas formas, tratando de mantener la ecuanimidad pese a que la bailarina había vuelto a tumbarse sobre él y con la fricción sentía que iba invadiéndole un calor cada vez más intenso—. Si viviera contigo, no sé si soportaría que otros te vieran bailar.

—Ellos no me tocan. Vos sí.

—Se lo pierden. No sólo como bailarina eres extraordinaria.

Sonrió, agradeciéndole el cumplido. Un movimiento de caderas bastó para acoplar del todo los dos sexos. Tras amarse otra vez, Andrés, definitivamente agotado, sólo pensaba ya en dormirse pero no podía hacerlo mientras ella continuase allí, los ojos bien abiertos, sin hacer ademán de marcharse.

—Disculpá, hablo demasiado, digo muchas pavadas.

—Ni siquiera me has dicho cómo te llamas.

—Mariana. Mariana Bornstein.

Otro apellido extraño. ¿De qué mundo lejano, de qué guerra, de qué calamidad habrían venido huyendo sus antecesores? Casi sintió deseos de preguntárselo, pero se contuvo. Luego se presentó a su vez aunque, por una elemental precaución, prescindiendo de otros datos que el nombre.

—Me gusta hablar, necesito explicarme a mí misma lo que hago. Lo de esta noche es un impulso y los impulsos pueden ser muy destructivos. Si no te los explicás, si no la verbalizás, la angustia se te queda dentro...

Mientras hablaba se había levantado para empezar a recoger su ropa del suelo. Andrés miró el reloj: no era raro que se sintiese tan cansado, faltaba poco para que empezara a amanecer. Bostezó. La voz le salió amodorrada, incapaz de disimular la falta de interés en una conversación tan a deshora.

—¿Angustia? ¿Qué angustia?

—¿Vos nunca sentís angustia?

En el cuarto, casi a tientas, la mujer hacía esfuerzos por seguir el rastro de su desperdigada ropa interior. Todavía en la oscuridad, Andrés no distinguía la expresión de su cara.

—Supongo que sí —reconoció en un nuevo esfuerzo por seguir mostrándose ecuánime—, si por angustia entendemos una sensación de vacío, de no encontrarte, de no acabar de saber dónde estás... A veces me pasa eso en Buenos Aires.

—Yo no hablo de angustias teóricas —le interrumpió Mariana, repentinamente tajante—... Estoy acá con vos en lugar de con él; estoy desnuda en la casa de un tipo con el que acabo de coger que no es el hombre con el que vivo... Eso es lo que me hace sentirme culpable.

¿Qué le estaba contando? Desde luego, además de una artista del baile y, según le había demostrado con creces, también del amor, aquella mujer tenía un enorme sentido escénico. Tras el ventanal, con vistas sobre la espesa fronda del Botánico, se escuchó la primera algarabía de los pájaros como un toque de aviso que rompía el silencio nocturno en el parque. Andrés se levantó a mirar cómo iba abriéndose paso la claridad. Dentro de unos minutos, la luz iría volviendo cada vez más preciso el contorno del cuerpo de la mujer con la que había compartido la noche. O quizás no, quizás lo borraría, lo difuminaría definitivamente. No le importaba. Contemplaba el amanecer sobre una ciudad extraña, junto a una mujer desconocida que tampoco era la suya y no tenía ganas de hacerse más preguntas; se sentía satisfecho, ahíto, en perfecta comunión con ese tránsito de las tinieblas a la luz que se desarrollaba ante sus ojos: los días y las noches siempre se sucedían, como los cuerpos se desnudan y se visten y las personas con las que compartimos la más privada intimidad se transforman al día siguiente en desconocidos absolutos. Eso era exactamente lo que iba a pasar, por más que ella continuara empeñada en su juego de fingidas traiciones. Anticipándose al adiós, le habló de espaldas.

—Sucede —dijo—, el sexo sucede entre las personas sin culpa, sin premeditación. No significa más de lo que es.

—¿Qué es? Decime cómo puedo explicárselo.

—No lo sé —dijo mientras echaba del todo la persiana para que la luz creciente del día no terminase de desvelarle—. Hay veces que es mejor no buscar explicaciones a lo que hacemos.

Debió de quedarse otra vez dormido porque cuando volvió a abrir los ojos, Mariana ya había terminado de vestirse. En la semipenumbra, distinguió que sostenía algo en su mano. Pero no reconoció lo que eran hasta que no dejó caer sobre su cama los dos billetes de cien dólares.

—¿No habrás pensado que soy una puta?

La brutalidad con que lo dijo, despertó por completo a Andrés. Afortunadamente, gracias a la oscuridad, el azoramiento se le notó tan sólo en las palabras.

—No, qué va, si yo no...

—Estudié danza contemporánea en la escuela superior de la UBA. He bailado en teatros, incluso hice un *stage* con Martha Graham en Nueva York.

—Se nota —dijo Andrés, rogando interiormente para que no le diera más explicaciones—. Bailas muy bien.

—Lo del Esmirna es una changa, un laburo temporal... Como está la Argentina, los artistas tenemos que buscarnos la vida.

Ahora ya no supo qué decir. Desde la puerta, con su jersey y sus *jeans*, transformada de nuevo en corriente mortal, escuchó despedirse a aquella falsa diosa con la que había estado haciendo el amor toda la noche.

—Siento decepcionarte. A lo peor, también habías pensado que era griega.

5

Cuando se levantó, pasado el mediodía, Andrés buscó en el espejo el rostro de una persona distinta y aunque el cansancio le había dejado sombras, surcos oscuros bajo los ojos, encontró que seguía siendo el mismo. Aparte de una leve resaca, no había tampoco en su expresión ningún gesto nuevo, ninguna adherencia. Tan sólo la sensación de que, pese a haber dormido muy poco, parecía despertar de un sueño. Desayunó con ganas. Dio un par de vueltas por la casa y, en contra de lo que hubiese esperado, el recorrido por el departamento en el que vivía le produjo una impresión sedante, casi familiar. En el dormitorio, al abrir la persiana, le deslumbró la luz del sol que se reflejaba en los ventanales; una luz cruda que al entrar en el cuarto resaltaba aún más el desorden de la cama, las sábanas sucias. Hasta entonces la única presencia femenina en esa cama había sido el fantasma de su propia mujer, convocada por su deseo en la soledad de tantas noches; ahora, en cambio, podía sentir, oler, casi palpar, el cuerpo infinitamente más real de otra mujer que se había abandonado en esas sábanas, que las había habitado de verdad con él.

En el contestador había una llamada de Cristina Wilde. Era de esa mañana y en ella le anunciaba que estaba organizando para ese mismo domingo un asado en su estancia próxima a Chacabuco, en la provincia de Buenos Aires. Pero también quería decirle otra cosa. «Te juro que no tengo la menor intención de meterme en tu vida, de resultar entrometida, pero no te comportaste demasiado bien anoche. Marcharte de esa forma, sin despedirte de nadie —aquí había una pausa de Cristina—... Odio esta máquina infernal, convierte la conversación en un monólogo absurdo y a mí no me gusta hablar sola. ¿Te divirtió el boliche? Espero que puedas venir, estarán todos los amigos de ayer; llamame cuando te levantés, ¿OK?, si es preciso te mando un *remise*. Cariños, chao.» ¿Debía alguna explicación a Cristina Wilde? El hecho de ser un extranjero no le eximía de la obligación de respetar las mínimas reglas que imponía en todas partes la buena educación. Decidió llamarla y presentar cualquier excusa que justificase su desaparición de la víspera. Puede que ni sus amigos ni ella encajasen del todo en su tipo de gente ideal, pero la perspectiva de un domingo en el campo, asomándose a la mítica pampa de la que tanto había leído pero que aún no había tenido ocasión de visitar, le pareció de pronto una atractiva posibilidad. ¿Y no se decía del asado que, más que una comida, era un verdadero ritual social, singular expresión de la idiosincrasia argentina? La excursión podría servirle, por añadidura, para recuperarse de los excesos de la noche anterior pero, lamentablemente, en el número que le había dejado en el contestador no respondía nadie. A esas horas, Cristina y sus amigos ya deberían estar empezando a almorzar.

Fue al dejar el teléfono cuando echó de menos algo que hubiera debido estar junto a él. Buscó en el armario y repuso a toda prisa el retrato de su mujer, desterrado de su lugar habitual la noche anterior por un impulso que él mismo había calificado de inexplicable —¿inexplicablemente premonitorio o inexplicablemente premeditado?—. Desde la foto, asomada al viejo puente sobre el Arno, con la severidad inmóvil de una juez más que de una musa, Beatriz parecía interrogarle sobre lo que había sucedido más allá del cajón, todo aquello que se había perdido allí dentro, lo que no había podido ver por causa de su injusto destierro. Desvió la vista. Como si no bastara con el reproche de la imagen, Andrés se encontró descifrando un olor que le asaltó de súbito, una impregnación en su piel, melosa, agria, un olor cuyo rastro podía seguir desde el brazo hasta el resto de su cuerpo. Todavía no había tenido tiempo de ducharse, de desprenderse de la noche que resucitaba en su nariz. Su cuerpo olía aún a... ¿Mariana? Sí, creía recordar que ella le había dado ese nombre. Verdadero o falso daba lo mismo, porque tampoco le había dejado un teléfono o una dirección donde comprobarlo. Y desde luego al club no pensaba volver... Mejor así, las relaciones de este tipo eran efímeras por naturaleza. Sobre todo cuando no se han buscado, cuando uno se las encontraba sin proponérselo. Se rió de sí mismo al recordar la embarazosa confusión que había sufrido sobre las intenciones de su acompañante. Mira por donde había creído estar contratando a una profesional —la primera vez que lo hacía en su vida— y en realidad se había tratado de un ejercicio de pura seducción. ¿Tan baja tenía la autoestima? Todavía era capaz de conquistar, de hacer perder la cabeza de deseo a una mujer atractiva y más joven que él, de compartir con ella una aventura inesperada. Incluso en un país extranjero, incluso siendo del todo ignorante de las costumbres argentinas en cuestión de cortejo. Gratis total y en una sola noche, sin más rodeos ni circunloquios. Un éxito. Ocioso, despreocupado por completo, buscando algo que hacer en domingo, le dio por encender el ordenador y, al releer la carta que el día anterior había empezado a escribir a su mujer, dio un salto en la silla como si acabara de sufrir un calambre. ¿Qué le estaba contando? Apenas terminó la lectura, decidió suprimir de la carta toda referencia a su visita al Esmirna y desde luego sus hiperbólicas descripciones sobre la impresión que le había causado la bailarina. Aquello no venía a cuento, era sembrar una inquietud innecesaria, sobre todo porque en el momento de escribirlo le estaba hablando de una mujer de fantasía que no parecía destinada a convertirse en real. Pero el caso es que después la bailarina había pasado la noche con él y ya no tenía sentido hablar directamente de ella, lo que no quería decir que no hubiera otras formas de sincerarse con Beatriz. Se puso de nuevo a teclear. Mientras escribía, en ningún momento tuvo la sensación de estar falsificando la realidad. Tan sólo contándole lo que de verdad sentía y le importaba, sin entrar en detalles insignificantes:

«La distancia cambia a las personas, actúa sobre nuestra propia experiencia, nos transforma. Éste es un descubrimiento reciente para mí, porque, como ya te he contado, en Buenos Aires las apariencias engañan con mucha más facilidad que en otras partes. El mismo idioma, las costumbres, el pasado común, etc..., tantas similitudes, no son más que señuelos que te hacen creer, en una primera impresión, que no te has alejado de España. Sin embargo es evidente que estoy muy lejos, casi lo más que puede estarse. Esta mañana, al despertarme, no sé por qué me ha venido a la cabeza la película de Kubrick, *2001* (Verídica mención, aunque no hubiera sido en aquélla sino en la mañana anterior, llevaba dándole vueltas desde entonces), las escenas finales en las que el astronauta, perdido ya del todo en el espacio, amanece de pronto en una habitación familiar, con una cama, muebles, alimentos y ropas perfectamente reconocibles. Sólo que son falsos, como un holograma. Si los han puesto ahí es para tranquilizarle, para crearle un espejismo familiar justo cuando va a tener que dar de verdad el salto, cuando se dispone a entrar en contacto con una civilización diferente, tan diferente que escapa a su imaginación y a sus sentidos. Han reproducido tan fielmente su hábitat para evitar que la falta de referencias le extravíe en su viaje. Pero, ¿quién?, ¿qué hay detrás? (Esto último lo tachó, además de retórico, personalizaba innecesariamente; él quería hablarle de un país y no de ninguna persona concreta.) Disculpa la disgresión pero no encuentro mejor forma de explicarte lo que está siendo para mí Buenos Aires, tan familiar y tan diferente a la vez. Nada es aquí lo que parece. Mejor dicho, nadie. Ya te he hablado de Cristina Wilde cuyo apellido heredado de algún corsario inglés no le impide proclamar, por derecho propio, su adscripción al más rancio Gotha criollo. Otro ejemplo cualquiera, el de ese artista descerebrado que la acompaña, Rodrigo... Melnick. (¡Atención otra vez! Casi inconscientemente, el apellido que estuvo a punto de escribir fue Bornstein.) Según él mismo me contó, sus abuelos fueron inmigrantes ucranianos, judíos de Kiev que llegaron huyendo de los pogromos zaristas, pero ni siquiera supo situarme con precisión en qué lugar de la actual URSS podía localizarse Ucrania. Y si es verdad que la mayoría de los argentinos, al menos los porteños, son de origen italiano, ¿cómo han podido olvidar tan rápidamente su idioma en apenas dos o tres generaciones? La lengua, la tradición, las costumbres hispanas tienen en estas latitudes una fuerza integradora impensable en la propia España. Ahora que lo pienso, si a los del periódico les interesa, se me ocurre que podría escribir algo sobre el tema. Sigo con *2001*, vuelvo a la cuestión de la distancia. Los procesos de asimilación, de simulación, diría yo, son aquí tan rápidos que dan vértigo. También mis actos en Buenos Aires aparentan una normalidad imposible, cuando en realidad están hechos de la misma sustancia rara, forman parte de ese sucedáneo que falsifica todo aquí. Son y no son míos. A veces ni yo mismo me reconozco en ellos. La facilidad de integración también me afecta a mí, tiende a incorporarme en esta sociedad de amalgama, por más esfuerzos que hago por evitarlo. Existe en este mundo una atracción poderosa, una gravedad especial que atrapa en su órbita a todo el que llega de fuera; es tan semejante a todos nuestros lugares de origen, como si estuviese hecho engañosamente a la medida de cada uno, que impulsa a abandonarse en él. A menudo tengo que repetirme que estoy de paso, que no pertenezco a este mundo, que cuando me marche cualquier rastro de mi presencia aquí desaparecerá para siempre. Esto me ayuda a no perder la perspectiva.»

* * *

A cualquier hora —según descubriera Andrés ya en sus primeras exploraciones—, La Recoleta era uno de los paseos más tradicionales y selectos de Buenos Aires. Lugar de citas, de conspiraciones, de amoríos, sus enormes árboles servían de refugio a los porteños, aislaban las mesas al aire libre, arropaban las conversaciones con un techo vegetal protector. Allí más que en ninguna otra parte, bajo el caparazón de los inmensos gomeros, podía tomarse el pulso, se escuchaba latir y palpitar el corazón de la ciudad.

Esa noche, además, una suave brisa de otoño volvía aún más agradable detenerse en las terrazas abarrotadas. Desde una de las mesas, Javier Bonfín y él —autoexcluidos ambos de la excursión al campo— observaban el ajetreo de gente que iba y venía calle abajo. A sus espaldas, tras la tapia del cementerio que daba nombre a la plaza, los historiados mausoleos alzaban sus coronas de estatuas, cruces y ángeles fúnebres. Allí estaban enterrados los principales próceres del país, aunque fuese la tumba de Evita la única que de verdad atraía visitantes. Casi desde los tiempos coloniales, los alrededores del camposanto habían sido convertidos por los porteños en el centro de su vida social. Curioso paseo aquel, tan emblemático de Buenos Aires, en el que los vivos se exhibían con el esplendor más mundano frente a las tumbas de los muertos. Precisamente, en un arranque de vanidad, Andrés acababa de quejarse de la ausencia de noticias de relieve que le hubieran permitido hasta entonces lucirse como corresponsal, cuando Javier Bonfín, dando una calada al cigarrillo, bajó la voz y adoptó un tono de confidencias:

—Prepárate, vas a tener tu oportunidad. Las cosas se están complicando.

A Andrés le pareció que exageraba, que sólo estaba tratando de hacerse el interesante con él:

—¿Te parece? —dijo en plan escéptico—. Nadie lo diría esta noche; aquí todo está como siempre, incluso más animado; la gente no se ve muy afectada por la crisis.

—Eso es quedarse con las apariencias —replicó JB—.

Los argentinos están acostumbrados a la inestabilidad, no te digo que no... —de nuevo su voz se adelgazó, como a punto de hacerle una revelación importante—. Pero hasta la inestabilidad tiene un límite...

—Ahora los militares están quietos —objetó Andrés.

La respuesta le llegó en forma de una voz poderosa a su espalda, con fuerte acento:

—¿Por qué crees que están quietos, hombre? Un país que se va al carajo ni a los milicos les interesa...

La carcajada del alemán resonó en media plaza. Buscó una silla y sin más ceremonias se sentó con ellos. Andrés ya conocía al corresponsal del *Frankfurter Allgemeine*. Lo raro era no haberse encontrado antes allí con él o con cualquiera de los periodistas acreditados en Buenos Aires: La Recoleta, junto con el Florida Garden, en la calle Florida, eran los dos puntos cardinales de intercambio de información confidencial sobre lo que pasaba en el país, plataformas estratégicas desde las que echar a rodar todo tipo de rumores e intoxicaciones informativas. Y no sólo para los extranjeros: Néstor Alberto Ottone, editorialista de Clarín, les saludó de lejos. Caminaba del brazo de una mujer mucho más joven, llamativa y contoneante, y esa compañía femenina les salvó de que también se sentase a su mesa a entonar junto a ellos una de esas diatribas interminables contra su propio país a las que solían entregarse los periodistas en general, pero sobre todo los argentinos. La diferencia de edad era una de las características de las parejas que paseaban esa noche por la Recoleta. La otra era la belleza de las mujeres, en un país en el que el canon físico más perfecto era superado a menudo por cualquier muchacha anónima que pudieras cruzarte por la calle. Ya estaba dicho: si cuando se juntan hombres solos a menudo la conversación se desliza hacia esa clase de temas, el espectáculo que ofrecían aquella noche otoñal las mujeres de La Recoleta actuó como un detonador. En dos minutos, Javier Bonfín y el alemán estaban enzarzados, tirando cada uno de su propio repertorio de referencias viajeras, en discutir sobre las excelencias y defectos de las mujeres que habían conocido en Latinoamérica. Que si la mujer de Buenos Aires o la del interior, que si la brasileña, la venezolana, la peruana o la chilena... Por el entusiasmo que ponían, se veía que era una de sus controversias favoritas. Sólo que Andrés tenía ese día de sobra descargados sus niveles de testosterona y se sentía sin ganas de participar en semejante feria de lugares comunes masculinos.

—Me recordáis al prototipo de conquistador que describe en sus libros Martínez Estrada —les interrumpió en plan aguafiestas— cuando le fallaron sus sueños de riqueza, se lanzó como un poseso a por las indígenas.

—¡Viva el mestizaje! —festejó el alemán—. Gracias a él las latinoamericanas están tan buenas.

—Un buen tema para el 92 —dijo Javier Bonfín—: los españoles llegan a América buscando hacerse ricos, no lo consiguen y se desquitan follando.

Salió la fecha mágica, pensó Andrés. Todavía faltaban cuatro años para la gran celebración pero ya la política española en América empezaba a volcarse en despertar el entusiasmo y la imprescindible colaboración —no podía celebrarse el quinto centenario del descubrimiento de América sin los americanos mismos— de sus empobrecidos socios del otro lado. Por todas partes se constituían comisiones organizativas, se firmaban acuerdos y una nueva retórica —todavía vacilante, tras el largo secuestro de lo hispánico por el imaginario imperial franquista— iba abriéndose paso. Ni conquista ni descubrimiento, el «Encuentro de Dos Mundos» había sido elegido como nuevo y aséptico lema. Lo malo es que los dos mundos pasaban por un momento histórico de total desencuentro. España, tan de moda internacionalmente, al fin europea, democrática y próspera. En cuanto a América Latina... Pero se estaba yendo del tema.

—El mestizaje fue una violación. Eso también lo dice Martínez Estrada —proclamó contundente.

—¡Eh, eh, basta de masoquismo español! —tronó el del *Frankfurter*—. ¡No estoy de acuerdo! Nada de lo que decís es aplicable a este país: las mujeres de aquí no tienen una gota de sangre indígena. Su mezcla es cien por cien europea.

Javier Bonfín, en cambio, no entró en el juego. Llevaba un rato observándole, despreocupado de la conversación, como si más que lo que dijese, le interesara lo que callaba.

—A ti te pasa algo...

Andrés se sonrojó absurdamente:

—¿Qué coño dices?

—Tanto defender a las lugareñas...

—¿Tenemos exclusiva? —dijo el alemán.

—Cuidado —dijo JB—, la enfermedad del corresponsal, son los primeros síntomas...

A Andrés no le hizo gracia el tono admonitorio. Bastantes lecciones profesionales le llevaba aguantando ya, para que también pretendiera dárselas en ese campo. Conocía de sobra su fama de donjuán y había asistido en primera fila a su demostración práctica de la víspera. ¿Entonces? ¿O acaso se creía el único que podía disfrutar de una noche de sexo en Buenos Aires? Pero en cualquier caso le parecía una vulgaridad ponerse a comentar en plan charla entre hombres su noche con la bailarina y prefirió aparentar sorpresa:

—¿Síntomas? ¿De qué síntomas hablas?

—Tenemos prohibido por contrato publicar aquí, vivimos y escribimos sobre este país, pero nadie en él ha leído una sola palabra nuestra... Nadie nos reconoce...

—¿Y?

—Para alguien como tú debe ser duro. Una firma de prestigio en España...

El resentimiento era tan evidente, el deseo de humillar a quien había venido de Madrid a quitarle poco menos que el pan de la boca, que Andrés optó por ser generoso con su predecesor en la corresponsalía y no acusó recibo del ataque. Nunca le había hablado de ello, pero bastantes problemas debía de producirle tener que reciclarse profesionalmente en medio de una crisis como aquélla. Aunque había algo que sí consideró necesario dejarle bien claro en adelante:

—De todas formas lo que yo haga o deje de hacer con mi vida es asunto mío.

—Por supuesto que lo es —sonrió JB, satisfecho con la confirmación de sus sospechas que implicaban aquellas palabras (¡Mierda!, se reprochó a sí mismo Andrés, ahora ya sabían que algo había hecho, algo de lo que se negaba a hablar...) y puesto que ya tenía lo que quería, renunció a seguir incordiándole y su tono se volvió amable, desprovisto de animosidad—: Por nosotros, puedes irte a la cama con todas las argentinas que quieras. Sólo te recordábamos la regla de oro de nuestro trabajo: cuidado con perder la distancia, prohibido implicarse, prohibido hacer otra cosa que mirar.

—Ser unos jodidos *voyeurs*... —se sumó alegremente el alemán—. ¡En este oficio, perder la objetividad es como perder la virginidad!

Casi simultáneamente, los tres prorrumpieron en carcajadas. Incluso Andrés, que al fin y al cabo se sentía tan diferente a ellos, como para que su intimidad pudiera verse amenazada. Lo suyo era un paréntesis: cuando él regresase a España, Bonfín y el alemán continuarían sentados en La Biela, en los cafés de Congreso o de Corrientes husmeando el aire, tomando la temperatura política y social a una ciudad, a un país en el que tenían prohibido implicarse y que les importaba tan poco como aquellos para los que escribían. Por eso vivían solos, exiliados de sus países de origen y de la propia Argentina. Estaban adaptados, no sufrían por ello. Probablemente sólo en ese exilio sabían sentirse libres y gozar del privilegio del extranjero: la libertad de estar lejos.

No hablaron más. Bajo las copas de los árboles que semejaban nubes tormentosas, excéntricas a la claridad de la noche, volvieron los tres a contemplar el tránsito humano de La Recoleta. Mientras miraban, bebían y fumaban en silencio. Andrés ya había aprendido que para los corresponsales observar era un hábito, la única manera que conocían de sobrevivir en países lejanos, a miles y miles de kilómetros de casa.

* * *

El timbre del teléfono debía de llevar sonando largo rato cuando Andrés despertó y tanteó a ciegas en busca del auricular.

—¿Quién es, qué ocurre?

En el reloj de mesa leyó que eran las tres de la madrugada. Dado el desfase horario, pensó que sería una llamada de su mujer o de la redacción del periódico, pero la voz que escuchó fue otra.

—Estabas durmiendo, disculpá.

La pregunta que le vino inmediatamente a la cabeza era cómo había conseguido su número de teléfono. Pero conociendo su dirección, tampoco parecía difícil.

—No importa, dime.

—No puedo dormir —dijo la bailarina—. Estoy muy nerviosa, te llamé antes pero no estabas. ¿Recibiste mi carta?

—No lo sé, hoy no he mirado el correo —dijo Andrés con voz adormecida, mientras buscaba con la vista el montón de correspondencia sobre la mesa, todavía sin abrir. ¿Una carta? ¿Para qué le había escrito una carta? Ni siquiera tuvo que responderse a esta segunda pregunta porque se le adelantó ella.

—Es igual, la carta no importa. Te contaba un sueño, un sueño que tuve ayer... bueno, esta mañana... Pero no es por eso por lo que no puedo dormir.

—¿Qué te pasa entonces?, ¿por qué no puedes?

—Es por él. Él sí está durmiendo ahora —dijo ella bajando la voz— y yo no sé qué hacer.

—¿Qué tienes que hacer? —dijo él—. No comprendo.

—Ya te dije, decírselo, contarle que te conocí a vos. Contarle que cogimos como locos, que nos morimos de placer.

Andrés sintió que se despertaba por completo. Se incorporó en la cama y encendió la luz:

—Escucha, ¿para qué tienes que hablarle de nada, para que sufra él, para que sufras tú? Es absurdo.

—Querés que le mienta —dijo Mariana.

—Mentir es una forma de hablar. Hay mentiras piadosas —dijo él.

—Entonces será un secreto —dijo Mariana—, un secreto entre vos y yo.

—Sí —dijo Andrés—. Es lo mejor. De todas formas creo que le das demasiada importancia a las cosas.

—Tenés razón, nunca me había pasado. Supongo que es mejor que no volvamos a vernos.

—Sí —dijo él—. No tendría sentido.

La contundencia de la respuesta pareció hacer mella en la bailarina porque durante unos segundos guardó silencio. Luego su voz se adelgazó, casi como un susurro.

—Te extrañé. ¿Vos me extrañaste hoy?

Andrés no reaccionó, todavía sin familiarizarse con el uso argentino del verbo.

—Quiero decir que si pensaste en mí... desnuda, en tu cama, como me tuviste ayer.

—Bueno, eh... no —y la mentira le salió enronquecida, intentando ocultar que no había hecho otra cosa que pensar en ella todo el maldito día. ¿Pero qué sentido tenía decírselo si aquella conversación era un adiós?

—¿Estás... solo?

—Claro... sí.

—Yo estoy en el baño —dijo ella—. He cerrado por dentro.

La voz de Mariana se había vuelto un susurro sugerente, sordo y a la vez cálido. Tanto que, a pesar suyo, Andrés sintió crecer su excitación.

—¿No vas a concederme un último deseo? En mi país hasta los condenados tienen ese derecho.

—¿Cuál? —preguntó tontamente como si no lo supiese de sobra, como si con todo su cuerpo no lo estuviese ya esperando, ardiendo del deseo de concedérselo.

El sexo por teléfono, esa nueva y excitante manera de obtención de placer posibilitada por la tecnología, tenía sus servidumbres. Algo que experimentó Andrés mientras escuchaba a Mariana, ya que sin poder verla, tocarla, olerla ni gustarla, eclipsados todos los demás sentidos, las palabras pasaron a adquirir entre ellos una preponderancia absoluta, pero mucho más por cómo sonaban que por su significado, puesto que ninguno de los dos tenía forma de saber qué había de cierto en lo que el compañero de juego le estaba contando. En su caso, si Mariana realmente le llamaba desde el cuarto de baño de su casa y si aquel hombre del que tanto le gustaba hablar dormía de verdad *in albis* en la habitación de al lado —circunstancia que sin saber por qué hizo subir al máximo su temperatura erótica— o si estaba desnuda y se andaba acariciando el cuerpo tan ardientemente como le decía. Incluso si alcanzaron los dos al mismo tiempo el clímax, como el acompasamiento de gritos y gemidos pareció pregonar. Qué más daba. Pendiente de su voz —tenía una voz muy cálida, con la sorpresa de esos tonos cambiados del español austral que a él le seguían sonando a deliciosa novedad—, Andrés ni siquiera retuvo en la memoria de qué le estuvo hablando la bailarina para provocarle el orgasmo, porque junto al acento, lo que más le excitó fue escuchar por teléfono los caprichosos nombres que en aquella orilla del Atlántico había adoptado su misma lengua para denominar las partes más sensuales del cuerpo humano.

Cuando colgaron, pasó un rato inmóvil en la cama antes de levantarse a limpiarse. Luego buscó en la correspondencia. Uno de los sobres no tenía franqueo, tenía que ser ése, si lo hubiera echado al correo no podría haber llegado en el mismo día; seguramente ella misma lo había dejado en mano, en la portería directamente. ¿Habría hablado con el portero? Si lo había hecho, cuando menos era una imprudencia: para una noche que habían compartido, aquella mujer se estaba tomando demasiadas libertades con su vida. Y además le había escrito una carta. En el sobre, le chocó ver su nombre y su apellido escritos por Mariana. Además de una bonita voz tenía una cuidada caligrafía.

«Este sueño lo he tenido otras veces, pero hacía mucho tiempo que no lo soñaba. Fue la otra noche, después de estar con vos:

»Ocurre en el campo. Yo estoy sola, tumbada boca arriba. Llevo un vestido largo, blanco y muy lindo, todo lleno de cintas y bordados. Es un vestido muy especial: el de ayer creo que era de novia pero cuando lo soñaba de pequeña me parecía un vestido de esos que usan las chicas católicas para hacer su primera comunión. (¡Mirá vos, yo que soy judía!) El caso es que estoy allá sola, tumbada sobre el pasto, pero aunque tengo los ojos abiertos no puedo moverme, estoy como dormida. Algo me pasa, me angustia... y es que estoy con la regla y siento que estoy manchando el vestido blanco... ¡Horror! Mi vestido de novia... pero lo peor es que entonces le veo venir, planeando sobre mí, con sus alas negras extendidas. Es un pájaro grande y feo, un cuervo que lanza graznidos horribles. Tiene sed y viene a beber y yo no puedo zafarme para impedírselo. Quiere beber mi sangre. Cierro los ojos para no verlo. Pero no es el pico del pájaro lo que me da más miedo, aunque sea enorme y puntiagudo; imaginá, clavándome su pico ahí, ¿entendés? Lo peor es que después de beber, le siento caminar por mi vientre, por toda mi panza... y sé que va dejando un surco de pequeñas huellas rojas, sus patitas manchadas de sangre en mi vestido... ¡Horror! ¡Mi vestido de novia! Qué va a decir mi vieja cuando lo vea.

»*Postdata*: Flor de pesadilla, ¿no? ¿Sabés interpretar sueños? Mi psicoanalista dice que lo que expresa el sueño son mis temores sexuales íntimos: tengo miedo a la penetración (el pico del cuervo) y al orgasmo (de ahí mi inmovilidad y la preocupación de que mamá descubra las huellas del placer en mi cuerpo). Yo le digo que cómo puedo tener miedo a las dos cosas a la vez y él dice que eso es porque soy una mitómana y encadeno mis neuras: primero tengo miedo a la penetración, pero si un hombre me penetra, entonces tengo miedo a tener un orgasmo y si lo tengo, entonces lo que me da paura es que él se dé cuenta de que he disfrutado como loca. ¿Te parezco muy rara? ¡Ah, el cuervo! ¿Sabés quién es el cuervo? ¿No lo adivinás? Mi papá, claro.»

Andrés dejó la carta. Pese al tono de broma, no se le escapaba su verdadero sentido: La bailarina le estaba mostrando su mundo íntimo, sus sentimientos más secretos, desde luego sin que él se lo hubiera pedido. No lograba entender como una relación tan breve, tan casual como la que les había unido una sola noche, podía alterar de esa forma su vida. La suya, desde luego, poco se había alterado. Tan poco que ni siquiera había considerado necesario contarle de esa noche a su mujer. Pero el caso es que aquella chica, de cuyo cuerpo tanto sabía pero prácticamente nada de su vida, estaba resultando una persona complicada, en exceso sensible; así que respiró con alivio de que ella misma le hubiese dicho adiós, comprendiendo que, puesto que los dos tenían su pareja, carecía de sentido que volvieran a verse. Regresó a la cama. Entre las sábanas mojadas, sin tiempo aún de secarse, sintió venir la urgencia de consumar otra vez su deseo. Era increíble, en apenas veinticuatro horas, la de veces que lo habían hecho, con la imaginación o en carne y hueso, incluso por teléfono y ni siquiera se sentía saciado. Pero esta vez no quiso: sin saber por qué, le asaltó el temor de que si cedía a aquel impulso, Mariana seguiría viviendo en esas sábanas, no terminaría nunca de irse. Para resistir la tentación, abrió el libro que tenía en la mesilla, precisamente *Radiografía de la Pampa*, un clásico escrito por Ezequiel Martínez Estrada en 1933 que se había convertido en libro de cabecera de sus aproximaciones a Buenos Aires. Releyó su comienzo:

«Los que se embarcaban venían soñando... embarcarse era en primer término huir de la realidad.» «Huir de la realidad...» Era cierto, tenía que tener cuidado con eso. Aquélla era una advertencia que parecía directamente dirigida a alguien como él, vertiginosamente lejos de casa, pero que había dejado atrás, en su mundo de embarque, una realidad bien consolidada, en lo afectivo y en lo profesional. Eran cosas que no tenía sentido poner en juego a la ligera. Pero la frase también le recordó la conversación que había sostenido esa misma tarde en La Recoleta, con el alemán y Javier Bonfín: habían hablado mucho de la belleza de las mujeres argentinas, pero se les había olvidado comentar esa extraña obsesión que padecían por autoanalizar constantemente sus actos. Parecía algo enfermizo. Mariana le contaba sus sueños a un psicoanalista y luego se los escribía a él en una carta. Como si no bastara con desnudar su cuerpo, incluso se había atrevido a llamarle por teléfono para desnudar todavía más sus intimidades ante él. ¿Por qué?, ¿por qué le había elegido como confidente, a un completo extraño? Seguramente por eso, porque era un extranjero, porque no pertenecía a su mundo... quizás desde la seguridad de que no iban a volver a verse... En todo caso, era ya agua pasada, los dos lo habían dejado bien claro. Forzándose a recuperar su realidad, Andrés regresó su atención, como hacía siempre antes de quedarse dormido, a sus cotidianas preocupaciones profesionales. Siempre a la búsqueda de un tema, se le ocurrió que por añadidura, además del placer obtenido, incluso podría sacar un buen artículo de aquella experiencia, sobre todo de la carta insólita que acababa de recibir. Una crónica que desvelase a sus lectores españoles hasta qué punto el viejo sueño de todo inmigrante de desprenderse del pasado y alcanzar una nueva identidad, tan magistralmente descrito en su libro por Martínez Estrada, estaba en la raíz del culto a Freud, tan extendido según el tópico, pero que él mismo estaba pudiendo comprobar, entre los argentinos.

6

Tenía que suceder. La última persona que hubiera esperado encontrarse allí Cristina Wilde era precisamente Beba Yrigoyen. Nunca habían sido grandes amigas pero las dos pertenecían al mismo medio social, habían frecuentado los mismos selectos clubes y se conocían prácticamente desde que comenzaron en el kindergarten. Tras los saludos de rigor, igual de incómodas las dos por el encuentro indeseado, cada una había buscado refugio en su respectiva revista. Mientras esperaban, enfrascada en la lectura de un ejemplar de *Gente*, Beba —¡Dios! ¡A su edad, cómo podía seguir utilizando aquel ridículo apodo!—, fingía no darse cuenta del examen al que le estaba sometiendo su compañera de la infancia. Llevaba un vestido de color rosa pálido, medias y cinta del mismo tono malva en la cintura. De lo más conjuntada. Como siempre, demasiado. Viéndola allí, Cristina Wilde no pudo evitar preguntarse qué parte de su cuerpo, qué deficiencia de su anatomía habría acudido a enderezar. Tenía dónde elegir, desde luego. Cintura, ojeras, párpados, patas de gallo, labios, pómulos... aunque quizás lo prioritario fuese eliminar esas antiestéticas pistoleras que eran la pesadilla de tantas mujeres y que, por lo que podía ver, abultaban más de la cuenta sus muslos bajo la falda. Contemplándola, valorando su estado actual, a Cristina le dio por fantasear cuál sería el modelo de sí misma que soñaba con recuperar Beba Yrigoyen. La había visto crecer, así que tenía las suficientes referencias de su pasado para juzgar cuál había sido su cénit, el momento álgido de su belleza. ¿Los veinte?, ¿los treinta?, ¿los cuarenta? Tras pensarlo un instante, llegó a la conclusión de que siempre la había conocido igual, lo mismo de flácida, sin gracia y desbaratada que ahora. Entonces, ¿qué es lo que pretendía arreglarse? Malignamente, por entretenerse, se puso a barajar la hipótesis de que a lo mejor Beba estaba viviendo una aventura, que tenía un amante. Daba igual, por muy inverosímil que le resultase imaginársela deseada por ningún hombre, sabía muy bien que, de ser cierto, Beba no iba a contárselo. Tampoco, desde luego, se le ocurriría a ella hablarle de Rodrigo. En esas cosas, al revés que en los hombres, la complicidad femenina nunca funcionaba.

—¿Viste, Cristina? ¡Sale lo de Jane! —Se puso a gesticular de pronto, muy excitada Beba, enarbolando ante sus ojos el ejemplar de *Gente*. Lo aceptó sin demasiado interés. Hacía tiempo que sólo leía revistas extranjeras y los suplementos culturales de los diarios. Nada de revistas del corazón. Envejecían. Pero al fin y al cabo la llegada de Jane Fonda para asistir al estreno de *Gringo viejo*, la película del oscarizado Luis Puenzo, podía considerarse todo un acontecimiento cultural. En los últimos tiempos, no abundaban las visitas de primeras figuras internacionales a Buenos Aires; y dejando de lado los aspectos más frívolos, tenía que reconocer que la presencia de la estrella de Hollywood en la première —a la que, sabedora de que iban a encontrarse con muchas de sus amistades, Cristina Wilde se resignó a acudir del brazo de su marido— había servido para levantar algo los ánimos de la apesadumbrada ciudadanía, hundidos tras las últimas devaluaciones y la escalada imparable de los precios —debacles económicas que poco perjudicaban a la fortuna de su cónyuge, más bien la incrementaban, gracias al sistema oficial de doble cambio que garantizaba dólares baratos al sector agroexportador—. Como ella al estreno, también la actriz norteamericana había acudido a Buenos Aires del brazo de su esposo, Ted Turner, el famoso magnate de las telecomunicaciones. Un gigante viril y atractivo con andares de cowboy, lo que no le impidió a Cristina Wilde hacerse la misma pregunta sobre ella. A su edad, Jane Fonda, ¿tendría amantes más jóvenes? Sobre todo, ¿cuántas operaciones de cirugía plástica llevaría encima para mantenerlos?

—¡Es increíble! ¡Está igual!, ¡esta mina nunca envejece! —oyó exclamar entusiasmada a Beba de vuelta a su revista, mientras una impoluta enfermera la conducía a ella al consultorio. Una vez allí, frente a la pantalla iluminada del retroproyector que le iba mostrando las distintas opciones de implante, Cristina Wilde se sintió todavía más incómoda de lo que se había sentido en la sala de espera. Había algo de vulgar en esa exhibición de troncos desnudos, algo como de fabricación en serie; sentada en la consulta del cirujano, teniendo que decidirse por una de las fotografías como si se tratase de una opción trivial, tan rutinaria como elegir nuevas cortinas para los salones de su casa. Y sin embargo, no se trataba de telas, sino más bien de carne, de carne propia. Ante cada una de las imágenes, congeladas durante unos segundos, el doctor le iba presentando toda la variedad de resultados posibles y le explicaba los detalles de cada intervención, sin que ella terminara de decidirse por ninguno de los modelos. No es que no fueran atractivos. Aquélla era sin duda una de las consultas de cirugía estética más caras y exclusivas de la ciudad. Y el médico, además, un viejo conocido en cuyas manos se había puesto otras veces con toda confianza para reparar pequeñas imperfecciones. Aunque esta vez las consecuencias sobre su figura iban a ser más grandes que pequeñas: para empezar, bien evidentes. ¡Y qué! No iba a ser la primera ni la última de sus amigas que se hacía las tetas. Sabía perfectamente que a partir de entonces su paso por el quirófano tendría que ir volviéndose cada vez más frecuente. Entraba en esa edad en la que la gimnasia ya no bastaba. ¿Pero no se estaría precipitando? Muchos de los pechos reconstruidos que contemplaba en la pantalla no resistían la comparación con sus originales. La indecisión le molestó. Nadie le había obligado a ir allí, ni siquiera estaba segura de necesitarlo y además, escuchando las explicaciones del doctor, comenzaba a sentirse repentinamente frágil y vulnerable.

Cansada de rodeos, decidida a ir al grano, buscó de una vez en el bolso y le tendió la fotografía.

—Así es como las quiero —le explicó escuetamente.

Había recortado la foto para dejarla irreconocible, decapitando la figura con las tijeras. El resultado era como el de uno de esos torsos de venus clásicas, un fragmento de cuerpo sin cabeza, desnudo aparte de la mínima braguita, a la orilla del mar, captado durante las últimas vacaciones familiares en Punta del Este, lo suficientemente en primer plano para que la playa tampoco pudiera identificarse. Durante unos minutos interminables, el médico examinó con detenimiento la fotografía, las gafas de vista cansada bailándole ridículamente sobre la punta de la nariz.

—Umm..., mamas de una hembra joven, nulípara... —concluyó al fin con aire experto—. Yo diría que de unos diecisiete o dieciocho años...

Interiormente, Cristina Wilde suspiró aliviada. Por lo menos no la había reconocido, que era lo que más se temía desde que había entrado en la consulta. También era una irresponsabilidad suya: a quién se le ocurre, habiendo tantos otros cirujanos plásticos en Buenos Aires, acudir a un viejo amigo de la familia. Superado por fin el escollo, su voz sonó ahora más segura, hasta desafiante.

—¿Y bien? ¿Qué decís? ¿Podés o no podés hacérmelas?

7

La noticia le sorprendió a Andrés dando los últimos toques a su serie de artículos sobre el crisol multirracial de Buenos Aires. El primero en llamarle fue el delegado de la Agencia Efe, pero él estaba tan ensimismado en su trabajo que tardó en comprender de qué le estaba hablando.

—¿Crisis?, ¿qué crisis? —respondió con la cabeza todavía pendiente de la pantalla de su ordenador—, ¿una crisis militar?

—¿Estás en crisis tú? —oyó gruñir al otro lado del teléfono—. Perdona, chico, tengo que dejarte. Los teletipos están que arden...

Una rápida ronda de llamadas le permitió a Andrés formarse un primer diagnóstico sobre la situación: lo que los rumores y noticias traían esa mañana era el retrato de una sociedad no ya enferma sino desahuciada que, tras largos meses de dejarse conducir como sonámbula al borde de la ruina, de la mano de unos planes económicos del Gobierno cada vez más peregrinos e inservibles, se había despertado de golpe dispuesta a arrojarse al vacío mandando al carajo las últimas convenciones sociales. A esas horas, los tumultos se estaban produciendo de forma simultánea en distintas poblaciones del Gran Buenos Aires, el cinturón de villas miseria que rodeaba a la capital. La información era confusa, pero se hablaba de saqueos, asaltos a supermercados y comercios, enfrentamientos callejeros. Por todas partes los sectores sociales más castigados por la inflación parecían haber enloquecido.

—¿Tan grave es? Podría convertirse en un segundo «Caracazo»... —exclamó el jefe de Internacional cuando le telefoneó, excitado ante la perspectiva de una segunda entrega de la revuelta popular que apenas un par de meses atrás había dejado un saldo de más de trescientos muertos en la capital de Venezuela—, aunque Buenos Aires no es Caracas, no te olvides de resaltarlo... ¿Quién está detrás?

—Nadie aparentemente. Los estallidos sociales parecen espontáneos, sin ninguna coordinación... Alguien protesta por la subida de precios en un supermercado y los clientes se lanzan al saqueo. Se llevan todo lo que pillan...

—Umm..., ¿qué pasa con los militares?

—Nada, por ahora.

—No sé, no sé..., cuando se ataca de ese modo la propiedad privada... —la pausa de efecto le pareció a Andrés más larga de lo habitual, quizás debido a la larga distancia—. Intenta explicar bien lo de la hiperinflación; aquí no se entiende del todo... Algo así no sucede en Europa desde la Alemania de Weimar...

—¿Te busco un Hitler para después? En el ejército argentino hay muchos candidatos.

El sarcasmo le salió a Andrés casi sin pensar, como una reacción a las palabras de su jefe, a la manera en que, a resguardo del confortable océano que les separaba, marcaba una distancia olímpica entre su realidad y la que le tocaba vivir a él. «Estas cosas no pasan en el mundo civilizado —habría venido a querer decir—. Sólo en los países poco serios y tercermundistas.»

—Enfócalo más bien por el lado humano, nada de datos demasiado técnicos... Ya veo el titular: «ARGENTINA: EL HAMBRE ESTALLA EN EL GRANERO DEL MUNDO»... —la pausa de efecto esta vez fue más breve—, ¿qué me dices?, ¿te gusta?

Estaba claro, todos los periodistas con los que hablaba esa mañana parecían muy contentos, incluso entusiasmados. Lo que no eran sino malas noticias para el común de los mortales, era recibido por ellos con una excitación de cazadores a punto de cobrar una valiosa pieza. Pero tampoco era muy justo, pensó Andrés, demonizar a una profesión, la suya, por la rareza de su respuesta emocional: también los médicos se entusiasman frente a una nueva enfermedad o un tumor infrecuente y nadie les acusa de monstruos por olvidar el sufrimiento que pueda haber detrás.

En todo caso, ya había perdido demasiado tiempo. Absorto como había estado en sus crónicas intemporales, había llegado con retraso a la información de actualidad, al menos más tarde que el resto de sus colegas. Una información que, si no quería resultar hipócrita, también era particularmente prometedora para él: de seguir en la dirección que iban las cosas —y ya empezaba a hablarse de que los desórdenes se iban extendiendo desde el Gran Buenos Aires a otras ciudades del interior—, estaba ante una noticia de auténtica envergadura, de esas que a buen seguro darían la vuelta al mundo en una órbita cada vez más acelerada hasta, dependiendo de las diferencias horarias y las preferencias de los lectores de cada hemisferio, aterrizar en los informativos de televisión y en las primeras páginas de todos los diarios del planeta. En España, seguro que ocuparía portadas. Además, la noticia venía a poner fin a una larga sequía informativa, era la oportunidad que había estado esperando desde su llegada a la Argentina. Excitado, se sirvió un nuevo café mientras se sentaba al ordenador. Casi sin pensar, automáticamente, Andrés escribió un título para su artículo: «ESTALLIDO SOCIAL EN EL GRANERO DEL MUNDO». Era prácticamente el mismo que le había sugerido el jefe de Internacional, pero es que tenía que reconocer que se ajustaba como anillo al dedo a la sensación de perplejidad con que cualquier español —él mismo incluido— recibiría una información como aquélla.

Todavía hay en España quien recuerda con agradecimiento aquellos barcos que, en pleno bloqueo internacional, enviaba Perón a la madre patria cargados de trigo y carne argentinos. Por entonces, en la dura posguerra, Argentina se convirtió para los españoles en sinónimo de tierra de la abundancia, un fértil paraíso capaz de abastecer al mundo, si no de leche y miel, con millones de toneladas de excedentes alimentarios. ¿Qué ha cambiado desde entonces? ¿Cuándo y cómo se torció el destino de este país? Cuarenta años después, decenas de miles de argentinos, hombres, mujeres y niños, se lanzan a las calles para saquear tiendas y supermercados, azuzados por una incomprensible hambruna. ¿Se ha secado la pampa? ¿Acaso se ha extinguido la incontable cabaña ganadera que de ella se sustenta? ¿Cómo es posible que el que fuera granero del mundo tenga hoy a un tercio de su población bajo el umbral de la miseria? Uno de los periódicos de mayor tradición de Buenos Aires lo resume en un solo titular: «El fracaso de Argentina como nación».

Borró lo escrito. De tan previsible, aquél llevaba camino de ser un artículo hecho a la medida de los juicios preconcebidos con que sus compatriotas solían mirar la realidad latinoamericana y especialmente la de los países del Cono Sur. Demasiado fácil; y con el agravante de una manida retórica «orteguiana»: del tradicional «España como problema», de honda raigambre en el secular pesimismo hispánico, venía sin duda ese «Argentina como problema» que de este lado del océano —exagerado aún más por la afición a la psicoterapia—, ocupaba páginas y páginas en los periódicos, monografías enteras y encendidos debates en televisión. Con tales anteojeras, los males de Argentina parecían explicarse como una consecuencia de un naufragio previo nacional, aunque fuera evidente que las causas reales, como en el caso de esta crisis, eran otras: si lo que quería Andrés era hacer ver a sus lectores el por qué miles de ciudadanos respetables se habían transformado de pronto en ladrones y saqueadores, le bastaba señalar con el dedo a la incompetencia económica del Gobierno, pero sobre todo a los draconianos planes de ajuste que el FMI andaba imponiendo a los países deudores del Tercer Mundo, sin necesidad de buscar justificaciones en el destino trágico de «la argentinidad». Al fin y al cabo lo que estaba ocurriendo acababa de pasar antes en Venezuela, como le había recordado su jefe.

> En el corazón de nuestras sociedades capitalistas —escribió— la norma fundamental de convivencia es aquella que establece una correlación razonable, y consensuada, entre el precio y el valor de las cosas. Cuando ese consenso último se rompe, cualquier otra convención moral o social pierde por completo su razón de ser. Esto es lo que sucede hoy en Argentina, donde, debido a la constante remarcación de precios —hasta el punto de que en los últimos meses los comercios ni siquiera los exhiben en sus productos por falta de tiempo material para cambiarlos varias veces al día—, las leyes del mercado se han ido transformando en ley de la selva... y los argentinos en horda, libre de toda contención...

A media tarde, cuando salió de su apartamento, Andrés tuvo que bajar por las escaleras ya que el ascensor estaba permanentemente ocupado con los cargamentos de comida que subían sus vecinos en previsión del desabastecimiento que sin duda sucedería a los saqueos. A esas horas, el pánico se había ido extendiendo y la ley de la selva, por más que la televisión repitiese todo el tiempo llamadas a la tranquilidad, reinaba ya en los barrios residenciales de la capital, incluida su propia casa. Un autobús, en el que era el único pasajero, le llevó al centro. Hacía días que se había comprometido a participar, precisamente esa tarde, en una mesa redonda a celebrar en el centro cultural español. El título «El papel de la prensa en la normalización democrática española» resultaba un sarcasmo en unas circunstancias tan anormales, pero Andrés ni siquiera consideró la posibilidad de no acudir. Habían comprometido su asistencia otros colegas, tanto argentinos como extranjeros, y por eso mismo era una buena oportunidad de intercambiar con ellos los distintos puntos de vista desde los que cada cual describiría la crisis.

Por la calle Florida vio venir la compacta marea de los oficinistas, los empleados de la City que abandonaban sus puestos de trabajo antes de hora. Tres bombas de escasa potencia —y sin causar víctimas— acababan de estallar en el microcentro, aumentando aún más la confusión de la jornada y provocando una verdadera estampida entre los empleados de las famosas «veinte cuadras», el corazón financiero del país. Pero lo peor seguían siendo los rumores: al paso del hormiguero humano que huía de bancos y casas de cambio, quedaban flotando en el aire voces de aviso, exclamaciones angustiadas con toponimias en su mayor parte aún desconocidas para Andrés: «¡¡Ya han cruzado la General Paz!! ¡Una columna viene por Córdoba! ¡Han saqueado todos los comercios de Constitución! Aun sin saber quién carajo venía, el patetismo de la huida le impresionó vivamente, como si esa marcha de empleados de cuello blanco representase algo más que una simple escena de pánico colectivo. Antes de ver un solo bárbaro, los ciudadanos de la otrora orgullosa Roma del sur ya daban su civilización por derrotada. Ocurriese lo que ocurriese, la deserción de los oficinistas de la City constituía un mal augurio para la ciudad.

—Perón tuvo la culpa, él les acostumbró a venir. —Le dio la bienvenida el agregado cultural, anfitrión, por razón de su cargo, de la mesa redonda en el centro.

—¿A quién? —preguntó Andrés, ansioso por descifrar de una vez la identidad de la invisible amenaza.

—A quién va a ser, a sus descamisados, los «cabecitas negras» de las villas-miseria... Cada vez que se veía en problemas, se los traía a la plaza de Mayo. El embajador ya te advirtió: hay dos Argentinas.

A su espalda, el centro cultural estaba a oscuras. Invitado al debate como él, Javier Bonfín le explicó que habían tenido que suspender la conferencia por ausencia de público. Todo el mundo había huido. Nadie quedaba allí salvo ellos dos, haciendo tiempo en el portal y contemplando la calle vacía mientras esperaban el coche de la embajada.

—Ni Perón ni Marx tienen que ver con esto —objetó JB al agregado— y desde luego no estamos ante ninguna revolución.

—Cómo iba a haberla... claro que no...

Hubiera podido terminar la frase indicando que si no era posible una revolución en Argentina, ni siquiera como hipótesis de trabajo, era porque los revolucionarios, incluidos los hipotéticos y de paso también los simplemente inconformistas o idealistas de cualquier tipo, habían sido exterminados por los militares, pero aquel era un lugar tan común que ni siquiera necesitaba explicitarse. Además de un recuerdo demasiado doloroso: a cuatro años tan sólo del escalofriante informe elaborado por la CONADEP, la Comisión Nacional sobre la Desaparición de Personas que presidiera Ernesto Sábato, aquel era un tema de conversación, según había podido comprobar Andrés, que los argentinos procuraban evitar por más que no pudieran olvidarlo. Pero ellos, claro, eran extranjeros.

—Piensa más bien en caos. Del caos económico al caos social —y luego, buscando implicarle en la conversación, Javier Bonfín pasó a usar el plural—. ¿Habéis oído hablar de la teoría del Caos? En Estados Unidos es la última moda científica.

Esta vez, Andrés no quiso entrar al trapo del cinismo. Por primera vez se sentía útil, plenamente justificado como corresponsal. Ahora que por fin tenía algo que contar, no tenía ganas de que se lo estropeasen con ejercicios de olímpico distanciamiento. Allá ellos dos con sus sarcasmos. Él prefería seguir sintiéndose en primera línea, a la espera de acontecimientos, compartiendo la incertidumbre de los argentinos, dispuesto a no perderse nada que pudiera aportar nuevos matices, en el terreno de los hechos o en el de las emociones, a ese retrato de la crisis que era su obligación intentar transmitir a los lectores de España. La desolación a su alrededor ayudaba bastante a crear atmósfera: hasta donde alcanzaba la vista todos los neones y las luces de la tan bulliciosa habitualmente calle

Florida habían sido apagados. No se veía un alma. Incluso algunos escaparates habían sido apresuradamente tapiados con ladrillos en previsión de los saqueos. Revolución o no, esa noche, por primera vez, algo importante parecía estar a punto de suceder en Buenos Aires.

—¿Teoría del Caos? —escuchó preguntarse en voz alta al agregado cultural—. ¿No es esa que dice que el aleteo de un dólar en Nueva York...?

—... es capaz de provocar un terremoto *austral*... —concluyó el chiste JB. En aquel silencio sobrecogedor sus risas sonaron del todo extemporáneas. Ninguno de los dos parecía darle mayor trascendencia a lo que pasaba; lo que era comprensible en el caso del diplomático, imbuido sin duda de la banalidad inherente a su profesión, pero que en el caso de Javier Bonfín a Andrés le dio la impresión de esconder gato encerrado. Si nada importante sucedía, ¿por qué entonces no se había tomado la molestia de llamarle a su casa par̄ ̄ ̄ ̄entar los acontecimientos?

— ̄ ̄ ̄ ̄ ̄as haberme avisado. Tuve que enterarme ̄ ̄ ̄ a Efe —se quejó bajando la voz, en un ̄ ̄ ̄ ̄ diplomático se alejaba a mirar si venía

̄ ̄ ̄das? Te avisé de que las cosas iban ̄ ̄ ̄. también puedo avisarte ahora. ̄ ̄ ̄iguió sus ojos y, como una con- ̄ ̄ ̄licaciones, vio venir por la ca- ̄ ̄ ̄a persona que hubiese espe- ̄ ̄ ̄mentos.

̄ ̄ ̄terrogó por todo saludo. ̄ ̄ ̄a Bornstein—. Leí en el

̄ ̄ ̄o Andrés—. No ha venido

̄ ̄ ̄ei tema no parecía muy atractiva. ̄ ̄ ̄ina vestía una capa larga y liviana de un in- ̄ ̄ ̄color celeste que resplandecía como una incon- ̄ ̄ ̄icia en la oscuridad de la calle Florida. El color era una provocación, un desafío a las hordas que amenazaban esa noche, al temor que había deshabitado la ciudad; y también un imán para los ojos de Javier Bonfín que se habían clavado en ella con una curiosidad indisimulable. Andrés hizo las presentaciones.

—Creo que ya nos conocemos —dijo JB, estampándole un solo beso, a la manera porteña—, aunque se te ve muy cambiada...

¿Acaso porque estaba vestida? Pero Mariana se rió, sin acusar recibo de la impertinencia y su risa volvió a sonarle a Andrés fuera de lugar, tanto como su presencia allí. Mientras el agregado cultural besaba ridículamente su mano, pensó rápidamente en cómo salir de tan embarazosa situación. Temía que en cualquier momento le diese a Javier Bonfín por entretener la espera comentándole al diplomático dónde habían conocido a la chica: bailando semidesnuda en un antro del Once. No debería importarle, pero tampoco le apetecía ver convertida su vida íntima en comidilla de la embajada. Afortunadamente, el chófer vino entonces a detener el coche en el límite de la zona peatonal de Florida.

—Gracias por llevarme —le agradeció JB al agregado mientras echaban a andar hacia el automóvil—. No sé cómo hubiera podido llegar al aeropuerto, si no...

—¿Al aeropuerto? ¿Para qué vais al aeropuerto? —siguió sus pasos un alarmado Andrés.

—Salgo ahora mismo para Rosario —le explicó su colega.

—¿Rosario? —Por más que repasó mentalmente las referencias geográficas de los teletipos de Agencia que había leído esa tarde, no encontró nada con ese nombre—. ¿Por qué Rosario? ¿Qué pasa en Rosario?

—Ha habido muertos... —empezó a contar Javier Bonfín.

—Entre cuatro y once, depende de la fuente —precisó en plan macabro el agregado cultural—. Todos heridos de bala excepto un comerciante que se colgó en la puerta de su tienda cuando le saquearon su mercancía. Antes de que Andrés pudiera reaccionar, ya habían subido al coche. Desde el interior, Javier Bonfín bajó la ventanilla para despedirle.

—Yo que tú no perdería el tiempo, en Buenos Aires no va a pasar nada.

De inmediato, en una fracción de segundo, Andrés pensó que con un par de rápidas zancadas, también él estaba a tiempo de subirse a ese coche y más tarde al avión con destino a Rosario, en el que seguramente aún habría plazas libres. Era su trabajo y por muy cínicos que fueran, ninguno de los dos iba a negarle un sitio en una emergencia como aquélla. Pero en lugar de hacerlo, se limitó a mirar desde la acera cómo se alejaban. Luego se volvió hacia Mariana.

—Tú también deberías marcharte —le dijo—, quedarse aquí es peligroso.

Ni contestó ni se movió, mayormente porque debía creerse tan poco como él que allí existiera el menor peligro. Frente a ellos, la calle Florida seguía viéndose igual de desolada que antes, pero parecía haber perdido de repente toda atmósfera de premonición, de paisaje ominoso previo al desencadenarse de una catástrofe. Volvía a ser la calle Florida de siempre, vacía, sí, pero como solía quedarse habitualmente al término del horario comercial y bancario. Sin nada de anormal. De pronto, hasta los parapetos de ladrillos en las vidrieras parecían, más que defensa improvisada, un original reclamo publicitario. Y como de costumbre a esas horas, en la parada de la esquina de Marcelo T. de Alvear no había ni un solo taxi. Tuvieron que pasar quince minutos mientras Andrés iba poniéndose más y más nervioso hasta que Mariana, con toda naturalidad, como quien se ve obligada a mencionar lo obvio, dejó caer su oferta.

—Si querés te llevo. Tengo el coche estacionado acá al lado.

* * *

En casa, con el mando a distancia, Andrés exploró los canales de televisión en busca de información de última hora. En el oficialista ATC, el ministro del Interior anunciaba un plan de emergencia para frenar la inflación, además de un despliegue policial sin precedentes para proteger los comercios en los barrios más amenazados de Rosario. Los canales privados daban también absoluta prioridad a las noticias que venían de allí: en las últimas doce horas un solo hospital de esa ciudad, la segunda más grande del país, había ingresado más de cuarenta heridos de bala. Según cálculos de la policía federal, unas cien mil personas participaban en los saqueos; las imágenes del Canal 9 mostraban en toda su crudeza un paisaje de incendios y comercios arrasados, mientras, con su habitual estilo sensacionalista, el presentador del informativo pronosticaba para la noche un recrudecimiento del pillaje. Por contra, de regreso a la cadena pública, el ministro del Interior tranquilizaba a los espectadores de la capital: la situación podía darse por totalmente bajo control en Buenos Aires.

A su espalda, Mariana miraba por la ventana, vestida todavía con la capa azul. Absorto en su trabajo, en la contemplación de las imágenes, Andrés no tuvo tiempo de pensar en la facilidad con que había vuelto a introducirse en su casa.

—¡Mierda, tenía que haber salido hoy! ¡Tenía que estar en Rosario! —gritó para sí mismo. No tenía disculpa ni perdón: sobre todo porque ya no era un recién llegado. La idea de que los demás corresponsales estuvieran allí enviando sus crónicas sobre el terreno, le resultaba desesperante; y aún más, que se le hubiera adelantado Javier Bonfín. ¿Por qué coño no se había ido con él? Sólo se le ocurría una razón y justo en ese momento la absurda e intempestiva razón que le había salido al encuentro en la calle Florida pareció cansarse de mirar por la ventana y se interpuso ante el televisor. Al abrir los brazos, la capa azul cayó como un telón en la pantalla.

—¿Qué ves? Quiero saber qué ves —dijo.

—¿Qué quieres que vea? —protestó él—. Tu país, hay problemas en Argentina y yo tengo que contarlo, es mi trabajo.

—No me gusta —dijo Mariana—, no me gusta esa forma de mirar. Es impúdica, cruel. Incluso parece que disfrutas porque existen problemas, te excita.

No había tenido tiempo de reaccionar ante aquel ataque inesperado cuando, apenas terminó de hablar, Mariana apagó el televisor.

—¡Eh! ¿Qué haces? —saltó indignado Andrés—. ¿Quién te crees que eres? ¡No tienes derecho!

—¿A qué tengo derecho? —respondió suavemente ella—, ¿a qué tiene derecho mi país? ¿A información?, ¿a compasión?

La figura de la bailarina componía un sugestivo paso de danza ante él, a la vez trágico y sobreactuado, con los brazos abiertos, su capa azul desplegada como la corola de una flor exótica. Estaba realmente hermosa, pero también extravagante, tan fuera de lugar respecto de sus urgencias profesionales que Andrés sintió vergüenza de su cólera. Se incorporó. Desde luego que no tenía sentido echarle la culpa a ella de que no hubiera viajado a Rosario esa tarde. Además, tampoco era tan grave: podría recuperar su retraso con sólo subir al primer avión de la mañana. Aún llegaría a tiempo de cubrir la noticia para los diarios del día siguiente, como el resto de los corresponsales. Aquélla todavía no era, ni mucho menos, una oportunidad perdida. ¿Y cuántas veces, en sus soledades de Buenos Aires, había soñado con la oportunidad de compartir una velada con una mujer tan atractiva como la que volvía a tener delante?

—Está bien —se rindió—, también yo estoy cansado, basta por hoy. ¿Quieres tomar algo?

Los brazos de Mariana cayeron, cerraron su abanico. Luego sonrió.

—OK, lo mismo que vos —dijo. Y luego, más relajada, mientras Andrés servía un par de whiskies—. ¿Sabés por qué vine a verte? No por la conferencia, claro.

—¿Entonces?

—Se lo dije, se lo conté todo. Y ahora me siento mucho mejor.

Andrés también se relajó, como quien se quita un peso de encima.

—Ya te dije que le dabas demasiada importancia. Una pequeña aventura sin más... Tu pareja hubiera tenido que ser un monstruo si no lo comprendiese.

—¿Él?... No fue a él. Se lo dije a mi psicoanalista.

No, por favor. Sólo oírle mencionar esa profesión y se dispararon en Andrés todos los mecanismos de alerta. Recordó el sueño que le había contado en su carta, se acordó del artículo que no había llegado a escribir y se reprochó a sí mismo el haber vuelto a bajar la guardia con ella.

—¿Vos te psicoanalizaste alguna vez? —le preguntó Mariana, ajena por completo a sus prejuicios.

La expresión de Andrés reflejó claramente el absurdo de la pregunta.

—¿Yo?... No, claro que no, en España nadie se psicoanaliza —y luego, queriendo rebajar lo categórico de su respuesta, añadió—: Bueno, supongo que salvo que te encuentres enfermo, que de verdad lo necesites, que estés...

—¿Loca? ¿Eso pensás?, ¿que yo estoy loca?

¿Por qué había dicho aquello? Con sólo un par de meses en la Argentina, con tan sólo una noche como había pasado con ella, le pareció tan temerario el ponerse a opinar alegremente sobre las complejidades de la psique porteña, que buscó en el humor una salida airosa.

—No es eso... Tú cuentas en Madrid que has conocido a una bailarina de danza del vientre que hace psicoanálisis para liberarse de la culpabilidad que le produce el hecho de que los hombres se exciten mientras baila... y la gente no se lo cree...

A Mariana no pareció hacerle la misma gracia.

—¿Tampoco a vos te gusta que baile en el club? —se interesó muy seria.

—No quería decir eso, no me entiendes.

—Claro que no lo entiendo. A lo mejor si me lo explicás...

—Es igual, déjalo —respondió Andrés, decidido a no seguir adentrándose por unas espesuras capaces de arruinar lo prometedor de la noche. Al fin y al cabo, por más que le chocara, él era un hombre abierto y nada tenía que objetar a que cada cual manejara su mente como y con quien quisiera—. ¿Qué te dijo ese psicoanalista? ¿Qué le contaste?

Mariana recuperó su sonrisa.

—¿De verdad querés saberlo? No puedo contártelo de cualquier forma, es algo íntimo. Tiene que ser igual que en su consulta; será como un juego.

Antes de que Andrés pudiese opinar, Mariana ya estaba acercando una silla, ahuecando los almohadones del sofá. Se quitó la capa y se quedó con un vestido blanco, muy corto y ceñido, que estilizaba aún más su figura. Cuando se tumbó en el improvisado diván le indicó a él la silla.

—Ahora él sos vos —dijo—. Preguntá.

Andrés titubeó en busca de un comienzo adecuado.

—No sé —dijo—, supongo que lo normal es empezar preguntando qué has hecho los últimos días, cómo te ha ido.

—No, no —dijo Mariana—. A él no le interesa qué hice ni cómo me va. No soy su amiga, soy su paciente. De hecho apenas habla. Se queda callado y espera a que yo le cuente cómo me siento.

—¿Cómo te sientes? —dijo Andrés.

—Así está mejor —dijo ella mientras se estiraba en el sofá y dejaba caer los zapatos al suelo. Miró al techo y carraspeó—. No sé cómo me siento. Es raro. Debería de sentirme feliz o quizás preocupada. Recién conocí a un tipo, me acosté con él.

—¿Quién es él? —dijo Andrés y se sorprendió de la pregunta, de lo rápidamente que entraba en el juego—. ¿Cómo es?

—No es de acá —dijo Mariana, sin mirarle—, es extranjero, no sé mucho más de él. Lo único que le importa de mí es el sexo, supongo que es el típico conquistador.

—¿Conquistador? —sonrió Andrés, más halagado que molesto ante aquel calificativo que recordaba haber usado para criticar a Javier Bonfín, pero que jamás se le hubiera ocurrido que pudiera ser aplicable a él.

—Y bueno, es gallego, español, por eso viene a conquistar. Me mira a mí, nos mira a todos y saca conclusiones, es su trabajo, cuenta cosas sobre nosotros. —Mariana hizo una pausa, pero como Andrés no reaccionaba, volvió a hablar—. Ahora tenés que preguntarme si él es casado, si hay otra mina; a los psicoanalistas les interesa ese tipo de datos...

—¿La hay? —bromeó él, sin sentirse para nada implicado, siguiendo el hilo del argumento.

—No lo sé. Me ha llevado a su casa, pero allá no hay ninguna pista, ningún objeto personal. Es sólo un apartamento vacío, de paso... Lo que debería ser sospechoso: cuando nada se enseña es que se oculta algo.

—¡Un momento! —protestó Andrés—, yo no oculto nada, puedo explicarte lo que quieras.

—No podés. En el psicoanálisis las reglas son precisas. Yo hablo, vos tenés que escuchar.

Desde donde estaba, Andrés apenas podía distinguir la expresión de Mariana. Hubo un silencio interminable hasta que volvió a llegarle su voz, lenta y pausada, como a cámara lenta.

—Quiso pagarme después de hacerlo. Un montón de guita... y en dólares...

Andrés tragó saliva. De repente, aquel juego estaba empezando a dejar de ser divertido.

—No sé por qué no lo acepté. Me di cuenta: lo que él quería era comprar su tranquilidad. Ponerle precio a lo que yo representaba, al uso que me dio.

—¡Basta! —saltó Andrés, furioso, tratando de disimular en la ira la incomodidad que sentía—. Ya te dije que fue un error, sólo quería ayudarte... ¡Yo no quería comprar nada, no quería ponerte ningún precio!

—No podés interrumpirme —le recordó ella con toda tranquilidad, todavía boca arriba, con los ojos fijos en el techo—, ¿crees que yo no te usé?, ¿que no buscaba mi propio placer? Si me hubiese sobrado la plata, te hubiera pagado yo a vos.

Seguía sin poder ver su rostro, sin poder leer la sonrisa, sin duda burlona, de su cara. Desde la silla, todo lo que veía era su cuerpo desbordando el sofá, sus muslos largos y sus brazos provocativamente caídos, desmintiendo con su sensualidad la supuesta distancia que debiera existir en las sesiones, las auténticas, las que compartía con su psicoanalista. O no. Quizás con él también jugaba, quizás a él también le volvía loco de deseo con sus delirios. De repente, sin venir a cuento, se sintió terriblemente celoso, envidió la suerte de aquel hombre desconocido que todas las semanas se sentaba a escuchar a Mariana, a observarla sobre el diván, sin ser visto. A cambio ella le pagaba dinero. ¿Cuál de los dos era el enfermo? Quizás incluso él también se masturbaba a escondidas, como los clientes del Esmirna. Pero, por encima de todo, había una cuestión que Andrés quería resolver de una vez.

—¿Para qué viniste?, ¿por qué fuiste esta tarde al centro cultural? Quedamos en que no íbamos a volver a vernos, decías que no querías traicionarle más... —«Traicionar» qué absurda y anticuada expresión, pero sobre todo cuán inadecuada para describir las cumbres de placer que, en una sola noche, habían alcanzado juntos. Pensó en rectificar, en matizar el verbo, pero la bailarina no pareció haber reparado en él.

—Tenía ganas de verte. ¿Vos no querías verme? —se limitó a responder.

La deseó todavía más. En sus palabras, en su presencia allí, había una naturalidad tan sencilla, tan a flor de piel, que desarmaba toda cautela. Como si se tratara de un ejercicio de improvisación, le había dado por poner en escena el viejo juego infantil de la paciente y el doctor, convirtiéndole así de paso una vez más en testigo de sus confidencias. Una nueva actuación privada, en su casa, tumbada en su sofá. Pero a él ya no le bastaba con mirarla.

—¿No te queda ningún otro trauma que contarme? —dijo incorporándose y arrodillándose frente a ella.

—Mi papá es judío y se casó con una *goy*. El peor de los pecados.

—Déjame adivinar —la interrumpió Andrés—. Seguro que según tu psicoanalista ambos han proyectado sus culpas sobre ti.

Los dos rieron. Luego, lentamente, Andrés fue acariciando los muslos de Mariana justo hasta el borde de su vestido. Tiró de la tela hacia arriba y apenas se encaramó en el sofá sintió las piernas de ella que se cerraban de golpe sobre su cintura. Esta vez, fue un amor rápido y salvaje, sin tiempo de desnudarse, lleno de violenta pasión. Al final, Mariana se incorporó del suelo a donde habían caído y recuperó su posición en el diván. Exhausta, sin abrir los ojos, pareció hablar para nadie.

—Sos un conquistador —susurró—, conquistaste mi orgasmo.

Ni se molestó en contestar a la nueva provocación. Satisfecho momentáneamente su deseo, encendió un cigarrillo, y con el humo le envolvieron de pronto todas las urgencias de la noche. Aquélla no era una noche cualquiera, ¿cómo podía haberse olvidado? Tanto repetirse a sí mismo que aquélla era su primera oportunidad para dar la talla como corresponsal y, por una incomprensible lasitud, parecía empeñado en desperdiciarla. Se levantó y conectó el ordenador. Por más que al día siguiente volase muy temprano a Rosario, más le valía ir adelantando trabajo. Aún estaba a tiempo. Quizás allí, en su casa, le faltaba el contacto directo con la realidad, pero disponía de la información necesaria para aplicar a ella toda su capacidad de análisis. «El lado humano», le había insistido el jefe de Internacional, y en busca de esa humanidad, dejó vagar la imaginación y tras unos minutos de desesperante vacío, la primera imagen que vino a posarse en su cabeza fue la de una mariposa aleteante, un lepidóptero nocturno exactamente igual al que, si atisbaba con el rabillo del ojo, podía seguir viendo posado en el pubis desnudo de Mariana. «El aleteo de una mariposa en Pekín...», relacionó inmediatamente. Ahí estaba. Si lo pensaba, la tal teoría del Caos no estaba nada mal como metáfora explicativa de la crisis. Causas y efectos encadenados en una espiral cada vez más caótica. Los movimientos matemáticos como una explicación del desbordamiento de las multitudes hambrientas y desesperadas. No, lo del Caos no estaba nada mal, pero enseguida comprendió que no podía utilizarlo. La idea no era suya y si, como era previsible, Javier Bonfín hacía uso de ella en alguna de sus crónicas, corría el riesgo de coincidir con él, viéndose acusado de plagio. Whisky en mano, volvió a estrujarse la imaginación y lo siguiente que vino a su cabeza fue una imagen absurda, como uno de esos insertos sin sentido que a menudo aparecen en los sueños. Sin relación alguna con el tema ni mucho menos con el omnipresente sexo de Mariana que, a poco que girara la cabeza —y no podía dejar de hacerlo a cada rato— seguía contemplando a su espalda. Era la imagen de una bicicleta estática. Estaba a punto de descartarla por inutilizable cuando funcionó la asociación de ideas y de la bicicleta pasó a recuperar otra historia que casi le hizo aullar de entusiasmo. Se acordó de una obra de teatro de gran éxito, un verdadero fenómeno de masas que había ido a ver días atrás: *Salsa criolla*. ¡Cómo no se le había ocurrido antes! Aquella obra era el marco perfecto, el hilo conductor ideal para hilvanar su artículo.

La sátira más sangrante sobre la Argentina de nuestros días la pone en escena desde hace cuatro años en el mismo teatro de Buenos Aires, ya por el millón de espectadores, un tipo gordo vestido con un chándal que, peda-

leando sin cesar sobre una bicicleta estática, suda, resue-
lla, grita y deja caer una incesante lluvia de insultos sobre
el público, país de mierda, manada de *forros*, *chantas*, pe-
lotudos y mal *cogidos*, desatando una verdadera catarsis
que los espectadores reciben con aplausos entusiastas y
masoquistas. El actor es Enrique Pinti, la obra el mayor
éxito del teatro argentino y la bicicleta una metáfora de
«la bicicleta financiera», el invento con que la *viveza* local
ha tratado de sobrevivir a las constantes subidas de precios. «Bicicletear la guita» consiste en mover el dinero
para evitar que se lo coma la inflación. Al recibir el sueldo, los empleados lo invierten a cortísimo plazo, con intereses semanales de vértigo o bien compran dólares en
espera de la próxima y segura devaluación. El sistema se
alimenta a sí mismo con una mecánica perversa, agravan-
do todavía más la crisis: comprar, vender y seguir peda-
leando el dinero es una batalla perdida de antemano si tenemos en cuenta que en los primeros meses del año el
café subió un 2.850 %, el pan un 554 %, la leche el 441 %
o los huevos el 466 % mientras el salario básico no subió
más del 138 %...

Despejado, en tensión, Andrés había escrito prácticamente de corrido un artículo que, estaba seguro, iba a
complementar muy bien el reportaje, más estrictamente
periodístico, que pensaba realizar al día siguiente en Rosario. Encendió otro cigarrillo mientras repasaba el texto en
la pantalla del ordenador. Todavía tenía dudas sobre el
abuso de porteñismos, ininteligibles para el lector español.
A su espalda, Mariana continuaba tumbada en el sofá con
los ojos cerrados, las bragas caídas en el suelo y el vestido
en desorden alzado sobre su cintura, allí donde la mariposa de suave vello negro seguía tranquilamente posada,
como libando en sus profundidades. Se había dormido así,
del todo impúdica, indiferente a ser mirada por un hombre al que apenas conocía de un par de noches. Andrés
giró su silla para contemplarla mejor. No era desde luego
una niña, por más que tuviera nueve o diez años menos

que él, pero el sueño le daba a su expresión una entrega infantil, tan confiada como si en lugar de quedarse dormida en casa de un extraño se sintiese del todo protegida tras los muros seguros de un hogar familiar... ¿Estaría acostumbrada a hacerlo?, ¿solía dormirse siempre en esa posición, con todo su hermoso sexo al aire, en compañía de hombres desconocidos? Tan sólo de pensarlo se sintió otra vez excitado. Tuvo que hacer un gran esfuerzo para rechazar el pensamiento —ya había metido la pata una vez y no tenía interés en volver a meterla arriesgando suposiciones sobre la vida sexual de Mariana—, pero todavía le costó más renunciar al deseo. Tenía mucho trabajo. Volvió a darle la espalda y, buscando un punto final para su artículo, puso en marcha la minigrabadora en la que había tenido la precaución de registrar, desde su butaca del teatro, los soliloquios del actor. Entre las inevitables interferencias, escuchó la voz inconfundiblemente porteña de Pinti fustigando a su público.

Soy un sorete más, un mediopelo. Mi pobre abuelo que era un tano que llegó con una mano detrás y otra delante se enamoró de este país, que no era el de él; y yo que nací acá de padre y madre argentinos nunca me pude enamorar. Siempre pasé como una nube de pedos por todo...

Con el sonido, Mariana se agitó en sueños en el sofá y Andrés apagó la grabadora. Miró su reloj: a esas horas, ella ya debería estar camino del club, a punto de empezar su espectáculo. Pensó en despertarla, pero también pensó que en una noche como aquélla era más que improbable que el Esmirna abriera sus puertas. Si lo hiciera, además, nadie acudiría. Esa noche ni siquiera la excitación que la bailarina provocaba entre sus clientes habituales parecía capaz de animarles a recorrer por ella unas calles que el miedo colectivo había deshabitado por completo. No, mejor no despertarla. Que se quedase, ¿por qué no? Y dando por supuesto que en una profesión como la suya no se cobraba si no se trabajaba, le pareció de lo más natural compensarla de alguna manera por todos los riesgos que había corrido —por más que en Buenos Aires todo hubiese quedado en una falsa alarma— al atreverse a ir a su encuentro en una noche como aquélla. Sigiloso, sin hacer ruido, deslizó unos billetes en un bolsillo de su capa azul antes de echársela por encima como una manta protectora. Ahora ya por supuesto sin equivocarse, sin pensar que estuviera pagando nada. Esta vez cuatrocientos dólares.

8

Como el reflujo de las mareas, la protesta social que había mantenido en jaque al país durante los últimos días abandonó las calles, remitió sola. En las portadas de los diarios, el recuento de muertos y heridos y las estadísticas de daños fueron cediendo paso a otras noticias más reposadas y recientes y los atribulados argentinos recuperaron otra vez su inestable normalidad. También los corresponsales, aunque de su primer fogueo informativo, Andrés Sebastián no hubiese salido excesivamente bien parado: nadie en la redacción de Madrid le discutía el valor periodístico de sus crónicas, pero tampoco entendía nadie que la información principal sobre los desórdenes en Rosario hubiesen tenido que publicarla con veinticuatro horas de retraso sobre los diarios de la competencia. Pero en fin, aquello era ya historia pasada. Afortunadamente para todos, pero sobre todo para las leyes del mercado, la gente volvía a hacer cola en supermercados y comercios tanto en Rosario como en el resto de la Argentina, pagando resignadamente los precios de los artículos que compraban, por muy astronómicamente remarcados que estuviesen. Todo volvía a ser como antes, no porque hubieran mejorado las cosas, sino porque el hombre, según escribió Andrés en su último artículo sobre el tema, es un animal de costumbres y, aun al borde del precipicio, tiende a recuperar sus hábitos en cuanto las circunstancias se lo permiten.

Por ejemplo, esa noche, *los carritos* de la Costanera, esa docena larga de restaurantes frente al río que constituían toda una institución gastronómica porteña, se encontraban a rebosar, con más clientes que nunca. La cuestión era quién podía permitirse pagar, en la Argentina hiperdevaluada de entonces, tal superabundancia de manjares, incluidos todos los cortes imaginables de la mejor carne del mundo.

—¡Quién va a ser! Especuladores, bicicleteadores de guita... Gente como vos, bacanes que manejan dólares. —dijo Mariana masticando a dos carrillos una ración de chinchulines—. Qué te cuesta a vos esto...

Tenía razón. Si Andrés traducía a pesetas esas decenas de miles de australes que costaría la cuenta, la cantidad resultaba irrisoria. Ni aun invitando a diez o doce de las mesas que les rodeaban llegarían a sumar el precio normal de una cena en España. Para los extranjeros que cobraban en dólares, Argentina se había convertido en un país de saldo. Aquello era una consecuencia de la hiperinflación, desde luego, pero abría tal abismo en relación con el poder adquisitivo de los naturales del país como para hacer sentir mala conciencia. Para compensarla, Andrés pidió más vino. El mejor de la carta. Mariana había pasado a devorar un gran *bife* exhibiendo una hambruna que le resultaba desconocida. No era la primera vez que cenaban juntos pero usualmente ella se limitaba a las ensaladas, intentando mantenerse en forma para la actuación de después.

—¡Eh! Recuerda que tienes que bailar esta noche.

—Ya no. Se acabó.

—¿Se acabó?

—Lo dejé. No voy a bailar más en ese club.

De primeras, Andrés sintió que se encendía en su interior una señal de alarma: ¿por qué había abandonado su trabajo Mariana? ¿Tendría algo que ver con él esa decisión? Recordaba que ella le había acusado una vez de pretender que lo dejara. Absurdamente, claro. Pero lo que oyó después le tranquilizó.

—Me lo pidió —le aclaró ella—, no podía soportarlo más.

—Pero es tu vida —objetó él.

—Ya te dije, los celos lo volvían loco.

—Ésa no es una razón. No creo que tenga derecho a pedírtelo.

Trajeron el postre. Profiteroles con dulce de leche para Mariana. Y puesto que ella misma no parecía excesivamente afectada por su renuncia, Andrés decidió que no tenía sentido continuar inmiscuyéndose. Aceptó pues sus explicaciones por difícil que le resultase creérselas:

—Lo hace por mí. Está tratando de montar una coreografía para el centro cultural San Martín, quiere que vuelva a bailar con él, como antes, en serio.

Pero luego, más tarde, en la cama de su apartamento, en el momento culminante, cuando sus cuerpos se fundían en un solo animal tentacular, le pareció oír sollozar a Mariana y Andrés comprendió que no había debido serle fácil tomar aquella decisión: al perder su trabajo en el Esmirna, sus posibilidades de ganarse la vida se reducían ahora a esa actuación sin concretar en el San Martín, cuando además todo el mundo sabía que en Argentina los centros culturales oficiales estaban en bancarrota y no les llegaba ni para pagar a sus empleados. Pero quizás tanta tristeza no era sólo por el bolsillo: a nadie le agrada ver su libertad pisoteada debido a las presiones de una posesiva pareja.

—¿Le pediste consejo? —dijo Andrés mientras encendía un cigarrillo para disimular la intranquilidad que le provocaban sus lágrimas. Hasta entonces, nunca la había visto llorar.

—¿Consejo? ¿A quién? —preguntó Mariana, con la voz quebrada.

—A tu psicoanalista. ¿No dices que se lo cuentas todo?

—Ya no. Suspendí las sesiones.

El humo se le quedó a Andrés atragantado en algún lugar de la tráquea. Demasiados cambios para un mismo día. ¿Tendría algo que ver esa nueva renuncia con sus sarcasmos sobre el psicoanálisis? Influir en la vida de Mariana era lo último que deseaba. Tampoco ella debía sentirse cómoda con aquel acceso de debilidad, porque enseguida se repuso y recuperó el control de su voz.

—Los psicoanalistas cuestan mucha plata. A mí ya no me alcanza.

La oscuridad salvó a Andrés de que se le notara la vergüenza. Por alguna razón, como si no fuera capaz de mirar más allá de su propio ombligo, siempre se buscaba a sí mismo en las decisiones de Mariana. Pero no, él no tenía nada que ver. El adiós a su médico de la psique —¿pero eran médicos los psicoanalistas?— no era más que una consecuencia individual, problemas de pareja al margen, del drama colectivo que estaban viviendo los argentinos: cada vez más empobrecidos, obligados a prescindir de todo lo superfluo para sobrevivir con lo imprescindible. Mientras que él, al cambio, hubiera podido pagarle sin pestañear a Mariana toda una legión de terapeutas. Pero tenía miedo de herir su orgullo.

—Si necesitas dinero...

—Gracias. Ya me voy a arreglar. Puedo dar clases particulares de danza.

¿Se estaba acostumbrando a ella? Fuera o no fuera así, Andrés no se lo habría reconocido por aquel entonces. Simplemente estaba solo en Buenos Aires y ya que podía elegir prefería la compañía de Mariana a la claustrofobia de sus colegas de oficio, para no hablar de la reserva espiritual retro-hispánica que encarnaban los diplomáticos de la embajada. Hubo más citas, casi siempre diurnas, tras aquella primera noche en que le dio refugio en su casa. De los dos, él era siempre el disponible. Ella, en cambio, tenía que inventarse cada vez un pretexto distinto para engañar al hombre con el que vivía. En realidad no necesitaba pensárselo mucho porque, según descubrió Andrés, además de ser bailarina, el talento dramático de Mariana incluía también innatas facultades para el disimulo. Lo que no quería decir que bajase la guardia ante su celosísimo —y desconocido para Andrés— compañero de profesión y de vida: por precaución, habían acordado que fuera ella siempre quien llamara o simplemente se dejara caer por su casa. A Andrés le tocaba esperar, a veces días enteros sin noticias, pendiente de que ella lograra liberarse momentáneamente de sus ataduras domésticas. Y no es que le importase, al contrario, en absoluto se sentía celoso. La existencia del otro era como un reaseguro, una garantía de que no habría complicaciones en sus relaciones con Mariana. Sentía que las dotaba de unos límites razonables, civilizados, sin posibilidad de crecimiento. Por lo demás, en la medida en que ella se dejaba, Andrés seguía dejándole billetes en los bolsillos de su ropa. Sin que se notase, como una muestra más de afecto, igual que sus invitaciones a cenar o los pequeños regalos que le hacía... siempre con prudencia, evitando subrayar la diferencia de situación económica que los vaivenes del mercado cambiario iba haciendo día a día más patente entre ellos. El coche por ejemplo. Andrés no tenía en Buenos Aires, pero aunque acostumbraba a alquilarlo o incluso a contratar uno con conductor cuando se lo exigía el trabajo, prefería dejarse llevar cuando salían en el desvencijado automóvil de ella, un viejo Ford de los setenta.

* * *

Calle Córdoba arriba, viniendo de pasear por San Isidro, Mariana detuvo de repente su coche frente a un edificio con ventanas iguales y simétricas, las persianas entornadas en todas ellas.

—Acá —dijo—, en este telo me acosté con un hombre por primera vez.

Toda una institución porteña. Los «Albergues Transitorios», también llamados *telos* —hotel en *vesre*, un dialecto callejero paralelo al lunfardo en el que las palabras se decían al «revés»—, atendían una demanda social muy diferente del resto de los establecimientos hoteleros de Buenos Aires: repartidos estratégicamente por la ciudad, ofrecían habitaciones por horas en cualquier momento del día o de la noche. Javier Bonfín le había contado a Andrés que la mayor parte de los albergues transitorios pertenecían a miembros de las comunidades asturiana y gallega. Según él, no eran más que una continuación de la vieja tradición de los meublés españoles del primer tercio de siglo, suprimidos del otro lado del mar por el puritanismo de la dictadura. Fuese o no cierta la reminiscencia hispana, la institución había alcanzado en Argentina un desarrollo propio, desvinculándose por completo de la prostitución de origen y convirtiéndose en un verdadero servicio público —con el que no habían podido acabar ni Gobiernos militares *de facto* ni la ultrareaccionaria Iglesia argentina—: por allí pasaban parejas de una noche, amores adúlteros ya establecidos o simplemente jóvenes que —como acababa de contarle Mariana— buscaban en los *telos* un lugar asequible donde estrenarse sexualmente.

—¿Has venido otras veces después? —preguntó Andrés, excitado ante la repentina parada.

—Nunca —dijo ella, girando con decisión el volante mientras volvía a poner en marcha el automóvil. Como una garantía más de discreción, para evitar que nadie pudiera reconocer a las parejas que lo visitaban, al *telo* se accedía siempre a través de un aparcamiento subterráneo. El encargado se quedó con las llaves del coche, pagaron por adelantado las dos horas usuales de ocupación, mientras Mariana todavía dudaba, frente al panel de llaves, por cuál habitación decidirse. La excitación de Andrés iba en aumento: nunca había estado en un lugar así y a la promesa de un placer inminente, se unía la posibilidad, que empezaba a considerar, de escribir un artículo sobre el tema para sus lectores de España.

—No me digas que no recuerdas el número de la habitación —se impacientó—. Creía que la primera vez no se olvidaba nunca.

—Ha pasado mucho tiempo —protestó Mariana, terminando de decidirse por una de las llaves. El encargado tomó nota de sus bebidas y volvió a exigir el pago previo. Cuando ya estaban en el ascensor, ella se volvió a mirarle a medias seria, mitad provocadora.

—¿Estás seguro de querer subir?

—Claro, es divertido.

El cuarto elegido estaba lleno de espejos, el techo, las paredes. Las persianas herméticamente cerradas creaban una ilusión nocturna en pleno día: hubiera bastado abrirlas para sentirse deslumbrados por el sol de la tarde, pero allí dentro, en la semipenumbra, una luz fantasmal lo bañaba todo de rojo. A primera vista, el ambiente no podía ser más estereotipado: aséptico, limpio, pero en el fondo una versión modernizada de lo que cualquiera supondría tópico cuarto de burdel. En una esquina había un televisor. Al encenderlo Andrés, comenzó un vídeo porno. Mariana, por su parte, recorrió el breve espacio de pared a pared, inspeccionó la enorme cama y se detuvo frente a un extraño aparato —semejante a esos que se utilizan en la gimnasia deportiva— que ocupaba el centro de la habitación. También ella parecía decepcionada.

—Esto no estaba antes —dijo señalando el potro de gimnasia—. Han reformado las habitaciones. —Mientras hablaba, los ojos de Mariana se detuvieron en las imágenes pornográficas—. Entonces tampoco había vídeo... —Y luego mirando con aprensión alrededor—. No sé si fue buena idea venir. Me resulta extraño, incluso perverso.

—¿Perverso? —dijo Andrés—, ¿por qué perverso?

—Por venir con vos. Cuando vine con él vos no existías.

—¿Tan importante fue? —bromeó Andrés. En su mente, por pura asociación lógica, acababa de abrirse paso una explicación bien plausible para el desasosiego de Mariana—: No me digas que fue con él con quien te estrenaste... Claro, pudo ser, si te conoció cuando estudiabas.

Su silencio le sonó a asentimiento. Pero luego las palabras y el tono de su voz cortaron en seco nuevas inquisiciones.

—Fuese quien fuese, ahora no importa. Ahora, con quien estoy acá es con vos.

Inoportunamente, como desmintiendo esa intimidad, una mujer comenzaba en aquel momento a ser penetrada por dos hombres en la pantalla del televisor. El primer plano mostraba hasta el menor detalle de sus orificios, en los que entraban y salían las vergas. Los movimientos se sucedían rítmicamente. No había sonido y si uno hacía abstracción de los detalles anatómicos, los tres figurantes parecían entregados a un complicado ejercicio de aerobic. Andrés contempló un instante las imágenes, fascinado por la pantomima. Después miró a Mariana. Como siempre, más que ganas de hablar ni mucho menos de ponerse a investigar en su pasado o en su presente, lo que sentía era un deseo creciente de entregarse con ella a practicar esos ejercicios simples y regulares que estaban viendo en el vídeo porno. Entrar, salir. Lleno, vacío. Agujero, polla.

—Me da completamente igual con quién estuvieras en esta habitación antes —declaró solemnemente Andrés, buscando apaciguar su memoria, pero sobre todo tras comprobar en su reloj que ya había transcurrido más de una cuarta parte del tiempo pactado. Les quedaba hora y media. También Mariana pareció comprenderlo porque se subió de un salto a la enorme cama. De pie, con los zapatos puestos, los espejos de paredes y techo multiplicaron de repente su imagen en todas direcciones. Entonces sonó un timbre. Antes de que pudieran responder, unas manos invisibles depositaron sus bebidas en una especie de torno similar al que se usa en los conventos de clausura. Una precaución más de anonimato: todo en aquel albergue transitorio estaba calculado para extender el más discreto manto sobre los amantes que cobijaba. Parejas como ellos, secretas, clandestinas, necesitadas de ocultarse. Tras retirar las copas, Andrés dejó una propina en el torno y volvió a girarlo. A su espalda, bañada en la luz roja, Mariana había empezado a desnudarse. Sin dejar de mirarse en los espejos, iba dejando caer sobre la cama una prenda tras otra con la misma gracia sensual con que la había visto bailar en el Esmirna, pero esta vez en clave cómica: parodia erótica, remedo de un *strip-tease* entre oriental y barriobajero. El final fue de andar por casa: debajo de la ropa no apareció el sostén ni las bragas de fantasía que llevaba en el club, sólo una vieja malla de bailarina.

—Tuve que contarle que iba a dar una clase particular —le explicó mientras se la quitaba.

Andrés no dijo nada. Las mentiras que tuviera que contarle a su pareja para lograr reunirse con él eran un asunto exclusivo de ella. Desnuda al fin, una infinidad de Marianas pasaron a tenderle sus manos para atraerle a la cama desde los ángulos de todos los espejos. Incluso, por un efecto óptico, antes de responder a su llamada ya se veía tocándola, sin todavía sentir su tacto. Era como participar en una orgía. En el techo, en las paredes, en la cabecera de la cama, un montón de hombres y mujeres idénticos a ellos, perfectamente acompasados en sus movimientos y caricias, se disponían a amarse a la vista de los demás, sin nada que ocultar, sin el menor pudor, contagiados de la misma mecánica amatoria que podían contemplar en el vídeo. Un espectáculo que no sólo le fascinaba a él, también Mariana giraba la cabeza observándose y observándole, excitada por el desdoblamiento.

—Ayer tuve una sensación parecida —dijo—, como si me dividiese, como si me fragmentase en mil pedazos. Fue un orgasmo increíble.

En cada prisma, el cristal separó de pronto al hombre de la mujer, dividió los cuerpos unidos. Repentinamente frío, Andrés buscó por todas partes los ojos de Mariana, menos en ella misma. Se incorporó, bebió. Ella había cerrado los párpados.

—¿Cómo describirías un orgasmo? —continuó Mariana con absoluta tranquilidad—. No me resulta fácil definirlo. ¿Es una sensación de plenitud o de vacío?, ¿un llenarse o un vaciarse? ¿Las dos cosas? Y luego hay orgasmos distintos... en unos las sensaciones se encadenan, en otros es como un estallido.

De pie, junto a la cama, Andrés hacía esfuerzos por distanciarse del discurso de Mariana, por asumir alguna objetividad bajo la luz roja, que de cálida había pasado a ser hiriente. Sus sensaciones también eran contradictorias: íntimamente sentía la violencia de que ella se estuviera burlando de él, humillando su masculinidad al evocar en su presencia un orgasmo con otro hombre. Pero también sus mecanismos de defensa se pusieron en marcha para advertirle que por aquel camino no se iba a ninguna parte, que Mariana no era ni debería ser nunca suya ni mucho menos sus orgasmos y que entre ellos sólo podía existir una relación sin futuro, tan efímera como la que llevaba a las parejas a encontrarse en aquel albergue transitorio. Allí la tenía enfrente, desnuda y deseable, pero el orgullo herido también seguía ahí, fulminado por la revelación de un placer en el que Andrés no había participado.

—¿Hiciste el amor con él? —preguntó con la voz más indiferente que pudo.

Mariana abrió los ojos, cruzó las piernas desnudas y se rió.

—Duermo con él todas las noches, vivo con él. ¿Con quién querías que lo hiciera?

En el caleidoscopio de espejos, la mariposa del pubis de Mariana extendió de pronto para él el esplendor de sus alas negras. Decenas, cientos de mariposas en celo comenzaron a revolotear a su alrededor. Pero aun de pie, Andrés no terminaba de reaccionar.

—¿Qué te ocurre —dijo Mariana—, por qué no venís?

En esa habitación, mil mujeres le ofrecían a Andrés su sexo que era uno solo y que él iba a compartir con aquel que la había amado por primera vez y con el hombre con el que ella dormía cada noche, los dos probablemente una misma persona aunque no fuera asunto de su incumbencia, y sin embargo la mujer le decía que era toda para él y las imágenes en los espejos le traían a Andrés la incitación de un cuerpo que esperaba, la vulva húmeda que podía mirar desde todos los ángulos, desde todas las perspectivas posibles, y si extendía una mano para acariciarla mil manos la tocaban, se aferraban a su piel, y si besaba sus pechos eran mil labios los que se cerraban sobre los pezones de Mariana y entrelazados a su cuerpo seguía habiendo demasiadas sombras, demasiados hombres en aquel cuarto.

—No sé que me pasa —dijo Andrés mientras se acercaba. Más que a queja, su voz sonó a simple constatación de una realidad. Mariana cerró el abrazo, besó su cuello, sus orejas.

—Si te gusta otra cosa, si querés que te haga algo especial...

—No —respondió con voz enronquecida Andrés.

—Cogeme entonces —dijo Mariana, ofreciéndole una vez más la desnudez de su cuerpo rojo, incandescente. En el vídeo, la pantalla mostraba todo el tiempo una penetración rítmica, los cuerpos reducidos a órganos que se acoplaban, que se ajustaban y desprendían como el mecanismo de un autómata. En esa precisión buscó Andrés un referente para amar a Mariana, para poseerla, hacerla suya bajo los espejos. Sin embargo, no pudo.

—Estás nervioso —dijo ella—, lo mismo le ocurrió a él.

—¿Quién? ¿Qué él? —replicó Andrés sintiendo que se le disparaban los nervios.

—A los hombres les pasa. Sobre todo la primera vez.

Andrés se incorporó, apagó el televisor de un manotazo. Se sentía furioso.

—Basta, no quiero seguir con este teatro —dijo—, es suficiente.

—Te pregunté si querías venir —protestó suavemente ella—, dijiste que te parecía divertido.

—Ya no —dijo él—. Vámonos de una vez.

Había una enorme violencia en su voz. Mariana pareció a punto de decir algo, de reprocharle su actitud, pero se contuvo. Obediente, se levantó, buscó su vieja malla y al bajar de la cama, los espejos perdieron el ángulo de reflexión y su cuerpo recuperó su singularidad, dejó de repetirse.

✳ ✳ ✳

En su casa, al entrar, estaba sonando el teléfono. Antes de que pudiera responder, había saltado el contestador: «Cómo te va, gallego..., parece que nunca estás en casa... Sólo quería saber de vos, charlar un poco... ¿Descubriste ya qué disparate de país? Millones de vacas, millones de ovejas, millones de toneladas de excedentes de cereales y la gente saqueando para morfar... La Argentina no tiene explicación, es un puro caos, un país surrealista...» Tenía que salir. La metáfora acuñada por Javier Bonfín asociando caos social y caos matemático, había alcanzado un enorme éxito en un público al que por principio, según sus propias teorías, no hubieran debido ir destinadas sus crónicas: el de sus amigos y colegas de Buenos Aires. Todos se habían apropiado de ella, especialmente los argentinos, encantados con una explicación que, en el fondo, les venía como anillo al dedo para liberarles de cualquier responsabilidad o sentimiento de culpa: si el azar gobernaba la situación social, si el desorden era el estado normal de la naturaleza, si todo lo que sucedía era consecuencia de un caos caprichoso e impredecible, por lo menos ya no tenían que seguir mortificándose con aquello de cómo era posible que uno de los países más ricos y con mayores potencialidades del planeta, se despeñase cada vez más en los abismos de la miseria. Sólo la teoría de un caos previo, fundacional y cósmico permitía digerir datos como los de las últimas estadísticas del Ministerio de Economía, según las cuáles las reservas en dólares de la Argentina habían llegado a ser inferiores a las de la mayoría de los países del África subsahariana.

—Lo del caos es una gilipollez. Todos los efectos necesitan causa —masculló a toda prisa, agarrando el auricular antes de que colgara Cristina Wilde—, por ejemplo, la evasión de divisas, el fraude fiscal, la especulación entre el dólar paralelo y el oficial, la falta del menor sentido de solidaridad nacional de los grandes exportadores argentinos...

—¿Eh? Hola... estabas ahí... —se desconcertó ella.

—Sí —dijo Andrés—, ¿qué hay de nuevo esta vez?, ¿una mujer barbuda?, ¿un enano de tres cabezas?, ¿estás organizando un *tour* turístico por las villas-miseria?

Seguía habiendo una inequívoca violencia en su voz, un deseo de herir, de hacer daño. Cristina acusó el golpe, sorprendida por la reacción inesperada.

—¡La pucha, gallego, qué bronca que tenés! ¿Qué pasa? ¿Es que te desperté?

—No. Acabo de llegar.

—¿En qué andás? Hace tiempo que no nos vemos... Ya te dije, sólo quería charlar un rato...

Así que era eso. Sin duda Javier Bonfín había debido contarle el encuentro en la calle Florida y su extrovertida amiga no había podido resistir la tentación de cotillear por su cuenta. Pura morbosidad. Seguro que además se sentía con derecho a ello: al fin y al cabo era ella quien le había llevado al Esmirna.

—¿Hablar sobre qué? ¿Sobre la bailarina?

—¿Qué bailarina? No te entiendo.

—En realidad ya no baila, ha dejado el club.

—¿Club? ¿Qué club?

—Ahora sólo se desnuda para mí.

Nada más decirlo, Andrés fue consciente de lo injusto que estaba siendo también con ella. Pero la voz de Cristina Wilde no le sonó irritada:

—Escuchá, no sé qué te sucede...

—Nada —dijo él.

—No importa. Hablamos otro día si querés.

—Claro.

—En serio, llamame y salimos a comer. Siento que te descuidé un poco últimamente...

No tuvo ganas de interrogarse sobre las razones de su ira. Al menos, no esa noche. Tampoco tenía sueño, así que se sirvió un trago generoso y encendió la pantalla de su ordenador. Repasó la lista de artículos a medio escribir, los temas de reserva que iba acumulando en la memoria de la máquina. Apuntes, datos, referencias curiosas... Pinceladas para ilustrar las frías noticias de actualidad. Releyendo sus notas experimentó un absoluto cansancio, como si de repente aborreciese esa manera de escribir, la necesaria simplificación que toda crónica periodística implica. Le hubiera gustado encontrar otra forma de contar, de aproximarse a los hechos sin tener que encajarlos siempre en un molde preconcebido. Una mirada así tenía que ser posible, no sólo posible, debería ser preceptiva en su oficio. «Supongamos un tendido eléctrico —escribió—, un cable de comunicación cuya única utilidad son sus propiedades conductoras. La información circula por él entre el emisor y el receptor por el solo hecho de estar enganchados a la línea; las noticias se emiten y se reciben a través de la conexión que establece el corresponsal; a mí me corresponde salvar ese vacío, el tiempo y el espacio diferentes, reducir al mínimo las interferencias que siempre implica cualquier pensamiento, idea u opinión propia. ¿Pero qué pasa cuando el comunicador se avería? La idea de convertirme en un cable inútil, fuera de servicio, me ronda últimamente la cabeza. De hecho sigo viendo cosas aquí, percibo sensaciones, imágenes, signos; pero cada vez me horroriza más la idea de explicar Argentina en su totalidad, jugar al antropólogo de catástrofes, opinar desde no se sabe qué argumento de autoridad. A veces pienso que si abandonara mi oficio, mi condición comunicante, todo iría mejor... no sé si lo entiendes: hasta Buenos Aires sería otro...»

En este punto, se detuvo. Releyó a toda prisa la carta que, casi inconscientemente, se había puesto a escribir a su mujer y, de nuevo colérico, dejó caer un puñetazo sobre la tecla que haría desaparecer el texto de la pantalla. El sí que estaba tergiversando la información, trasmitiendo trivialidades cuya única función era la de servir de cortina de humo para ocultar sus verdaderos pensamientos. A qué venía si no toda esa digresión sobre la condición comunicante cuando no era con ningún Buenos Aires abstracto sino con una porteña bien concreta con la que se dedicaba casi diariamente a comunicar. Qué es lo que estaba pasando. Escribía a su mujer y era otra mujer la que se escondía como una intrusa en su escritura. Hasta entonces, ¿cuántas veces la había engañado? Engañar no, engañar era un verbo tópico y bastante inadecuado en su caso. Nunca la había engañado, todo lo más mentido y hasta ese verbo resultaba excesivo si se aplicaba a sus infidelidades. Tantos años de relación, tres o cuatro saliendo, otros tantos como pareja de hecho y los seis últimos de matrimonio y no se habría acostado con una mujer distinta más de media docena de veces. Por supuesto que sin repetir con la mayor parte de ellas, normalmente polvos esporádicos y conforme a los mismos estándares: él o Beatriz estaban de viaje, la soledad había despertado un hormigueo en algún lugar de su bajo vientre y una mujer en la misma situación de disponibilidad que él se había cruzado en su camino. Sin premeditación, desde luego. Pequeñas aventuras que le había confesado casi siempre, con mayor o menor retraso, y habían recibido una razonable absolución. También Beatriz había tenido que tener las suyas, aunque no se las hubiera contado nunca: por algo la sanidad figuraba en cabeza, aún más que el periodismo, en el ránking de profesiones promiscuas. Sólo con pensar en todas esas noches de guardia que pasaba en el hospital... Pero claro, de igual modo que ella nunca se las había pedido a él, tampoco a Andrés se le hubiera ocurrido pedirle cuentas. Así era entre ellos, como pareja mantenían una relación que tendría sus defectos, pero desde luego equilibrada y abierta... ¿Entonces, por qué esta vez no le había hablado de Mariana? ¿Quizás porque se trataba de algo más que una simple aventura? Tan sólo de pensarlo, sintió que le invadía la confusión, pero enseguida se sobrepuso. Por supuesto que no, qué tontería. Aunque hubieran seguido viéndose, la bailarina era tan sólo un episodio, un paréntesis que por más que se prolongase en nada podía afectar a su sólido vínculo con Beatriz. Mucho más peligroso era el paso del tiempo, esos seis meses que ya llevaban separados, tan insalvablemente lejos uno del otro. Demasiado tiempo, demasiada distancia y no sólo para su relación. Al margen de su creciente cuestionamiento del oficio de corresponsal, estaba llegando a la conclusión de que su carrera profesional en Madrid, en tan sólo medio año de ausencia, iba retrocediendo hacia el cero absoluto. No sólo le habían buscado un sustituto —algo lógico y que, por otra parte, esperaba— en la sección de Opinión del periódico; tampoco sus crónicas estaban logrando despertar demasiado interés —no necesariamente por su contenido sino por tratar de realidades remotas de segundo orden en las prioridades informativas de los lectores—; y todo ello coincidiendo en España con un momento de total prosperidad económica, con una peseta fuerte y unos índices de crecimiento como no se recordaban en los últimos veinte años. De acuerdo, como experiencia, todo aquello sería muy exótico, pero de repente Andrés vio muy claro que de seguir unos meses más en Buenos Aires lo único que conseguiría es que en Madrid se olvidaran de él.

Apenas lo pensó. Dejándose llevar por el impulso, marcó los doce dígitos y esperó tono. Al oírla, su voz le sonó soñolienta, desacompasada con la suya.

—Qué sorpresa, nunca me llamas tan temprano.

Andrés miró su reloj. En esa época, con el horario de verano en Europa, era siempre mayor el desfase horario. En Buenos Aires pasaban unos minutos de las dos de la madrugada. En Madrid, eran las siete de la mañana.

—Aún no he desayunado... Iba a salir para el hospital.

—¿Qué tal?, ¿mucho trabajo?

—Bueno, está entrando el verano, siempre hay más

pacientes... ¿Y tú? ¿Cómo está ahí la situación? Lo que escribes que está sucediendo es horrible.

—Normalizada, si se puede usar aquí esa palabra... Nada es normal nunca en Argentina. ¿Qué tal mis crónicas? ¿Qué se dice de ellas? ¿Gustan?

—Claro. También las de tu amigo, ese del que me has hablado otras veces.

—¿Javier Bonfín?

—Leí una cosa suya muy sugestiva sobre el caos.

Sintió envidia y en aquel sentimiento constató que la absurda y estéril rivalidad que su predecesor mantenía con él y a la que desde el principio había intentado resistirse estaba contagiándosele también. Aquello terminó de decidirle. Cualquier asomo de rencor se quedó perdido por el camino, al otro lado del Atlántico, sin alcanzar a su interlocutora. Tenía algo más importante que comunicarle.

—Voy a volver —dijo.

El silencio comprensiblemente inquisitivo de Beatriz le empujó a ampliar explicaciones.

—No tiene sentido que siga aquí. No tiene sentido seguir separados. Hablaré con los del periódico, mi compromiso fue siempre temporal. Les diré que me busquen algo en Madrid.

Lo dijo de corrido y luego volvió a quedarse callado en espera de su reacción. Una reacción de previsible y esperada alegría que, para desconcierto de Andrés, tardó más de la cuenta en producirse.

—¿Qué te pasa?, ¿no quieres que vuelva?

—Claro que sí, tonto. Sólo que me has sorprendido... ¿Qué ocurre? ¿Algo va mal?

—Nada. Lo único que pretendo es que vaya mejor. Volver a estar juntos.

Hecho. Todavía le sudaba la mano cuando colgó, pero experimentó un enorme alivio. Nada había sucedido que no se pudiera enderezar, ni en lo sentimental ni, al menos eso esperaba, en lo tocante a su profesión. En cuanto se reuniese de nuevo con Beatriz, tendrían tiempo de sobra para reparar juntos esas pequeñas averías que la distancia siempre produce y reencontrar su propio mundo que no era ni el Viejo ni el Nuevo, sino su mundo íntimo y pequeño, el único en el que su vida cobraba sentido, al que de verdad pertenecía. Una vez tomada aquella oportunísima decisión, el regreso al hogar le pareció a Andrés la única manera de volver a centrarse y poner fin a ese punto de fuga en que se estaba convirtiendo su estancia en Buenos Aires. Y para empezar a reafirmar desde ese mismo momento la vuelta a la normalidad, abrió el cajón y sacó del interior el retrato de su mujer sobre el puente del Arno que por alguna razón inexplicable había permanecido oculto cada vez que Mariana entrara en su casa. Desde luego que inexplicable: podía argumentar que no fuera conveniente hablarle de ella a su mujer, pero ¿por qué no le había contado nada de Beatriz a Mariana? No, no tenía sentido: lo mirase por donde lo mirase, su silencio había sido absurdo. Sobre todo cuando ella se pasaba todo el tiempo hablando, hasta un punto obsesivo, del hombre con el que vivía. Ni siquiera se planteó cuánto podía haber de revancha, de corresponderle con la misma medicina en ese deseo de sincerarse, ni cómo podía sentirse Mariana tras la escena que le había montado en el albergue transitorio. Sabía que volvería a llamarle, a reaparecer en su vida, pero ahora, tras la llamada que acababa de hacer, sería ya forzosamente una intromisión sometida a término, condenada a una inminente caducidad. Aliviado, como liberado de un peso, dejó el retrato bien colocado sobre la mesa y decidió, de la manera más natural, que igual que había dado el primer paso para ser sincero con su mujer, también tenía que hacerlo con Mariana.

* * *

Pero luego, a la hora de la verdad, la bailarina no parecía reparar en la fotografía. Pasaba a su lado sin interesarse, como si no la viera, si es que eso podía ser posible en aquella casa vacía, desnuda de toda otra decoración. Hubo nuevas citas en las que, por una extraña inercia, tampoco él se decidía de una vez a contarle. Siguió recibiéndola en su casa, siguieron amándose con toda naturalidad, como un hábito que fuera camino de consolidarse más que de desaparecer. Hasta una tarde en la que Andrés, desnudo en la cama, se sintió intrigado por el modo en que Mariana, todavía la piel húmeda, enrojecida de sus caricias, se perfumaba tan abundantemente.

—Si no tengo cuidado, un día él va a descubrir tu olor —le dijo ella a modo de explicación.

Era verdad, incluso tendría que haberse duchado. Pero últimamente se mostraban tan avaros del tiempo que pasaban juntos que cada vez estaban menos dispuestos a perderlo en los imprescindibles camuflajes. Ella se marchaba muchas veces a su casa todavía oliendo a él, a su sudor, a su saliva, a su esperma. También él se quedaba con el olor de Mariana, pero no era lo mismo porque a él le protegía la distancia mientras que ella, en apenas media hora, tendría que enfrentar la inspección del hombre con el que vivía. Una inspección que podía resultar más que ocular: para no levantar sospechas, incluso podía verse obligada a hacer el amor con él. ¿Obligada? Aquello sí que era presunción: ¿qué sabía Andrés de la intimidad que Mariana mantenía con su pareja?, y sobre todo, ¿qué le importaba? Porque lo cierto era que ella seguía hablándole todo el tiempo de él, mientras que Andrés todavía no le había dicho una palabra sobre su situación sentimental. Encendió un cigarrillo. Observó un rato a Mariana que después de ponerse el vestido se estaba repintando los labios. Las palabras le salieron solas.

—Hay alguien más, Mariana —anunció de golpe.

Al principio, no pareció sorprenderse. De hecho ni siquiera le miró, concentrada en borrar de sus labios la última huella de los besos que habían compartido esa tarde.

—¿Tenés una mujer? —dijo cuando hubo terminado.

Luego le quitó el cigarrillo para darle una larga calada—, ¿allá? ¿En España?

—Supongo que debía habértelo dicho hace tiempo —asintió Andrés.

—Supongo que sí —dijo ella en voz baja. Una protesta breve, como la de alguien que se sabe sin derecho alguno sobre el otro. Después le devolvió el pitillo con una gran mancha de carmín en el filtro.

—Soy patética, ¿sabés? Siento envidia, pero no porque sea tu mujer: Vive del otro lado, en el lugar del mundo donde todos nosotros quisiéramos vivir.

—A mí me gusta Buenos Aires —protestó Andrés.

—Porque no sos de acá. Vos podés entrar y salir. Argentina está demasiado lejos de todo.

—La soledad del sur, vivir en los antípodas... Antes de conocerte, escribí una crónica sobre eso —bromeó Andrés, aliviado de que la conversación fuese por otros derroteros. Pero ella no le estaba escuchando. Se había detenido frente al retrato de Beatriz y lo examinaba con atención, como si acabara de descubrirlo, ahora sí definitivamente visible.

—¿Es ésta? —dijo al fin.

Andrés asintió.

—Es guapa —fue todo su comentario y luego, al encararse a él, su tono se volvió más tenso—: ¿Por qué me hablás ahora de tu mujer?

—Me sabía mal ocultártelo.

—Yo oculto cosas por vos. Miento por vos.

—No te he pedido que lo hagas —dijo Andrés—. Nunca he querido interferir en tu vida.

—Lo hiciste —dijo Mariana—. Ya has interferido.

Esta vez sí que pudo notar claramente el timbre de tristeza en su voz. Sin saber qué decir, Andrés la atrajo hacia la cama, le dio un beso y sintió en su boca el sabor del carmín. Desnudo como estaba, se puso a deshacer la ropa de Mariana, buscando con sus manos restablecer de nuevo el contacto de su piel. Sabía que era un contrasentido.

Llegado el momento de la despedida, a qué venía buscarla otra vez, alimentar aún más su deseo de ella.

—Tenés una mujer arriba y otra abajo —dijo Mariana separando por un momento su boca de la suya—. Una al norte y otra al sur... Eso es lo que tratás de decirme.

—Sí —dijo él.

—¿Y ella sabe que existo yo?

Esta vez el silencio de Andrés fue lo suficientemente expresivo.

—No importa, no me siento engañada. Vive muy lejos de ti y de mí.

En la habitación, mientras hablaba Mariana, la oscuridad creciente del crepúsculo iba difuminando el mundo a su alrededor. Las cosas, los escasos muebles, apenas se veían, pero ella seguía estrechamente enlazada a él, como si se resistiese a desaparecer, a desvanecerse en la oscuridad. Andrés se sintió aliviado: en contra de lo que esperaba, Mariana se había tomado su confesión sin un reproche, sin una queja. Pero la comprensión que demostraba parecía tan amplia, tan beatífica, que también le asaltó el temor de que quizás no hubiera acabado de entender lo que estaba tratando de decirle.

—Mariana, escucha, lo he decidido: voy a volver a España, he pedido el traslado. Voy a volver con mi mujer.

Los ojos de Mariana parecieron tensarse, se clavaron de golpe, como un dardo en los suyos.

—¿Cuándo? —fue su única pregunta.

—No lo sé, no es tan fácil. Primero tienen que encontrarme un puesto en Madrid.

—Entonces todavía estás acá. Ella no. Y aunque estuviese...

Aflojó el abrazo. De tan pegados, sentía como un ahogo, acentuado por la naturalidad con que Mariana parecía enfocar el tema. Lógico, ella ya vivía así, en la mentira cotidiana, para ella no cambiaban las cosas. No tenía por qué comprender su necesidad de medir con un doble rasero. Para ella era sencillo, el que tuviera una mujer no parecía cambiar nada. Ella también vivía con un hombre y eso no le impedía seguir acostándose casi diariamente con él.

—No, no me has entendido, con ella no sería igual. Con ella es diferente, si ella estuviera aquí yo no...

—¿Por qué es diferente? —se revolvió Mariana—. Explícamelo.

Ahora sí que parecía herida. Pero Andrés no podía decírselo, no podía explicárselo sin herirla todavía más. Ni sabía ni tenía ganas de profundizar en el tipo de relación que ella mantenía con su pareja, pero desde luego estaba seguro de que no tenía nada que ver con la que él mantenía con su mujer. No, por supuesto que no. El coreógrafo y su joven alumna... no le conocía más que por las palabras de ella, por sus constantes alusiones, pero estaba seguro de que aquel tipo tenía que ser un fracasado, un resentido, un parásito que vivía de la juventud de Mariana, de su belleza, de su talento... y encima se atrevía a prohibirle bailar. Nunca había sentido la menor piedad por él, ni siquiera se le había ocurrido pensar que no se mereciese con creces las infidelidades de la bailarina. En cambio su caso era distinto, cualquier comparación entre aquel hombre y Beatriz era una ofensa, un disparate... y en cuanto a él... No, Andrés no se veía a sí mismo, ni siquiera temporalmente, teniendo que perfumarse para disimular otro olor, fingiendo citas falsas, envuelto en mil mentiras diarias tal y como venía viviendo Mariana. Por suerte, él se sentía salvado por la distancia; porque vivir así, engañar de ese modo a Beatriz, frente a frente, día a día, sí que le hubiera parecido de verdad una traición, algo realmente imperdonable. Hubo una larga pausa, pero al final la propia Mariana debió de comprender por sí misma el sinsentido de sus pretensiones.

—Tenés razón. Es todo demasiado complicado. Es mejor que no volvamos a vernos.

Mientras lo decía, con la mayor naturalidad, había terminado de quitarse el vestido. Se besaron. Casi automáticamente, las manos de Andrés pasaron otra vez a acariciar su piel desnuda. Ahora que ya estaba todo aclarado, ahora que ya se habían dicho definitivamente adiós, tampoco era cuestión de renunciar a un último placer. Excitado, absorto por completo en su tacto, Andrés ni siquiera reparó en que aquella despedida no era nueva, en que ya se habían dicho adiós otra vez, casi con las mismas palabras, al día siguiente de conocerse. Lentamente, acomodándose sobre sus muslos, Mariana se sentó encima de él. En la noche, envueltos en la oscuridad, su unión era tan estrecha que la carne de ella se clavaba en la suya, le absorbía hacia dentro.

—¿Se lo vas a contar?

—¿Qué? —casi gimió.

—Esta noche. Todas las noches.

—Tendré que decírselo. Creo que es lo honesto.

—Ocurrió en otro mundo —le susurró al oído generosamente Mariana mientras comenzaba a moverse—. Sucedió en los antípodas, podés explicárselo así.

9

Cualquiera hubiera podido advertírselo, pero ella no estaba por la labor de aceptar consejos. Había empezado tomando a regañadientes por acompañar a Rodrigo y poco a poco, sin darse cuenta, la merca se le había ido convirtiendo también en requisito imprescindible de sus encuentros amorosos. Habían pasado muy buenos ratos con ella, a qué negarlo; aparte de su conocido efecto como potenciador de la libido, a Cristina Wilde le producía además una sensación especial que nunca había comentado con nadie y mucho menos con su amante: cuando lo hacían después de haber tomado, no es que lo hicieran de forma diferente, pero ella sí se sentía distinta, sorprendentemente reconciliada con su edad; y es que sólo entonces, gracias a la desinhibición del estimulante, se permitía invertir los papeles: deseando sentirse utilizada, pero sobre todo necesaria, disfrutaba imaginándose a sí misma como una cortesana experimentada y madura cuyos servicios requería Rodrigo precisamente para eso: para que le instruyera en el arte de amar. Pero en la realidad, quién pagaba a quién... Sola en su enorme casa, con su marido en uno de sus habituales viajes, tumbada en la *chaise longue* Le Corbusier de su salón de estar privado, en la penumbra apenas iluminada por un pequeño velador, la música a todo volumen en el equipo de alta fidelidad, Cristina Wilde se sirvió un nuevo gin-tonic. Por más que se sintiese deprimida, tenía que reconocer que aquel último pensamiento había sido bastante injusto: sabía muy bien que a su manera Rodrigo también intentaba compensarla, retribuir sus atenciones. Últimamente, por ejemplo, cada vez que tenían que dejar de verse por un tiempo, él siempre tenía el detalle de regalarle una pequeña cantidad. La última vez diez gramos, que acababa de terminarse hacía un rato tras consumir la espera del período más largo que había pasado sin la menor noticia suya: casi diez días. Y lo peor no eran los diez gramos sino los litros de gin-tonic con que había necesitado combinarlos para rebajar la ansiedad y los estragos en su cuerpo, doblemente abandonado ahora que había dejado de ir al gimnasio, para no hablar de los efectos secundarios contra los que su cínico amante y *dealer* ya le había prevenido; de seguir por ese camino, metiéndose con tanto descontrol (ella, precisamente ella, entusiasta hasta entonces de todo lo natural, enemiga jurada de cuanto pudiera perjudicar a la salud, pero sobre todo a la perfección física de su cuerpo) iba a acabar necesitando una cura de desintoxicación. Aunque, que Cristina supiese, ella no le había pedido consejo a nadie. Ni mucho menos a Rodrigo. Ni siquiera estaba segura, en el caso hipotético de que llegara a necesitarlo, de que tanta solicitud no ocultara segundas intenciones. (Tampoco había nacido ayer; en el fondo, ¿de quién quería Rodrigo que se desintoxicara, de la cocaína o de él mismo?) ¡Al carajo la desintoxicación, al carajo la vida sana, al carajo Rodrigo Melnick!, se rebeló íntimamente Cristina Wilde dando suelta a su rabia y luego, relajada tras el desahogo, pero sobre todo por el último trago, buscó distraer su atención escuchando la voz poderosa de Bruce Springsteen, *The Boss*, que entonaba *Down to the River* a todo volumen desde los altavoces, en un anticipo de su inminente y primera actuación en Buenos Aires en el estadio del River Plate, con motivo del macroconcierto de apoyo a Amnistía Internacional. Iba a ser todo un acontecimiento, al que Rodrigo hacía tiempo que le había pro-

123

metido llevarla, aunque Cristina no se hacía ilusiones. Eso había sido antes de que ella volviese de Estados Unidos y ahora sabía muy bien que él tenía otros compromisos, prioridades ante las que no podía ni debía, de ninguna manera, inmiscuirse. La misma prioridad, sin duda, que le había llevado a no llamarla siquiera en esos últimos diez días, dejándola a solas con la botella de ginebra y la cocaína de propina, un regalo que por otra parte, como todos sus gastos, ella también le había financiado.

En la semioscuridad no la vio entrar. Ni siquiera sabía que estaba en casa. Sólo se dio cuenta de su presencia cuando, dejando caer su mano sobre el reproductor, hizo cesar bruscamente el sonido.

—Te lo advertí, te lo dije mil veces: ¡no quiero que escuchés mi música!

Hay situaciones dolorosas para una madre, momentos terribles en los que lo último que se desearía es sentirse observada, taladrada más bien, por la mirada reprobadora y dura —tremendamente dura— de una hija. Pero Cristina Wilde había bebido demasiado como para sentir vergüenza y lo único que le preocupaba es que ella llegara a descubrir la papelina, caída en algún lugar de la alfombra.

—¿Vas a salir, Violeta? ¿Volverás tarde?

La voz le salió temblorosa, aunque afortunadamente, debido al camuflaje de la coca, libre de los gangoseos del alcohol. Ni se le ocurrió, claro, preguntarle con quién iba a salir. El silencio hosco de ella no animaba a las confidencias. Viéndola allí, de pie frente a la chimenea, el cabello intensamente rojo, característico de los Wilde, la piel blanca y pecosa que la mínima falda y el top ajustadísimo dejaban, quizás en demasía, al descubierto, la madre sintió un repentino acceso de orgullo. Pese al odio frío, casi mineral que le mostraban sus ojos, su hija había salido completamente a ella. Era casi tan guapa como ella lo había sido, aunque no acabara de tener su estilo, ni, lamentablemente, nada de su carácter. En eso eran contrarias. Violeta era más bien desconfiada, de difícil comunicación, para nada sentimental, tan calculadora como su padre.

—¡Dejá de rebuscar en mi armario, no quiero que volvás a entrar en mi dormitorio cuando no estoy! Te lo prohíbo: ¡dejá de ponerte mi ropa!

No contestó a sus gritos, no se sentía capaz. Todo lo que pensó es que ella, a los diecisiete años, jamás le hubiera alzado la voz de esa manera a su madre. Ni se hubiera atrevido a salir de casa sin pedir permiso o sin dar a sus progenitores el obligado beso de despedida. A ella, ¿cuánto tiempo hacía que su hija no la besaba? De pronto, sintió unas ganas enormes de llorar. Sobre todo, al recordar de qué otra manera, por qué agente interpuesto, su hija y ella seguían compartiendo caricias y besos.

—Pará, te ves patética... Y con ese ridículo corte de pelo...

Pero Cristina no podía parar. Las lágrimas y los sollozos le salían solos, con una facilidad alcohólica que en nada le aliviaba del peso de la culpa. ¿Por qué se le había ocurrido meterse en aquella locura? Y sobre todo, ¿cómo había podido ser tan ingenua de creer que ella no iba a terminar enterándose? Porque ahora, de pronto, en los ojos inmisericordes, cargados de animadversión de su hija, podía leer con claridad lo que sabía.

—Me lo ha jurado, no va a volver a acostarse con vos... por más que le pagués, por más que le comprés caprichos y pilchas...

Como madre, su obligación hubiera sido advertir a su hija adolescente contra aquel rufián con el que salía, de dudosa moral y tan clara tendencia a hacer de gigoló con señoras maduras; traficante además de drogas peligrosas que seguramente compartía con su hija con idéntica liberalidad que con ella; y sin embargo, su reacción no fue la de una madre sino la de una amante despechada, una mujer herida.

—¿Cómo lo sabés? —dijo, incorporándose con todos los nervios en tensión, repentinamente despejada de la borrachera, presa de una ferocidad indisimulable—, ¿quién te lo dijo? ¿Él?

Pero Violeta ni siquiera parecía dispuesta a aceptarle esa rivalidad. Sin molestarse en responder, ya había alcanzado la puerta cuando cambió de opinión y se volvió hacia ella para hacerle aún más vivo su desprecio.

—¿Qué más querés saber? ¿Querés que te cuente cómo lo hacemos?

—Violeta, hija... —Hubiera dado tanto por lograr comunicarse con ella, aunque sólo fuera por una vez; por tener ocasión de transmitirle la soledad en que vivía a pesar de su aparentemente tan intensa vida social; de hablarle de sus años, esa edad en la que ya todo parece irreversiblemente consumado pero en la que el deseo sigue ardiendo igual y una mujer se sueña igual de joven, igual de deseante que cuando era muchacha y tuvo un sueño erótico por primera vez; contarle de sus miedos, el sentido de tantas maniobras como no dejaba de intentar para detener el paso del tiempo, la gimnasia, sus operaciones, los cambios de estilo y atuendo, su pasión por el arte en un esfuerzo inútil y quimérico de asociar belleza con inmortalidad; incluso, por qué no, confesarle su envidia, sus temblores secretos ante cada uno de los cumpleaños de su única hija cuya concepción tanto había postergado consciente de que quedarse embarazada significaba poner en marcha un inexorable reloj que habría de conducirle hasta ese justísimo momento: a tenerla delante y verse retratada, tan exactamente, tan idéntica a como ella ya nunca podría volver a ser. Pero sobre todo le hubiera gustado hablarle de Rodrigo, para Violeta, a sus diecisiete años, por muy encaprichada que estuviera, una relación más, sustituible por cualquier otra, mientras que para ella, si tan sólo pudiera hacerle entender cuánto importaba, todo lo que un cuerpo joven como aquél era capaz de darle, hasta qué punto le necesitaba para seguir autoengañándose, para no dejar de sentirse atractiva, simplemente para sobrevivir.

—¿O preferís saber lo que me dice que siente cuando se acuesta con vos?

Sabía que no iba a darle la menor oportunidad. Probablemente porque no se la merecía. Intentó decir algo, pero el alcohol había menguado tanto sus reflejos que no pudo llegar a tiempo. Escuchó el ruido de la puerta, pero antes, nítidamente, las últimas palabras de su hija la alcanzaron con todo su veneno.

—Como hacerlo con una vaca vieja... Así dice que es.

10

Apenas pasaron dos semanas. Ya estaba deseando volver a verla, incluso pensando en llamarla él, aunque no sabía adónde y además hubiera sido una imprudencia, cuando ella se le adelantó.

—Necesito verte —le soltó por todo saludo, apenas descolgó el teléfono.

—No puede ser, Mariana... —la reprendió suavemente Andrés, todavía sin acostumbrarse a la inesperada reaparición de su voz—, creía que lo habíamos dejado bien claro.

—No entendés —dijo ella—, no te estoy llamando para *eso*... ni siquiera sé cuánto puedo esperarte, no depende de mí.

—¿Qué quieres decir? —dijo él y por primera vez se dio cuenta de la forma rara en que Mariana arrastraba las palabras—. ¿Por qué no puedes esperarme?

—No tengo mucho tiempo —dijo. Luego su voz se quebró en sollozos, mientras Andrés, asaltado por las peores premoniciones, se esforzaba por conservar una apariencia de tranquilidad.

—Podemos vernos ahora, claro que sí. Sólo tienes que tranquilizarte y decirme dónde estás.

—En casa —dijo ella.

—¿En tu casa? —dijo Andrés—. ¿No sería mejor que intentases llegar tú hasta aquí?

El silencio de Mariana se prolongó más de lo necesario. Parecía desfallecer por segundos.

—No puedo —dijo al cabo de un rato—, creo que no podría... Además él se ha ido, ahora estoy sola. Pero apurate, no sé cuándo va a volver.

En el taxi experimentó Andrés de golpe el calor denso, opresivo, inusual para la estación, que se cernía sobre la ciudad. Ni siquiera había entrado aún la primavera, pero una humedad casi tropical convertía en una sauna la cabina del auto. Casi mecánicamente, le recitó al chófer la dirección que le había dado Mariana. Durante el viaje, vinieron a su mente todas las posibilidades que podían haber desencadenado su llamada de auxilio. En cierto modo creía estar preparado, pero cuando la tuvo frente a sí, vestida únicamente con una vieja y holgada camiseta, pálida y descompuesta, el cabello en desorden y la cara cruzada, casi en una perfecta transversal, por un gran moratón, no pudo reprimir la rabia.

—La policía. Voy a llamar a la policía.

—Por favor —dijo Mariana.

Había otras huellas. El hilillo de sangre, apenas seca, que alargaba de forma extraña la comisura de sus labios. La hinchazón en un pómulo. Una sombra que circundaba su ojo izquierdo demasiado siniestra para ser simple ojera. Para no seguir viéndola, Andrés buscó nerviosamente un teléfono.

—Entonces a un médico. Alguien tiene que verte, ahora mismo.

—No —dijo ella—. No quiero que llamés a nadie.

La seguridad en el tono de Mariana contuvo a Andrés. Pero luego, sin transición, la debilidad regresó y él tuvo que sostenerla mientras atravesaban el pequeño salón camino del único dormitorio. Más que sentarse, se dejó caer sobre la cama. Bajo la manga de la camiseta también podían reconocerse en sus brazos nuevas señales de violencia: arañazos y magulladuras. Pero lo que más preocupaba a Andrés era su mano fría; como si el calor asfixiante del cuarto fuera incapaz de caldear la temperatura de su cuerpo.

—¿Se lo has dicho? —preguntó al fin en voz baja, lo más suavemente que pudo—. ¿Has hablado con él?

Mariana asintió.

—Es una locura. Qué sentido tenía contárselo. Para qué...

Al oírlo, ella pareció recuperar parte de la energía perdida. Abrió los ojos y le dirigió una sonrisa que aspiraba a ser cálida, pero que a Andrés le hizo estremecerse.

—Vos dijiste que era lo honesto. Vos también ibas a contárselo a tu mujer.

Acusó el golpe. Avergonzados, sus ojos descendieron hasta una esquina de la cama y algo allí le llamó la atención. Un envase de medicamentos. Nerviosamente, leyó la etiqueta: barbitúricos. Ahora lo entendía todo. Todavía más nervioso, abrió la tapa: no parecían faltar muchas, pero la lasitud de Mariana, su pulso tenue y frío eran ya bastante elocuentes.

—¿Cuántas has tomado? —preguntó con un hilo de voz.

—¿Qué más da? —dijo ella.

Andrés se incorporó.

—¿Cuántas? Contesta, por favor.

Mariana no parecía escucharle. Siguió hablando con aquella voz ida, ausente:

—Si quisiera quitarme de en medio, vos no te enterarías... Seguirías acá en Buenos Aires, vivirías tranquilamente en Madrid sin saber si estoy viva o muerta. ¿Quién iba a contártelo? No tenemos ningún amigo, ninguna relación en común.

—¡Calla! —gritó él arrojándose sobre ella. La idea de que se atreviese a acentuar más todavía los tintes de aquella situación, le sacaba por completo de sus casillas. Sujetó sus hombros con violencia, la zarandeó.

—¡No puedes hacerme esto! ¡No puedes jugar conmigo, no hasta ese punto!

Prisionera en sus brazos, Mariana ni siquiera intentó

defenderse. Una sonrisa mansa, incluso invitadora, precedió a sus palabras.

—¿Vas a pegarme vos también?

La soltó, como si acabase de sufrir una descarga eléctrica. Retrocedió, se dio la vuelta. Salió del dormitorio decidido a escapar de allí, a marcharse sin más demora. Lo de menos eran las pastillas. Seguramente no se habría tomado más de dos o tres, las justas para tranquilizarse en una situación así. Lo terrible era la miseria vital que expresaba aquella convivencia resuelta a golpes entre la bailarina y su celoso y violento pigmalión. Un sórdido melodrama doméstico en el que no pintaba nada y del que sólo sentía deseos de huir.

Sin embargo, no se fue. La curiosidad de explorar a sus anchas aquel inesperado escenario, el refugio íntimo de Mariana que por primera vez se abría para él se impuso momentáneamente a su impulso de fuga. Recorrió el exiguo salón, se demoró en la observación de la casa donde ella vivía con su pareja, donde la presencia de Andrés era una intrusión, una nueva y peor deslealtad con la que la maltrecha bailarina aún se atrevía a desafiar a aquel bárbaro. Un sofá de tapizado descolorido, un gastado juego de comedor Chippendale comprados en alguna de las tiendas de muebles viejos y baratos que abundaban en Buenos Aires, ocupaban buena parte del escaso espacio. Lo demás eran libros, revistas y discos apilados por los rincones, de cualquier modo. De una estantería casi vencida por el peso sacó una foto enmarcada: allí estaba, allí tenía delante su imagen por primera vez, con gafas y barba, la frente más que entrada y el escaso cabello recogido en una coleta; con un aspecto que en España sería clasificado de intelectual progre y en Argentina, siempre con Freud por medio, de típico *psicobolche*. A su lado, Mariana parecía mucho más joven; algo lógico teniendo en cuenta que le había conocido cuando era su alumna. ¿Cuántos años se llevarían? Con el retrato en la mano no pudo evitar imaginarse cómo se vería él en una foto con Mariana, foto que evidentemente no existía, que hubiera sido un riesgo sacar, pero que de existir hubiera reflejado más o menos la misma diferencia de edad que también se daba entre ellos. ¿Cómo quedaría él en esa foto imaginaria? ¿Sonreiría también? ¿Tendría una apariencia tan pacífica como la de aquel hijo de puta que acababa de golpearla salvajemente? Asqueado, volvió a dejar la foto en la estantería entre piezas de cerámica, recuerdos diversos, premios y diplomas cuidadosamente enmarcados otorgados a coreografías realizadas por alguien de sexo masculino que sólo podía ser él. Las huellas de Mariana en el piso —o las que creyó Andrés atribuirle— eran, en cambio, mucho más escasas: algunas fotografías tomadas en distintos escenarios en los que había bailado —en una de ellas incluso vestía un tutú clásico—, un póster dedicado de un espectáculo de Martha Graham en Nueva York y otro sobre una exposición de fotografías de Tina Modotti —fotógrafa italo-mexicana de la que nada sabía Andrés por entonces—, en la que se veía el rostro de una mujer con los ojos cerrados y las manos sobre la cara. El de Martha Graham podría serlo pero, ¿por qué estaba tan seguro de que el cartel de la fotografía también era de ella? En otro de sus retratos, medio velada por un claroscuro artístico, Mariana aparecía bailando desnuda. Estaba hermosa, tan ensimismada en su danza como esa diosa griega con la que él había jugado a confundirla la noche en que la conoció y se amaron por primera vez, con tanta urgencia como si el mínimo cortejo hubiese sido una demora insoportable entre ellos. De reojo, Andrés miró hacia la puerta entreabierta del dormitorio: tumbada como estaba en la cama, no podía ver su rostro, pero le pareció que dormía o al menos descansaba con la misma entrega, con la misma actitud de total confianza que siempre había mostrado con él, desde el primer día. Con aquel abandono infantil, como si estuviera segura de que con Andrés a su lado nunca iba a sufrir el menor daño. Y sin embargo cuán equivocada estaba porque lo que él se disponía a hacer era marcharse, traicionando por completo esa confianza. Cómo podía ser tan egoísta. De repente, aquella primera reacción de abandonarla a su suerte, aquellas paranoicas señales de peligro que se habían encendido en su mente al entrar en la casa, le parecieron fruto de una imperdonable cobardía. De qué tenía miedo. De acuerdo, sin duda había sido un error, una tremenda estupidez que Mariana se lo hubiera contado a aquel bestia. Pero no por ello su llamada de auxilio tenía por qué perseguir comprometerle ni volver a enredarle en una relación que los dos habían dado de común acuerdo por acabada. Ignoraba si había telefoneado a otros amigos de su país antes que a él, aunque seguramente, por culpa de la crisis, ninguno de ellos podría hallarse en sus mismas condiciones para prestarle ayuda. Dinero ya le había dado muchas otras veces... y dinero era lo que Mariana necesitaba para pagarse una habitación de hotel, para salir de allí a toda prisa y buscarse un cobijo provisional hasta que pudiera resolver las cosas civilizadamente con su pareja. Si es que era posible, claro. Aquello ya no sería asunto suyo pero entre tanto cómo iba a ser capaz de negarle ese mínimo auxilio que le debía. Como tampoco podía marcharse dejándola allí así, sin mostrarle su afecto, su solidaridad, sin hacerle ver con su conducta que no todos los hombres eran iguales, que por mucho que lo suyo hubiera terminado, ahora ya como amigo, podía seguir contando con él.

Iba hacia ella, se había asomado ya al umbral del dormitorio, cuando el estruendo de un trueno cercano desvió sus pasos de regreso al salón. Allá fuera, tras el balcón abierto, el cielo nocturno se encendía intermitentemente, se iluminaba ya con los destellos de la tormenta próxima. El calor había sido un preludio del agua que amenazaba descargarse esa noche y con el resplandor del primer relámpago, al caprichoso zigzagueo de su luz, los pensamientos de Andrés también zigzaguearon. En qué agujero negro, en qué pozo sin fondo estaba a punto de caer. Como si no conociera de sobra su vocación escénica, la afición de la imprevisible Mariana a jugar con él. Imprevisible y peligrosa. Asomado al balcón, sin poder evitarlo, le dio por pensar en la posibilidad absurda de que se hubiera tomado de verdad esas pastillas y que, en lugar de dormir, estuviese en ese momento muriéndose en su dormitorio. Ésa sí que hubiera sido una jugarreta macabra, una verdadera putada póstuma. Llamarle, convocarle a su casa y morirse ante sus propios ojos. Frente al cadáver de Mariana o peor aún, frente a su cuerpo agonizante, ¿cómo hubiera reaccionado él? Desde luego llamando a una ambulancia, avisando a un médico, quedándose a su lado hasta saberla fuera de peligro o hasta el desenlace definitivo. ¿Seguro? Tratándose de un suicidio, tendría que haber una investigación y ¿cómo hubiera explicado él, un corresponsal extranjero, su presencia en esa casa?, ¿y las magulladuras y heridas de Mariana? Todo aquello era absurdo pero puestos a seguir el hilo conductor del absurdo, todavía resonaban en sus oídos las palabras de ella, esas que tanto le habían irritado antes: «Si quisiera quitarme de en medio, vos no te enterarías... No tenemos ningún amigo, ninguna relación en común...» Era toda una tentación, de tan fácil: le bastaría salir, marcharse discretamente para que nadie pudiera relacionarles, establecer una conexión entre ellos; ni siquiera aquel desquiciado coreógrafo que lo más que sabría es que ella le había sido infiel, pero que seguramente ignoraría el nombre y paradero de su amante. De la suerte de Mariana ya se enteraría por los periódicos. «Así de fácil», le había dicho también ella, «como si yo nunca hubiera existido para vos».

Y entonces, entre la espada y la pared, enfrentado de nuevo a su cobardía, cuando ya el impulso de escapar volvía a sobreponerse a cualquier otra consideración, una sombra se proyectó a su espalda y Andrés se volvió a ver llegar a aquella Mariana malherida, marcada en cuerpo y alma.

—¿Cómo te encuentras?

—Mejor, creo.

Vestida solo con la camiseta, los pies descalzos, Mariana salió al balcón en busca como él de la brisa, que ya empezaba a arrastrar las primeras gotas de lluvia.

—No sé qué le pasó, se volvió loco. Nunca me había puesto una mano encima antes.

—Vas a enfriarte —dijo Andrés, buscando disimular con preocupaciones prácticas los pensamientos que le obsesionaban. Antes de que Mariana pudiera responder, la tormenta estalló de súbito y la masa de agua cayó de golpe sobre la ciudad, espesa y torrencial, llena de violencia. El alero del balcón era incapaz de resguardarles y pronto empezaron los dos a mojarse, aunque ella no daba muestras de querer refugiarse dentro. Tampoco él. La oportunidad de la lluvia, con su estruendo ensordecedor, había venido a salvarle de seguir enfangándose en inútiles autojustificaciones; ahora, en el estrecho balcón, se había vuelto imposible hablar y el agua que caía sobre ellos cumplía una verdadera función purificadora, era una agua lustral, un regalo de la naturaleza que el cielo había enviado para limpiarles por completo a los dos, para lavarle a ella sus heridas y para disolver, en su rápido y continuo fluir, todas las neuras de él. No es que hubiera renunciado a marcharse, no había cambiado en absoluto de opinión pero Mariana estaba ahora ahí, la tenía delante de sus ojos, libre de causas y consecuencias como un fenómeno metereológico más, simplemente sucediendo ante él como la lluvia y los relámpagos y en esa inevitabilidad Andrés decidió que no tenía sentido seguir resistiéndose y se dejó llevar por el deseo de sus manos de salirle al encuentro, de acariciar esos pezones que se le insinuaban a Mariana bajo la camisa mojada y, luego, sin solución de continuidad, las bajó hasta su vientre que tentadoramente se le transparentaba a través de la tela; y cuando sus bocas se juntaron bajo la cortina de agua, comprobó que, pese a todas sus prevenciones, los labios tumefactos de Mariana no sabían más que a lluvia y sintió ganas de llorar, no por el peso del remordimiento, sino por compasión, por simple simpatía de los cuerpos.

—No debo estar muy linda —trató de sonreír ella tras el beso.

Lo estaba y para demostrárselo, Andrés volvió a besarla con mucho cuidado, con una delicadeza de primeros auxilios, como si su saliva fuese una medicina, justo donde la sangre terminaba de diluirse. Bajo la lluvia, los dos estaban ya totalmente empapados. Entraron. En el dormitorio, Andrés le quitó suavemente su única prenda a Mariana y se quedó mirándola, parada frente a él, mientras el agua de sus cabellos descendía por su cuerpo, abría surcos brillantes en su piel llena de moratones. Se amaron. Sobre la cama de sábanas usadas que cada noche cobijaban a Mariana y su hombre, sobre un colchón que a fuerza de costumbre había tenido que amoldarse al peso y al contorno de cada uno de los dos, en un territorio que no era en absoluto neutral y aún olía a macho ajeno, sobre aquel lecho cubierto de manchas de otro esperma, en un cuarto de atmósfera viciada por una convivencia de tantos años, irrespirable para él... (Basta, echó el freno Andrés a su imaginación, acordándose de la funesta tarde en la habitación de los espejos, a qué venía regodearse otra vez tan enfermizamente en ello, qué sentido tenía dejar que sus pensamientos se descontrolasen de ese modo. Aparte de que las cosas habían cambiado mucho desde entonces y en aquella cama y en ese momento no había lugar para fantasmas porque si él estaba haciéndole el amor a Mariana —tan inesperadamente, después de convencerse a sí mismo de que aquello no iba a volver a ocurrir—, al menos esta vez se lo hacía con un propósito diferente, más humanitario que pasional, puesto que todo lo que intentaba era aliviar su sufrimiento, lograr que se olvidase en sus brazos, aunque sólo fuese durante unos minutos, del salvajismo de su verdugo.) Ni se le ocurrió que pudiera desear otra cosa; iba y venía con toda suavidad sobre Mariana, entraba y salía cuidadosamente de ella, evitando rozar siquiera sus partes más doloridas, cuando, al alzar los ojos, tropezó con otra foto del hombre de la casa, esta vez sobre el pequeño baúl que hacía las veces de mesilla de noche. Con su aire de apóstol, parecía contemplar lo que hacían desde su observatorio junto a la cabecera de la cama, con una sonrisa de lo más chocante, capturada por la cámara fotográfica en unas circunstancias muy diferentes a las actuales. Nada había en él de reproche, más bien un completo cinismo —o al menos eso le pareció en aquel momento a Andrés—, como si la venganza que estaban en trance de consumar bajo sus propias barbas no le afectase en absoluto. Como si le importase un carajo, como si se sintiese del todo seguro de que tras aquella pírrica revancha Andrés iba a quitarse de en medio, que iba a huir y de nuevo Mariana volvería a ser suya, en el amor y en las palizas, como amante y como víctima, tan suya como lo había sido siempre. No pudo soportarlo. Decidido a humillarle, a hacerle pagar su barbarie, pero sobre todo a demostrarle cuánto se equivocaba, Andrés se olvidó de delicadezas, sujetó con fuerza las manos de Mariana, asentó su pubis entre sus piernas y embistió con toda la fuerza de que era capaz, una y otra vez, hasta lo más hondo de ella. La cara marcada de la bailarina se crispó en una mueca como si cada una de sus furiosas embestidas fueran un nuevo golpe que viniese a sumarse a los otros. Pero él, en vez de reaccionar, dejó que sus asaltos se volvieran aún más violentos; no porque quisiera hacerle daño, simplemente porque de pronto lo único que parecía obsesionarle era hacer valer su voluntad, proclamar a los cuatro vientos hasta qué punto se sentía capaz de arrancar para siempre a Mariana de las garras de aquel miserable. Cuando se fue, con un último alarido triunfante, sus ojos, en lugar de mirar a la mujer a la que había arrebatado ese orgasmo, seguían clavados en el hombre de la fotografía. Luego aflojó la presa, se apartó de Mariana y saltó a toda prisa de aquella cama extraña para empezar a recoger su ropa.

—Tienes que irte. No puedes quedarte más tiempo aquí. Es peligroso —le advirtió, señalando el retrato sobre el baúl—. Ese tipo es un enfermo, no puedes darle una nueva ocasión, cuando vuelva es capaz de matarte...

—¿Irme? ¿Adónde quieres que vaya?

Lo del hotel estaba fuera de lugar, al menos en los primeros días, era una propuesta completamente implanteable mientras no cambiasen las circunstancias. Por más que le pagase uno de los mejores de la ciudad, Mariana se sentiría en él absolutamente sola y desatendida, además de indefensa ante nuevos ataques. Pero sobre todo cómo iba a quitársela de encima así, cómo iba a escurrir de ese modo el bulto siendo como era el causante, el desencadenante de todo aquello. ¿Acaso había olvidado, en sus calenturientas disquisiciones, que había sido por él, por confesar su relación secreta, que había recibido los golpes Mariana? Mientras que él, en cambio, no había contado nada.

—Vámonos.

No dijo más, el plural ya era lo suficientemente explícito, igual que estaba claro adónde se proponía llevarla. Aunque si esperaba ver rechazada su oferta o al menos una mínima vacilación que le permitiese reflexionar y replantearse su impulsiva propuesta, no fue ésa la reacción de Mariana. Obedientemente, sin decir palabra, buscó en una silla un pantalón y una camisa seca para vestirse, luego sacó una pequeña maleta y empezó a llenarla de ropa. No todas sus cosas, claro, sólo lo imprescindible. Ya tendrían tiempo más adelante de reclamar el resto. Lo importante ahora era salir cuanto antes de allí, escapar de aquel tipo desquiciado, violento y obsesivo... Claro que quien hubiera tenido que tomar tan trascendente decisión era la propia interesada y por el momento Mariana no acababa de abrir la boca. No es que le volviesen las dudas, tampoco andaba en busca de un último pretexto para retractarse de su ofrecimiento, pero viéndola recoger sus zapatillas de ballet con la facilidad de quien se deja llevar, de quien se amolda sin protestas a una decisión ajena, Andrés prefirió despejar la incógnita.

—Mariana, espera, si crees que es mejor hablarlo antes con él, darle una última oportunidad... no quiero entrometerme, yo no tengo ningún derecho...

Su indiferencia le dejó la frase sin terminar. Por toda respuesta, vio cómo terminaba de cerrar su maleta. Pero ya estaba dicho. Mejor así, al menos había quedado claro que la decisión de marcharse era una decisión suya. En el último momento, antes de salir, Mariana se paró delante del cartel con la fotografía de Tina Modotti, quitó cuidadosamente las chinchetas y lo enrolló para llevárselo. A Andrés le hubiera gustado que hubiera hecho lo mismo con esa foto en la que aparecía bailando desnuda, pero, todavía sin hacerse a la idea, sin acabar de asimilar aquella nueva situación, pensó que no tenía derecho a pedírselo.

11

Una vez superado con éxito el riguroso control de seguridad de acceso al edificio, Javier Bonfín subió por el ascensor hasta el *penthouse* —en realidad tres plantas unidas— y en el *palier* privado —sofisticación imprescindible en todo apartamento porteño de clase alta, que permitía acceder al mismísimo salón de la casa desde el hueco del ascensor sin tener que pasar por rellanos comunes compartidos con molestos vecinos— esperó a que la mucama cuidadosamente uniformada y de inevitable nacionalidad paraguaya le recibiese con una sonrisa entre de celestina y circunstancias y luego la siguió a través de un impresionante interior que conocía muy bien porque había estado allí otras veces y ante cuya estética experimentaba sensaciones encontradas; por un lado, no podía negar que en comparación con los españoles solían tener mejor gusto los ricos de Buenos Aires, pero a la vez le aburría esa obsesión por combinar antigüedades y vanguardias con el imprescindible requisito de haber sido compradas en el lugar de moda —antes París, ahora Nueva York— y que su precio fuera lo suficientemente disparatado. En el caso de Cristina Wilde, el esnobismo inherente a toda aristócrata criolla —venida a menos, aunque salvada por su matrimonio— alcanzaba el más enloquecido paroxismo al complicarse con su afición por el arte, en especial por el arte joven. Negada de antemano la menor función de utilidad, los muebles que llenaban su casa eran una obra de arte más, como los cuadros y esculturas que ocupaban salón tras salón. Toda la casa de Cristina Wilde era en realidad una enorme instalación de vanguardia cuyos elementos ella iba cambiando en cuanto les notaba el más mínimo síntoma de envejecimiento estético. Manías, costumbres, que aunque pareciesen muy opuestas, en el fondo no eran tan lejanas a la propia filosofía de vivir de JB; él, que en sus tumbos de hotel en hotel había ido reduciendo sus posesiones a la mínima expresión y que si en general odiaba esa fiebre acumulatoria tan común a la especie humana, solía disculparla en Cristina Wilde, porque al menos lo que ella acumulaba eran objetos absolutamente prescindibles, lo que era casi igual a no tener nada.

Pero aquella tarde Javier Bonfín no tenía ganas de mostrarse indulgente ni comprensivo. Le habían comunicado la noticia cuando ella ya había abandonado el hospital, una vez pasado el peligro, y desde un principio se había sentido más decepcionado que preocupado. De lo más decepcionado. El patetismo figuraba en su lista de actitudes perfectamente desechables y nada hay más patético que un intento de suicidio; sobre todo cuando se es millonaria y se tienen al alcance de la mano todas aquellas cosas por cuya carencia se suicidan los mortales comunes. Y si además entraba en el más que probable motivo que podía haberle llevado a intentarlo... pero no quería entrar, sería como regodearse en el patetismo. Así que, dispuesto a distanciarse a toda costa, mientras cruzaban la casa de un extremo a otro sorteando esculturas amenazantes y objetos de imposible función decorativa, JB se fijó aviesamente en el impoluto uniforme con delantal y cofia de la mucama, viva muestra de que Cristina Wilde no era tan moderna como pretendía o por lo menos de que su modernidad se limitaba a los terrenos del arte y a la selección de sus amantes, pero que en cuestiones de servicio doméstico era, como todas las de su clase, perfectamente conservadora; y puestos a seguir buscándole defectos ni siquiera reparó en unos novedosos cadáveres de pajarracos caídos en el suelo del pasillo con aspecto como de haber sido electrocutados, porque lo que él quería mirar —más bien, censurar con la vista— era la claudicación íntima que representaba su colección de porcelanas *art déco* y las lámparas y vidrios de Lalique y Gallé que decoraban su antecámara, exclusivas manifestaciones de convencionalismo burgués, para nada modernas, pero sobre todo vulgares de tan vistas en toda decoración *high-class* porteña que se preciase; y apenas se asomó al dormitorio, con ganas de seguir dando rienda suelta a su malignidad, se detuvo desconcertado mientras buscaba orientarse de memoria, porque con las cortinas cerradas no había apenas luz que se filtrase y la habitación estaba prácticamente a oscuras.

—Javier, ¿sos vos?... Debo de verme horrible.

Siguiendo el hilo de su voz, Javier Bonfín localizó el lugar donde se suponía que debía estar la cama —redonda, para más esnobismo— que Cristina Wilde se había hecho fabricar a medida y que ya había tenido el placer de compartir con ella en más de una ocasión. Pero esta vez no era sexo lo que había venido a buscar, así que en lugar de ir hacia allí, fue directamente a la ventana.

—Francamente, sí —dijo tirando resueltamente de las cortinas.

—Por favor, Javier...

A la luz natural, la última novedad decorativa en la habitación eran las sábanas de fina seda negra con las que Cristina Wilde había hecho vestir su cama. Lo que acentuaba aún más su patetismo porque la negrura destacaba la palidez de su rostro y la hinchazón del cuerpo deformado por los barbitúricos.

—Tienes cara de muerta.

—Por favor, por favor... —sollozó ella mientras intentaba ocultar su rostro bajo una de las almohadas negras. Pero JB se la arrancó de un tirón, se dejó caer sobre ella y sujetó sus manos para que no pudiera volver a a taparse la cara mientras le hablaba.

—La muerte es horrible: el cuerpo se hincha, se te pudren los pómulos y el mentón...

—¡Callate, dejame!

—Se te caen para siempre las tetas...

Horrorizada, Cristina había logrado liberar sus manos para taparse los oídos, pero JB volvió a apresárselas. Lentamente, mientras seguía con su morboso recital, fue bajando su cabeza hacia ella.

—Un desperdicio. Lo único que los gusanos respetan es la calavera.

Cuando la besó, Cristina Wilde dejó de resistirse. Cerró los ojos y se agarró a ese beso con toda la pasión, pero sobre todo con todas las ganas de vivir que pudieran quedarle. A Javier Bonfín, en cambio, la boca de Cristina le dejó un sabor rancio en la suya. Sabía a ácidos estomacales mezclados con medicina.

—Me hicieron no sé cuantos lavados gástricos —se disculpó ella.

—A lo mejor es que querían embalsamarte. ¿Nunca te lo habían dicho? Muerta, harías una Evita estupenda.

—No empecés otra vez.

JB no tenía ganas de empezar nada, pero sobre todo, de lo que menos tenía ganas era de seguir contemplando la cara de su amiga, sorprendentemente envejecida tras la trágica experiencia que había pasado pero sobre todo por la ausencia —inusual en ella— de todo maquillaje; así que buscando distraerse con nuevos puntos débiles, dejó vagar la vista alrededor para tropezar con la enorme colección de muñecas y ositos de peluche que decoraban su dormitorio. Tras la cofia de la empleada y el *art déco*, aquélla era otra de las manifestaciones más convencionales de la personalidad de Cristina Wilde y la que más podía desagradar a alguien como Javier Bonfín. Conservar las muñecas, los soldaditos de plomo o los viejos juguetes de la infancia le parecía la más absurda de las acumulaciones pero sobre todo un mezquino intento de endulzar, con tales compañías, el sinsentido general de la vida. Y desde luego de negarse al paso del tiempo. Aunque esa tarde, en torno a su yaciente y demacrada propietaria, los muñecos parecían haber madurado tan aceleradamente como ella. Se les notaba más que nunca el polvo acumulado, la lana y los vestidos deslucidos por el uso, pero sobre todo los años que llevaban juntos. Esa tarde, alrededor de la gran cama, enlutada con las sábanas negras, sus compañeros de juegos infantiles ofrecían un aspecto, más que alegre, completamente deprimente; como de invitados a un velorio.

Boca arriba en su catafalco, Cristina Wilde había vuelto a cerrar los ojos. Quizás es que esperaba un nuevo beso de su sarcástico príncipe, pero Javier Bonfín no se lo dio.

—Estoy esperando. Cuéntame.

Por toda respuesta, los párpados hinchados de Cristina Wilde se abrieron levemente, interrogándole.

—Cuéntame a qué ha venido todo esto. Las pastillas, el numerito del suicidio...

—No lo entenderías, vos sos incapaz de comprender una pasión —se defendió ella.

—No me digas. ¿Desde cuándo tú sí?

La voz de JB sonaba agria, desabrida, impropia desde luego para levantar el ánimo a alguien que se recuperaba de una tentativa de suicidio. El silencio, otra vez, fue la respuesta a sus sarcasmos. Pero Javier Bonfín tenía muy claro lo que había venido a decirle a Cristina Wilde, más que a decirle, a reprocharle. No tenía derecho. No, no tenía ningún derecho a transformar de pronto en melodrama, lo que los dos habían pactado vivir como comedia, esa farsa agridulce de la vida. Era tomársela demasiado en serio. Dramatizar innecesariamente, caer en el peor de los tópicos, en la peor de las vulgaridades. Sobre todo sin avisarle.

—¿Cómo va tu trabajo? —se interesó Cristina Wilde en un intento más que evidente de cambiar de tema. Mal, cómo iba a ir. Desde que habían enviado a aquel nuevo corresponsal de Madrid, pese a sus intentos de buscarse nuevas fuentes de ingresos, la cosa no acababa de funcionar. Tras el reportaje sobre la crisis de los supermercados, los del periódico no habían vuelto a comprarle un artículo y tampoco había conseguido una nueva colaboración fija en otros medios españoles. Y para lo que pagaban los argentinos... Pero él no había acudido allí para charlar sobre el penoso estado de su economía, una situación que Cristina Wilde, su habitual prestamista, conocía de sobra.

—Deja a ese chico en paz. Ya te lo has tirado bastante. Con tu dinero, puedes comprarte todos los Rodrigos Melnick que quieras.

—Hay cosas que no pueden comprarse.

Vaya. Ahora sí que tuvo que esforzarse para contener su genio crítico. Aquella frase en labios de Cristina Wilde sonaba como si acabara de descubrir la cuadratura del círculo. Había tenido que pasarse una vida entera sin preocuparse del precio de nada, le había hecho falta llegar a ser tan rica para alcanzar esa iluminación: la de que no todo podía comprarse, la de que el alma humana pudiera responder a otras leyes además de a las del mercado. De todos modos, seguir con aquella conversación trascendental en aquel dormitorio falsamente infantil, frente a la asamblea de peluches polvorientos que custodiaban desde siempre la eterna juventud de Cristina Wilde, iba tan poco con su carácter, tenía tanto de grotesco, de sobreactuación, que JB prefirió quedarse callado. Y para cuando Cristina habló, lo que más le sorprendió no fueron sus palabras, sino el modo resuelto en que aquella supuesta convaleciente se incorporó en la cama, la fuerza inesperada con que sus dedos, surgiendo como garfios de la oscuridad, se clavaron en su muñeca.

—Cree que me lo ha quitado. Cree que Rodrigo es suyo pero yo lo voy a recuperar.

El rictus de ironía, convertido en un puro reflejo, marcaba aún la expresión de Javier Bonfín cuando intentó aclarar cuál era el alcance de aquella frase.

—¿A Violeta? ¿Vas a competir por ese tipo con tu propia hija?

La determinación de su mirada fue bien expresiva.

—Tan sólo es una niña —fingió escandalizarse él—. La harás sufrir.

—¡Pará con la telenovela! —le clavó aún más las uñas Cristina Wilde. Se trataba sin duda de un caso perdido, se rindió JB, tal era el empeño de su amiga en negarse a crecer que hasta para comunicarle sus perversos propósitos había buscado inspiración en uno de los más populares cuentos para niños: pálida y despeinada como estaba, envuelta en sus sábanas negras, sólo le faltaba el espejo para ser la reina bruja de Blancanieves.

—Violeta es joven, atractiva —le justificó la ex suicida, recuperada su energía vital ante la perspectiva de un inminente ajuste de cuentas con su hija—. Ya encontrará otro. Los jóvenes pueden olvidar.

*　*　*

Perdido en medio del laberinto artístico, dando vueltas en aquella enorme casa que era la suya, pero en la que no se reconocía, Corrugueiro hacía tiempo a la espera del momento de enfrentarse con su mujer. A él le había pillado la noticia lejos de Buenos Aires, durante uno de sus habituales viajes de negocios, con otra compañía y en una habitación de hotel, aunque en su caso fuera tan de ocasión que al menos se había ahorrado con ella las explicaciones embarazosas; las que luego había tenido que dar a sus socios para justificar su regreso precipitado, a los parientes y amigos de Cristina interesados por su salud e incluso a aquellos que sin preguntar siquiera se limitaban a intercambiar miradas llenas de sobreentendidos y de una comprensión veladamente acusadora. Una situación embarazosa, eso era; embarazosa era el mejor calificativo para definir la situación que con su intento de suicidio le había creado su mujer. Un acto así arrojaba de inmediato sombras alrededor, no sólo sobre los motivos que hubieran podido llevar a alguien a tomar una decisión tan desesperada, también y sobre todo, sobre el entorno de esa persona. Es decir, no sólo cuestionaba a la ejecutora del acto, a la propia Cristina, sino que lanzaba mil dudas anexas y conexas. Qué fallaba en su vida, llevaba aparejada la pregunta de qué iba mal en su casa, en su familia, en su matrimonio. Qué fallaba con Corrugueiro. Algo que él no tenía ningunas ganas de plantearse, que le resultaba embarazoso y abstracto, completamente ajeno a su mentalidad. En el mundo de los negocios los problemas a resolver eran siempre de índole práctica y concreta, pero sobre todo limitados: nunca se abría esa caja de Pandora que llevara a plantearse el sentido vital que pudiera existir más allá de ganar o perder unos cuantos cientos de miles de dólares. Desde una perspectiva trascendente, ninguno, eso era obvio. Tampoco había una razón general para explicar por qué Cristina y él seguían juntos. Hacía por lo menos dos años que no se acostaban y desde luego que él, en ese tiempo, se había buscado sus propias soluciones sexuales como una consecuencia natural de esa abstinencia, pero sobre todo para estar a la par con su mujer. Que Cristina se acostase con otros hombres era algo de lo que nunca habían hablado pero que él siempre había dado por supuesto; mientras no se concretase demasiado en un nombre y una persona, mientras no amenazara con sustituir su *statu quo* matrimonial, elucubrar sobre ello eran ganas de perder el tiempo. Además, no le preocupaba. Al margen de los frágiles vínculos sexuales, sabía que Cristina estaba atada a él por otros lazos mucho más fuertes. Sobre todo, el dinero. No el dinero en su sentido tópico y vulgar, sino de la forma profunda en que Cristina lo necesitaba para seguir siendo ella, para aceptarse como persona. De la decadencia económica pero llena de ínfulas del hogar de los Wilde, ella había heredado el orgullo de despreciar lo material —o al menos de fingir despreciarlo—, pero a la vez la ansiedad de exagerar hasta el paroxismo su importancia. Así que Corrugueiro siempre había pensado que mientras él siguiera ganando mucho dinero, tanto, el suficiente como para que Cristina pudiera permitirse hacer como que no lo necesitaba, todo iría bien entre ellos. Lo había hecho, había cumplido su parte del trato. A la vista estaba esa casa, todas esas piezas de arte absurdas cuya vista, pero sobre todo su precio, revolvía el estómago de cualquier hombre de negocios sensato. Arte neoconceptual, lo llamaba Cristina. Una puerta vieja sacada de algún derribo, un par de remos rotos, un patito de plástico y cuatro clavos retorcidos construían en medio del salón de estar una autodenominada «SIRENA RECICLADA» que le había costado cerca de veinte mil dólares. Caminando arriba y abajo por el pasillo, casi estuvo a punto de pisar su última adquisición, una obra que rozaba directamente lo nauseabundo: a algún artista joven se le había ocurrido recoger las palomas muertas de la azotea de su casa, barnizarlas con un preparado especial —Cristina le había jurado que el mejunje detenía la putrefacción y que nunca olerían— y vendérselas a su esposa, bajo el título «LAS HIJAS DE ÍCARO», a mil quinientos dólares el ejemplar. El proyecto exigía colocar los cadáveres directamente sobre el suelo como marcando un rastro de criaturas aladas fulminadas que inevitablemente había que atravesar para alcanzar el dormitorio de su mujer. Corrugueiro no había protestado, es más, como de costumbre, ni siquiera había abierto la boca. Por él, como si cualquier día a Cristina le daba por crucificar a uno de sus artistas jóvenes contra el placard del recibidor. Pero, de repente, intentar suicidarse... Esa quiebra, esa ruptura del pacto íntimo que tácitamente existía entre ellos le dolía mucho más que cualquier infidelidad, que cualquier otra traición. Pero sobre todo aquella acción inesperada, fuera por completo de contexto, había venido a recordarle hasta qué punto la necesitaba. No por razones económicas ni siquiera sexuales ni mucho menos porque compartiesen —a la vista saltaba que no— gustos o sensibilidades comunes; y si en apariencia, de no concurrir estos tres motivos no parecía haber otra razón para que una pareja permaneciese unida, Corrugueiro tenía muy claro cuál era la suya. Desde siempre, desde que la había conocido en la universidad, Cristina Wilde había sido para él una revelación, mejor dicho, su rebelión, su verdadero acto de rebeldía; y casarse con ella una manera —extraña, desde luego, porque el don nadie social de su padre estaba aún más encantado que él de enlazar con una familia tan bien relacionada— de rebelarse contra su progenitor, de hacerle ver hasta qué punto estaba decidido a renunciar, cuánto le resultaba de mezquino su orgullo de inmigrante hecho a sí mismo, de *self-made man* gallego que había sabido convertirse en uno de los principales distribuidores mayoristas de alimentación del país sin traicionar su origen de tendero de barrio ni cambiar para nada sus más que austeros —y pedestres también— hábitos de vida. Casarse con Cristina Wilde fue una manera de decir adiós al mundo viejo y asfixiante de sus padres, los dos nacidos del otro lado del mar, anclados en convenciones y nostalgias que no tenían sentido en el Nuevo Mundo; aquel que tan plenamente encarnaba aquella muchacha pecosa y pelirroja de apellido inglés y argentinidad sin complejos, de cuya mano soñaba abandonar para siempre las sociedades y clubes asturianos en los que, pese a su riqueza, seguía transcurriendo la vida de sus padres, la sidra y los chorizos de los domingos, los ridículos trajes regionales y aquellas patéticas danzas aborígenes que obligaban a aprender a bailar a los niños para que no se perdiera el acervo folklórico heredado de don Pelayo. No es que que no lo supiera desde el principio: sabía que, a cambio de esa liberación, alguien como Cristina Wilde le iba a costar mucho dinero, pero también que iba a ser el mejor acicate para ganarlo. Durante todos aquellos años de matrimonio, Cristina había sido su lujo, un lujo maravillosamente caro y superfluo pero que había cumplido su función; gracias a ella habían prosperado sus negocios, paulatinamente desplazados desde la distribución alimentaria monopolizada por la colectividad gallega hasta sectores de mucho más *glamour* criollo como la exportación ya fuese de ganado o de capitales financieros; pero sobre todo era ella quien le había venido salvando hasta el momento del peor peligro, la peor amenaza que había planeado desde siempre sobre su vida... y de repente, ahora... Sólo de pensar en la posibilidad de que la criada no hubiese entrado a tiempo en el dormitorio o que no hubiese reaccionado con la rapidez necesaria para avisar al médico de cabecera, sintió que la tristeza regresaba y con ella el desconcierto que le había provocado la noticia. Mierda. Sin su esposa a su lado, ni todos los millones del mundo ni las mujeres más caras y hermosas ni los negocios de alto riesgo o la adquisición de aristocráticas estancias de millares de hectáreas volverían a tener sentido. Lo sabía muy bien. Sin ella, poco a poco él se iría transformando en un hombre gris, un aldeano con fortuna, un gallego desconfiado y calculador tan sólo obsesionado en mantenerse fiel a sus raíces. Exactamente igual que su padre, cuyo espíritu errante debía de andar a la búsqueda de una ocasión definitiva de vampirizarle, ahora que llevaba muerto casi un año. Mierda. Por culpa de la tontería que había hecho su mujer, no hacía otra cosa que pensar en la muerte, caminando arriba y abajo por el pasillo; y la muerte sí que era una idea abstracta, la peor abstracción de todas. Algo debía tener también que ver en ello esa macabra instalación, la última que ella había adquirido, quizás anticipando su decisión de autoinmolarse. Sin pensarlo, de una sola patada, como si quisiera exorcizarla, lanzó al otro extremo del pasillo uno de los cadáveres barnizados de paloma. La fuerza del disparo provocó que se le desprendiera una ala al pájaro, lo que supuso un menoscabo de por lo menos quinientos dólares en el valor del objeto artístico. Pero en contra de su costumbre, Corrugueiro ni siquiera hizo el cálculo; tras el desahogo, se sentía mucho mejor. Decidió que en cuanto se fuera el periodista español —otra manía de su mujer, rodearse siempre de extranjeros y peor, periodistas— entraría de una vez a verla y hablarían con toda franqueza. ¿Cuánto tiempo hacía que no hablaban? Y entonces se acordó de su hija, otro tema importante sobre el que quería interrogar a su esposa: conocer las razones por las que, desde hacía un par de semanas atrás, a poco de regresar de su último período de estudios en los Estados Unidos, a Violeta prácticamente no se la veía por la casa. Andaría por ahí, estaría de lo más ocupada revolcándose con aquel chico judío con el que salía. Pese a sus constantes viajes y a los esfuerzos extraordinarios que le imponía la crisis económica para mantener la rentabilidad de sus negocios, Corrugueiro no dejaba de estar al tanto de todo lo que concernía a su única hija. Solía mostrarse siempre comprensivo con ella, aunque esta vez le fuera muy difícil disculpar el hecho de que, hasta el momento, ni siquiera se hubiese molestado en acercarse a visitar a su madre, convaleciente, según la versión oficial, de una gastroenteritis aguda. Seguramente se habrían peleado y seguramente el motivo no era otro que el que Cristina, al fin y al cabo una Wilde por muy moderna que se pretendiese, seguía sin poder aceptar que Violeta saliese con un muchacho así, no ya por ser judío, sino por pertenecer a una familia de inmigrantes con tan poca fortuna como estirpe. Qué más daba. Tenía ganas de gritárselo a su hija, de gritárselo a su mujer: a esas alturas de su vida, había puesto ya a nombre de su única heredera los suficientes fondos de inversión —en todas las combinaciones posibles de bonos a futuro y divisas fuertes— como para permitirle mantener, con toda holgura, a medio centenar de parásitos masculinos, en calidad de maridos o de amantes. Ése era su principal regalo, el legado que quería dejar a su hija, tan distinto del que le había dejado su padre a él. No, su hija no iba a verse obligada a seguir ningún destino prefijado ni a orientar sus estudios ni su trabajo a continuar ninguna tradición familiar; no tendría la obligación de aspirar a ser nada en la vida y, por no tener, ni siquiera tendría que preocuparse de controlar sus gastos porque su padre le iba a dejar organizado su patrimonio conforme a una disponibilidad escalonada a lo largo de ochenta o cien años —según fuesen creciendo las expectativas de vida en el nuevo siglo—, a salvo de gobiernos corruptos, crisis cíclicas del capital o hiperinflaciones salvajes. Reconfortado por la manera práctica en que creía tener resuelto aquel posible foco de incertidumbre familiar, Corrugueiro se atrevió a regresar su atención a su mujer, más en concreto a las razones que podía haber tenido para tomar una decisión tan irracional como aquélla; dicen que todo intento de suicidio es una llamada de atención y Corrugueiro necesitaba explicarse sobre qué, o contra qué, había querido llamar la atención su mujer. Probablemente contra el paso del tiempo, ese lento veneno que día a día iba haciéndola envejecer, pese a todos sus tratamientos, gimnasias y operaciones. El mero hecho de que su hija hubiera alcanzado ya casi la edad de independizarse era un serio motivo para que alguien como Cristina se deprimiese profundamente. Si lo pensaba, antes de ese gesto final, ya venía mostrando síntomas de desequilibrio: esos raros cortes de pelo, esa nueva manera de vestir como si tuviese la edad de su hija, tan provocativa y fuera de lugar que se había convertido en la comidilla de los amigos. Además, últimamente bebía más de lo habitual, de una forma casi compulsiva; y también recordaba Corrugueiro la llamada del cirujano amigo de la familia, comentándole la visita en que su mujer le había pedido que le arreglara los pechos. Nada tenía él en contra, le parecía muy bien y ya iba a censurarle al cirujano el ser tan indiscreto con las intimidades de sus pacientes, cuando éste se le adelantó para decirle que había cosas que la cirugía no podía arreglar, problemas que no se resolvían en un quirófano. Incluso le recomendó que llevara a Cristina a un psicoanalista. ¿A cuento de qué venía aquello? Lamentó no haber profundizado más entonces, no haber averiguado en su momento qué desequilibrio especial reflejaba el hecho de querer hacerse aquella nueva operación, en qué era diferente, por ejemplo, de cuando ella le había pedido a ese mismo cirujano que le hiciera toda una amplia gama de liposucciones. Tampoco, tenía que reconocerlo, se había tomado en serio lo del psicoanalista porque a Corrugueiro, al revés que a sus compatriotas, no le gustaba nada el psicoanálisis y sólo de oír mencionar el inconsciente ya sentía el pánico de que pudiera abrirse la caja de Pandora, ese pandemónium de abstracciones responsable de tanta infelicidad humana. No, nada de exámenes generales. Motivos concretos, pequeñas razones para vivir es lo que necesitaba en ese momento su mujer. Teñirse otra vez el pelo, vestir minifaldas aún más pequeñas, hacerse nuevos implantes de silicona, fabricarse un nuevo cuerpo entero si se le cantaba. Adquirir una veintena más de inservibles y carísimas obras de arte —esas que él le consentía, no porque le gustaran, sino sólo por seguir ofendiendo a la memoria del gusto simple y aldeano de su padre—, dar una vuelta al mundo, echarse uno, dos, tres, diez amantes. Cualquier cosa menos marcharse así, dejándoles a él y a su hija con la culpa, con el desasosiego, con la obligación de averiguar la razón por la que se había suicidado.

Ahí estaba otra vez, de nuevo la maldita abstracción, otra vez pensando en la muerte. Detenido en medio de una cortina de alambres, cables eléctricos y cuerdas viejas que su mujer había hecho colgar en medio de un salón con el pomposo título de INTROSPECCIÓN MATÉRICA, Corrugueiro experimentó de repente la angustia de que de tanto darle vueltas al tema, iba a acabar volviéndose abstracto él también, un elemento más de aquella instalación neoconceptual que le cobijaba. Y fue para escapar de esa angustia que, en lugar de ir al encuentro de su mujer, salió al paso del periodista español apenas le vio abandonar el dormitorio. No habían hablado nunca, aunque habían sido presentados alguna vez sin que pudiera recordar dónde. Desde luego que no en la embajada española ni en alguna de las celebraciones patrióticas de las sociedades de emigrantes, instituciones que él no había vuelto a pisar, ni desde luego a financiar, desde la apostasía que consumó con su matrimonio. Tampoco tenía por costumbre frecuentar el círculo de relaciones exóticas de su mujer, pero últimamente estaba oyendo tanto hablar de importantes empresarios españoles interesados en invertir en la Argentina, que quiso intercambiar información con el periodista. Seguramente era cierto, probablemente venían atraídos por el olor a saldo, por las posibilidades de negocio que, debido a la crisis, ofrecían los devaluados sectores productivos argentinos. Las vueltas que da el mundo, pensó Corrugueiro. De exportadores en masa de miseria, atraso y superstición, a ver a los gallegos convertidos en dinámicos inversores internacionales. Vivir para ver. Hasta podía sentir cómo los huesos de su padre se removían en su reciente tumba. Cuando el viejo era joven y tuvo que emigrar de su miserable aldea asturiana —a la que luego terminaría idealizando como si en vez de una cruel madrastra fuese el mismísimo paraíso—, nunca pensó en América como un lugar al que pudieran venir a hacer negocio los ricos españoles, una tierra de promisión, un destino soñado para alguien más que para muertos de hambre.

12

Cuando en el año 1541, el Adelantado Alvar Nuñez Cabeza de Vaca se encontró por primera vez frente a las cataratas del Iguazú, uno de los escenarios naturales más grandiosos e impresionantes de América, lo que menos le impresionó fue precisamente esa grandiosidad natural que tanto admiran los turistas de hoy (de hecho la única referencia que encontró Andrés al paisaje de Iguazú en sus *Comentarios* fueron tres líneas dedicadas a los grandes esfuerzos que tuvieron que hacer para salvar el imprevisto desnivel, trasladando a hombros las barcas en las que navegaban). Principal atracción turística del país, las cataratas ofrecían al viajero, junto a los espectaculares saltos de agua, el aliciente extra de poder adentrarse en un exótico ecosistema, imposible de encontrar en otras latitudes de Argentina: la selva. Poco importaba, como también se había preocupado de averiguar Andrés, que se tratase de una selva reciente y más bien cultivada, plantada por los ingleses a principios de siglo para sustituir a los centenarios quebrachos, víctimas de la extracción masiva del tanino destinado a curtir el cuero de las botas con las que habrían de morir puestas tantos millones de soldados en las trincheras de la primera gran guerra europea. A todos los demás efectos, Iguazú respondía a la perfección al arquetipo platónico de selva: vegetación húmeda y enmarañada, bejucos y lianas, aves multicolores, grandes iguanas verdinegras, bandadas de mosquitos chupadores, yacarés, serpientes al acecho, mariposas... Con el crepúsculo, la humedad y las sombras volvían aún más mágica la escenografía, pero también más amenazadora: trazaban una oscura frontera, una tierra de nadie en la que los turistas desistían de adentrarse, refugiados en sus confortables hoteles desde los que de la selva tan sólo se escuchaba el concierto de insectos y cigarras y el griterío de pájaros y loros, unido por obra y gracia de las cataratas, al estruendo, mucho más ensordecedor, de los saltos de agua.

Pero en aquella selva, consecuencia del masivo aluvión turístico, podían distinguirse también otros sonidos. Cada noche, en todas y cada una de las habitaciones del exclusivo Hotel Internacional, el único situado dentro de los límites del parque natural de las Cataratas, nuevos gritos venían a mezclarse, a confundirse con el coro ruidoso del entorno: con el agua que caía, con las llamadas nupciales de las ranas en las múltiples charcas, con los tucanes pregonando desde las copas de los árboles su disposición al cortejo, con el maullido del jaguar solitario en busca de compañera... Gemidos de otra especie, en un principio intrusa pero ya perfectamente adaptada a la contagiosa voluptuosidad de aquel medio, convertido, junto con Bariloche, en destino favorito de las lunas de miel de los argentinos; parejas en celo, animales en pleno apareamiento en todas y cada una de las habitaciones, machos y hembras como Andrés y Mariana proclamando a pleno pulmón, en una explosión de decibelios, su efímera conquista de la felicidad, el punto álgido de un placer que habían logrado darse mutuamente, un clímax salvaje, antes de desplomarse, exhaustos y sudados, las sienes palpitantes, el pulso desbordándose en un galope loco, sobre la cama.

Cuando logró abrir los ojos, todavía sin recuperar del todo la respiración, Andrés miró hacia el exterior. Le había costado mucho reservar precisamente esa habitación, pero desde luego que había merecido la pena: allí mismo, tumbados, sin necesidad de moverse, podían contemplar, encuadrado por el amplio marco de la ventana, un paisaje único, verdaderamente irrepetible: contra la selva oscura, iluminada por la luna creciente, casi llena, la Garganta del Diablo, el más espectacular de los saltos, dejaba desplomar frente a sus ojos, en una vertical de setenta metros, su inmensa masa de agua pulverizada. El vapor provocado por el impacto creaba alrededor nubes espesas que ascendían en la noche, columnas gigantescas plateadas por la luz de la luna. En la oscuridad no podían distinguirse, pero esa misma tarde, desde la pasarela que permitía a los visitantes cruzar el curso superior del Iguazú para aproximarse a la Garganta, habían pasado un buen rato contemplando las bandadas de golondrinas negras que jugaban a precipitarse al vacío, a ascender otra vez o a atravesar las cortinas rugientes a tal velocidad que sus alas apenas se mojaban. El guía les había contado que se trataba de una rara especie no migratoria que anidaba de modo permanente en las cataratas. ¿Pero dónde anidaban? Tan sólo por jugar, por entretener aquel compás de espera que aún tenían por delante hasta el momento de meterse otra vez en la cama, Mariana y él le habían aseteado a preguntas: ¿dormían las golondrinas? ¿O estaban condenadas a volar sin descanso, día y noche, a permanecer todo el tiempo en movimiento como las aguas turbulentas del río que habitaban? A lo largo del día, no habían hablado de mucho más. No hizo falta. Bastante vértigo habían dejado atrás, un salto tan enorme en su vida como el que había dado Mariana y cuyas consecuencias ninguno de los dos se sentía aún capaz de medir ni enfrentar, al menos por ahora, por lo menos hasta la vuelta de aquel providencial viaje que a Andrés se le había ocurrido organizar como una terapia de choque, precisamente para que ella no se obsesionase, para que olvidase lo más rápidamente posible su trauma. Y desde luego que lo estaban logrando. El polvo magnífico que acababan de compartir era la mejor prueba. Aunque llamarlo así no dejaba de ser una pobre aproximación a lo que había significado alcanzar juntos un orgasmo en aquel entorno maravilloso. Para sentir mejor, para participar más de la belleza natural de la noche, habían querido amarse con la ventana abierta, sin poner trabas al calor ni a la selva. Aunque ahora, satisfechos los dos, la humedad se iba volviendo más y más pegajosa y los mosquitos empezaban a revolotear peligrosamente sobre sus cabezas. Andrés se levantó a cerrar, pero antes, encendió un cigarrillo y no resistió la tentación de echar una última ojeada al paisaje. En un ángulo de la ventana, arriba de la Garganta del Diablo, podían distinguirse las luces del otro único hotel que, en el lado brasileño, ofrecía habitaciones dentro del parque. Su condición fronteriza era uno más de los alicientes de Iguazú: gracias a ella, en un mismo día habían estado paseando por tres países, Argentina, Brasil y Paraguay. En este último, en aquella supuesta zona franca pero en realidad puro nido de contrabandistas que era Puerto Stroessner, bautizado en honor al eterno dictador que había superado incluso a Franco en permanencia en el poder, se habían asomado los dos a una América distinta, más aislada del mundo y mucho menos europea que la de los países que la rodeaban. Allí, en el mercadillo de la frontera, mientras los argentinos se lanzaban en masa a por licores, cigarrillos y artículos electrónicos libres de impuestos, ellos se conformaron con regatear encarnizadamente por unas figurillas de barro sin valor, tanto que el viejo mestizo que se las vendía les había despedido con un epíteto despectivo, desconocido para ellos: «curepí». Más tarde, Andrés pudo saber que aquél era un apodo que los paraguayos reservaban a los argentinos —ya que por tales les habían tomado a los dos— y que en guaraní significaba, despreciativamente, «piel de chancho». Sin atreverse a comentarlo —porque Mariana no estaba aún para ironías, los moratones casi le habían desaparecido, pero las heridas del alma siempre tardaban más en cicatrizar—, Andrés disfrutó íntimamente con el descubrimiento. Era una lección para su acompañante, tanto presumir de aborigen y tacharle a él de conquistador, saber que más al norte, conforme se adentraban en la auténtica América, una porteña se convertía en tan extranjera como él y no era más que una «curepí», una chanchita de piel civilizada y blanca. Todavía se demoró un rato más contemplando allá fuera, a la luz de la luna, cómo la Garganta del Diablo seguía haciendo bullir, en su vertiginosa caldera, el caudal del gran río selvático. Era un espectáculo que no cansaba nunca, tan magnífico que hasta lograba hacer olvidar el calor pegajoso, la humedad que les había sofocado durante todo el día y que, a lo que parecía, todavía se acentuaba más por la noche. No importaba. Pese a todos los tópicos que se contaban sobre las cataratas, viajar allí había sido una gran idea, además de una gran ayuda para Mariana. Y aquélla era una noche única y perfecta, de las que se recuerdan durante mucho tiempo, de las que sirven para alimentar en el futuro la dulce llama de la memoria. ¿Pero qué memoria? De golpe, Andrés sintió que le invadía la confusión, perdido el hilo de sus pensamientos. Cómo se le ocurría pensar en ello. Si algo había creído tener claro desde el principio era que, una vez regresase a España, aquel viaje a Iguazú debía quedar por completo en el olvido. O en caso de retener algo —porque era muy difícil borrarlo todo, evitar que con el paso del tiempo no se le filtrase alguna indiscreción, alguna referencia inoportuna a su paso por las cataratas en cualquier inocente reunión de amigos—, tendría que ser entonces una memoria selectiva, cuidadosamente reelaborada. Como adelantándose a aquella futura censura mental, Andrés dejó vagar la mirada por la habitación. Por qué no. Cuando volviese, podría perfectamente contarle a Beatriz que había estado allí, decirle que aprovechando una pausa en el trabajo se había escapado un fin de semana a visitar aquella octava maravilla del mundo, como las agencias de turismo argentinas, tan poco originales como todas, gustaban de promocionar Iguazú. Tampoco eran tantas las cosas que tendría que omitir; aparte de Mariana, claro, sólo tendría que eliminar de su relato del viaje algunos otros pequeños detalles: quitar de la mesilla de noche la botella de champán y las dos copas, por supuesto también la orquídea tropical con que la dirección del hotel tenía a gala obsequiar a las parejas que suponía recien casadas, suprimir por completo la primera persona del plural en su narración y expurgar cuidadosamente del inevitable álbum de recuerdos todas aquellas fotos que retratasen algo más que paisaje.

—Vení, Andrés.

Como una prueba más de su evidente recuperación, la bailarina le llamaba desde la cama, al parecer todavía no satisfecha, seguramente contagiada de la sensualidad a flor de piel de la naturaleza, tan húmeda y caliente, que rezumaba a su alrededor. Un polvo más, un nuevo orgasmo memorable para borrar de sus recuerdos. Antes de ir, Andrés encendió a máxima potencia el aire acondicionado. Por lo menos esta vez no sudarían tanto. Tras cerrar la ventana, echó una última ojeada al exterior: allá a lo lejos, en la oscuridad, la Garganta del Diablo era como una enorme vagina abriéndose, mojada sin cesar por la corriente, fecundada una y otra vez por el esperma líquido del río. Las metáforas, se advirtió Andrés mientras se dejaba caer junto a Mariana, una vez más dispuesto a entregarse con ella a unos ejercicios amorosos a los que se entregaban por igual en ese momento todas las demás parejas del Hotel Internacional —quizás porque en esa promiscuidad, en esa comunión de los cuerpos descansaba la única razón de ser de aquel hotel, de aquella selva, de aquellas cataratas—, mucho cuidado con las metáforas, pensó, si no quería ser descubierto, cuando le contase su viaje a Beatriz tendría que mostrarse menos florido en su relato y en lo posible prescindir de ellas.

* * *

Si Iguazú era la selva, la visita a Jujuy, la provincia más lejana del noroeste, representaba en el plan de viaje de Andrés —que ni aun tratándose de ayudar a Mariana, descuidaba su obligación de documentarse profesionalmente— la oportunidad de asomarse, sin salir de Argentina, a la otra cara del paisaje de América: el mundo andino. En realidad, para ser precisos, aquella última etapa no la había añadido por motivos turísticos ni terapéuticos. Sabiéndole de campaña en Jujuy, aprovechó para concertar entrevista con uno de los dos contrincantes en las primarias peronistas para designar candidato presidencial; hijo de inmigrantes sirios, separado de hecho de una musulmana practicante —siendo así que la Constitución argentina imponía el requisito de que los presidentes de la República tenían que ser obligatoriamente católicos y casados— gobernador de una provincia remota con apenas doscientos mil habitantes y un perfecto desconocido en los círculos políticos de la capital, no había un corresponsal que apostase un dólar por él habida cuenta del mucho mayor peso del rival al que se enfrentaba. Antonio Cafiero, presidente y candidato oficial del aparato del partido, miembro de la mayoritaria colectividad italiana, beato a machamartillo, ministro que había sido en el segundo gobierno de Perón y gobernador en ejercicio de la todopoderosa provincia de Buenos Aires. Pero a Andrés, fiel a su lema de intentar trascender siempre la inmediatez de la noticia, lo que más le interesaba de aquel pronosticado perdedor no eran sus remotísimas posibilidades de ganar, sino el mito criollo que encarnaba.

... Imposible no ceder a la tentación y establecer, como Plutarco, «vidas paralelas» —escribió como epílogo a la entrevista—: ¿a qué si no esas patillas desmesuradas con las que el político provinciano pretende convertirse en la viva estampa, en la indiscutida reencarnación de ese otro caudillo que hace ciento cincuenta años salió de la misma Rioja para asolar el país con su montonera de gauchos? Barbarie contra civilización, describió en su famoso libro Domingo Faustino Sarmiento a la épica batalla que entonces se libraba. Cierto es que hoy día un candidato así tiene nulas posibilidades de ganar y que el «¡Síganme!», lema de su campaña itinerante por parajes empobrecidos y villas-miseria suena desde luego menos feroz que el «¡Mueran los salvajes, asquerosos, inmundos unitarios!», grito de guerra del Facundo Quiroga de entonces, pero su presencia en la liza peronista representa muy bien hasta qué punto la crisis económica está haciendo retroceder a la Argentina de hoy en un túnel del tiempo...

Cumplido su trabajo, aún les sobraban un par de días y decididos a aprovecharlos, dejaron atrás la capital provincial, adentrándose en un paisaje cada vez más encajonado, el estrecho desfiladero que servía de comunicación natural entre el valle de Jujuy y el altiplano de Bolivia. Por aquí habían bajado los incas y más tarde los conquistadores españoles dejando los unos un reguero de fortalezas de piedra, llamadas *pucarás*, y los otros de cristos y vírgenes polícromas y encaladas iglesias coloniales. Conforme avanzaban, en los pequeños pueblos del camino, ponchos, sandalias y sombreros iban convirtiéndose en señas de identidad de una población casi exclusivamente indígena. Rumbo al norte, como habían hecho durante su fugaz incursión al Paraguay, recorrían de nuevo otra América, precisamente en un país, como descubrió con asombro Mariana que como toda buena porteña apenas se había interesado en recorrerlo, que proyectaba una imagen de sí mismo habitado por una población de aluvión, formado íntegramente por inmigrantes. «Viaje al interior. El interior sí es de verdad nuestro», recordó Andrés aquella obsesiva cantinela con que le recibieran los representantes oficiales de su país en Argentina, un «nuestro» que había encontrado entonces completamente fuera de lugar, lleno de resonancias coloniales, pero que de repente, mal que le pesase, en aquel rincón del noroeste parecía cobrar un sentido; o por lo menos él, como español, lo sentía más familiar, se creía más capaz de comprenderlo que aquella descendiente de judíos e italianos que le acompañaba en su viaje. Habían alquilado un coche en Jujuy, así que pudieron disfrutar a su antojo del trayecto. Conducir por la estrecha carretera, detenerse a fotografiar paisajes y gentes. Cada pocos kilómetros cruzaban una pequeña aldea llena de encanto con su pequeña iglesia blanca y su nombre sonoro, inequívocamente precolombino: Tumbaya, Purmamarca, Maimará, Tilcara... En todas ellas encontraron una misma miseria antigua, ancestral, solidificada por el tiempo, sin relación con la actual crisis. Paraban y apenas bajaban del automóvil, ya una nube de niños de piel cobriza, sucios y descalzos se arrojaban sobre ellos para mendigarles. En el camino, a ambos lados de la quebrada, la roca pura les ofreció la misma imagen de petrificación, de inmutabilidad social y geológica. Nada había allí de la exuberancia de la selva: sobre la desnudez perfecta de los estratos no crecía otra vegetación que algunas chumberas y cactus. Arriba del desierto, el cielo siempre azul y un sol abrasador, multiplicados por la altura los peligros de su radiación calcinante. Antes de llegar a Huacalera, detuvieron el coche frente al indicador de carretera que señalaba el paso del trópico de Capricornio. Se besaron, felices de su hazaña geográfica en tan remota latitud. Para celebrarlo, colocaron la máquina sobre el capó del automóvil y se fotografiaron con el disparador automático. Otro recuerdo para no conservar —se recordó, no sin cierta amargura, Andrés— una prueba de cargo que ya se ocuparía de hacer desaparecer, con la disculpa de una sobreexposición o un defecto de revelado, en cuanto regresasen a Buenos Aires.

Almorzaron en Humahuaca, la vieja población colonial que daba nombre a la quebrada. Los dos mil cuatrocientos metros de altitud señalaban el comienzo del altiplano y los primeros síntomas de fatiga provocados por el enrarecimiento del aire. A esa altura, caminar, hablar, incluso pensar, iba haciéndose cada vez más cansado. Antes de continuar viaje, averiguaron el estado de la carretera, pista más bien, que conducía al pueblo de La Quiaca, en la frontera de Bolivia, donde tenían pensado pasar la noche. Aparte de las fuertes pendientes y los riesgos del apunamiento, el principal peligro contra el que les advirtieron era el de chocar con alguno de los viejos camiones que contrabandeaban mercancías de un lado a otro de la frontera. De Humahuaca a La Quiaca, kilómetro a kilómetro, el paisaje fue volviéndose más desértico, el cielo más azul y el oxígeno más escaso. Atravesaron horizontes de una pureza incontaminada, esencial, aparentemente sin huella humana y quizás por eso, para urbanitas como ellos, de una atmósfera poco respirable. Tardaron horas, pero aparte de dos o tres camiones que levantaron a su paso asfixiantes nubes de polvo, ni un solo automóvil se les cruzó durante el trayecto. A medio camino, avistaron a una vieja india *coya*, con su poncho y vestido multicolor, el pelo recogido en dos largas trenzas aceitosas, parada en medio de la pista, inmóvil bajo el sol, con la imperturbabilidad de una piedra más. Cuando se detuvieron, echó mano de un saco enorme y subió sin decir palabra a la parte trasera del coche. Probablemente, a su ínfima escala, también se dedicaba al contrabando fronterizo y al llevarla le estaban ahorrando muchos kilómetros a pie. En silencio, prosiguieron viaje. Era Mariana quien conducía, así que Andrés tenía tiempo de contemplar a gusto el paisaje del altiplano, concentrarse en normalizar su respiración dificultosa, dejar ir y venir la mente, divagar a su antojo, sin preocuparse lo más mínimo por la coherencia de sus pensamientos. Desde esa libertad, exaltado por la aventura de adentrarse en tan inmensos y deshabitados espacios, se encontró fantaseando de pronto con la posibilidad de que La Quiaca no fuese más que una primera etapa en su viaje, que después atravesaban Bolivia y continuaban alejándose hacia el interior de América siguiendo la cordillera de los Andes, un país tras otro, sin más objetivo que no llegar a ninguna parte. Solos los dos, Mariana y él. Una fuga sin destino ni plazos, sin mirar nunca atrás, sostenida en el puro placer de estar juntos. Huir, escapar, dejar atrás sus crónicas sobre el hundimiento de una nación, las entrevistas a políticos incompetentes o folclóricos, la atmósfera opresivamente crepuscular de Buenos Aires. Renunciar a su trabajo como corresponsal. Dejar atrás también para siempre España. ¿No era eso lo que habían hecho tantos españoles en el pasado, fascinados como él, más que por el descubrimiento de un nuevo mundo, por la oportunidad de comenzar una nueva vida? Ni tuvo tiempo de pensar cuánto había de literario en esa fantasía, porque Mariana le sacó de golpe de su ensueño, pisando bruscamente el freno del automóvil.

—¡Mirá! ¡Vicuñas! —le avisó entusiasmada.

A unos doscientos metros, en medio de la puna, un rebaño de quince o veinte ejemplares pastaba tranquilamente. Andrés entornó los ojos para aguzar la vista, protegiéndolos de la polvareda que había levantado el coche. Luego movió la cabeza.

—Son llamas, no vicuñas. Las vicuñas son más pequeñas.

—Pues a mí me parecen vicuñas. Hasta tienen la mancha blanca en el pecho.

La controversia divirtió a Andrés. Por más que ella fuera del país, por más que aquel herbívoro estuviese considerado una de las joyas de la fauna argentina, Mariana no tenía muchas posibilidades de haber visto una vicuña en su vida, entre otras cosas porque se trataba de uno de esos raros animales que no podían sobrevivir en cautividad, incapaz de adaptarse a la claustrofobia de los zoológicos. Claro que él mismo había leído en la guía que aún quedaban algunos rebaños de vicuñas en esa zona de la cordillera, aunque con dos acotaciones a pie de página fundamentales: que eran muy difíciles de avistar y siempre por encima de la cota de los cinco mil metros. Así que sólo podían ser llamas, pero de todas formas él no tenía mayor interés en contradecir el orgullo nacional de Mariana.

—Vale. Quizás sean vicuñas.

A su espalda, la vieja indígena, la única nativa de verdad, desinteresada por completo de la discusión, parecía mirar a ninguna parte por la ventanilla. Sentada al volante, ensimismada en la contemplación del rebaño mítico,

Mariana ni se molestó en contestarle. Estaba guapa, mordiéndose el labio inferior en un gesto evidente de contrariedad, dolida por aquel asentimiento de compromiso con el que Andrés había pretendido zanjar la polémica. Una polémica típicamente conyugal, pensó aún más divertido él, que hubiera podido perfectamente sostener con Beatriz, esa susceptibilidad ante las pequeñas cosas —porque en los grandes temas el consenso se daba siempre por descontado— característica de las parejas establecidas. Una discusión sobre nimiedades, construida sobre el inevitable desgaste de lo cotidiano, una disputa que no tenía ningún sentido en una relación tan provisional como la que le unía a él con Mariana, tan precaria de tiempo y quizás por eso tan ávida de deseo. Porque la encontraba de pronto tan atractiva, el sol poniente del desierto iluminando intensamente su cara, que más que seguir hablando de la fauna andina, lo que Andrés deseaba en ese momento era hacer el amor con ella y lo hubieran hecho allí mismo, sin bajar del coche, si la presencia de la mujer india —casi olvidada en su inexpresividad silenciosa— no hubiera actuado de inhibidor.

Fue al anochecer, cuando el crepúsculo comenzaba a teñir las erosionadas montañas con una increíble gama de rosas, cuando la anciana rompió su inmovilidad y golpeó el hombro de Mariana para que detuviese el automóvil. No habían llegado a ningún pueblo, en todo el horizonte no se distinguía un caserío, ni el menor rastro de lugar habitado. Sin hablar, la vieja descendió con su gran saco de arpillera. Antes de echar a andar en medio de esa nada, buscó una piedra, les miró fijamente y la dejó caer sobre un montón que alguien —habitante de aquel desierto como ella— había levantado al borde del camino. No habló, pero su gesto sin duda debía tener algún significado, así que apenas se alejó, cayeron los dos sobre la guía, turistas jugando a antropólogos, disfrutando el placer de descifrar una nueva y remota cultura. Mariana lo encontró primero: por lo visto, los antiguos pasos de los Andes estaban llenos de esos enigmáticos altares de piedras. Llamados *apachetas*, expresaban el más primitivo y universal de los ritos propiciadores; y por lo que pudieron deducir, al dejar allí ese guijarro, la vieja *coya* había querido agradecerles el viaje, encomendándoles —a ellos que verían de distintas religiones pero que compartían no creer en ninguna— a la protección de la diosa madre del altiplano: *la Pachamama*.

Adelante, se dijo Andrés, una vez se quedaron solos, en un arranque de entusiasmo jaleado por tan evocador auspicio. Ahora era el momento de retomar su fantasía, de continuar divagando con su ensueño de fuga a través de aquel enorme continente desconocido. Cuántos españoles antes que él habrían remontado esa quebrada, se habrían dejado conquistar por los cielos sin límite, por la desnudez, por el vacío, por el despojamiento de la puna. Cuántos habrían sentido allí la tentación, emigrantes anónimos más que conquistadores —y entre estos últimos, incluso los empujados por la fiebre del oro o por una igualmente humana ambición de poder—, de trazar a su espalda una raya, de quemar sus naves, de renunciar para siempre al destino previsible y angosto que habían dejado atrás en su patria, de rebelarse contra él.

Fuera, en la oscuridad, casi no se distinguía ya el paisaje ni tampoco podía ver Andrés con claridad el perfil de Mariana al volante, aunque la memoria de su atracción, el deseo que había sentido por ella unos minutos atrás, siguiera bien presente. Desde el avistamiento de las falsas vicuñas, desde su investigación sobre las *apachetas* andinas, no habían vuelto a cruzar palabra, un silencio en absoluto incómodo, al que ya estaban acostumbrados. En realidad, Mariana, cuando no le daba por teatralizar, era siempre tan deliciosamente parca en palabras, muy rara vez le hacía preguntas —ni siquiera sobre lo que iban a hacer cuando volviesen a Buenos Aires, ni sobre el tiempo que les iba quedando de estar juntos antes de su regreso a Madrid—, se amoldaba a todo con tanta facilidad, aceptaba tan resignadamente límites y condiciones que era difícil concebir una amante mejor, más complaciente y menos comprometedora, aunque «amante» era una expresión extraña para él, tan ajena como la prostitución a sus pautas de conducta generacionales. Pero era cierto, no podía recordar ni una sola vez que Mariana se hubiese opuesto a cualquiera de sus propuestas. De pedírselo, ¿le seguiría también esta vez en esa hipotética fuga con que le había dado por fantasear? La respuesta era tan evidente que lamentó inmediatamente haberse hecho la pregunta. Con dos últimas caladas nerviosas, Andrés terminó el cigarrillo y encendió otro. (A esa altitud, fumar era una experiencia curiosa: sus pulmones se abrían para recibir el humo con una ansiedad multiplicada, como si las caladas fueran bocanadas de aire.) Cómo no se había dado cuenta: Mariana ya le estaba siguiendo, ya habían iniciado juntos esa fuga, una huida que había comenzado en Buenos Aires en el mismo momento en que él, un intruso, un completo extraño, se había sentido con derecho —un derecho sacado de la ilusión de haber compartido unos meses de precaria intimidad física—, incluso en el deber de sacarla intempestivamente de su casa, de entrometerse en su vida. Desde que se le ocurrió la peregrina idea de invitarla a que se fuera con él y vio cómo ella comenzaba a preparar su maleta, con la mayor naturalidad, sin preguntarle una palabra sobre cuál era el sentido de aquella inesperada oferta. Desde que había tenido la no menos extravagante ocurrencia de organizarle, antes que nada, un maravilloso viaje de recuperación, sin darse cuenta del peligro, como si en vez de ser su amante, como si en vez de desearla tanto, todo lo que pretendiese fuera ejercer de buen samaritano. ¿O la había invitado más bien por acallar su propia responsabilidad en sus heridas?

Acababan de ascender un pequeño repecho cuando sintió de golpe que todas las ideas estallaban al mismo tiempo en su cabeza. Después vino un completo vacío, la mente perfectamente en blanco. La sensación de beatitud sólo duró un instante. Luego, un terrible dolor le subió por las sienes. Dejó caer el cigarrillo.

—Para —suplicó—, me estoy mareando.

Cuando detuvo el coche, tuvo el tiempo justo de bajar arrastrándose entre las piedras, como aplastado contra el suelo por una insoportable gravedad. Vomitó varias veces, pero ni tras vaciar el estómago consiguió que remitiese el mareo. No supo cómo lograron llegar a La Quiaca, donde le prepararon té de coca, se tomó un par de aspirinas y sobre todo le recomendaron no beber ni fumar tabaco, aunque sólo la almohadilla de oxígeno, a la que se aferró con la ansiedad de un astronauta en una atmósfera extraterrestre, le proporcionó cierto alivio. Poco a poco, con precaución, dejó que los pensamientos fueran regresando. Para empezar, una constatación de lo más objetiva, tanto anímica como geográfica. Dejando al margen espejismos y divagaciones, una vez llegados a la frontera con Bolivia, los dos eran conscientes de haber alcanzado el *non plus ultra*, el vértice, el punto más remoto de aquel viaje. El final de un paréntesis, el límite de su escapada. Ahora lo que tocaba era volver. Y puestos a pensar en lo que iban a hacer a su regreso en Buenos Aires, Andrés constató que en todos esos días ni siquiera una vez se habían ocupado de hablarlo. Seguramente porque era innecesario, los dos sabían muy bien que Mariana tendría que seguir en su casa, al menos provisionalmente, hasta que encontrase algún otro lugar donde vivir, además de un trabajo para pagárselo. Y aquello último no iba a ser nada fácil, no sólo por la crisis, sobre todo por algo en lo que, hasta el momento, Andrés tampoco se había detenido a reflexionar: la ruptura sentimental significaba a la vez para Mariana un naufragio económico ya que el hombre al que había abandonado era también su manager, quien se había ocupado hasta entonces de gestionarle sus contratos. Descartado el que fuera a dejarle protagonizar una de sus coreografías, descartado el Esmirna tras su propia renuncia, ¿dónde iba a bailar Mariana a partir de ahora? Desgraciadamente, se trataba de un tema en el que Andrés bien poco podía hacer: no conocía a nadie, no tenía relaciones en los ambientes artísticos de Buenos Aires. Sólo se le ocurría Cristina Wilde —aunque lo suyo fuera otra rama del arte—, pero cómo iba a telefonearla después de lo desagradable que había estado con ella, precisamente a cuenta de la bailarina.

Agobiado por sus preocupaciones, debilitado física y mentalmente, postrado en una cama de un destartalado hotel de frontera, Andrés volvió a recurrir al oxígeno. Aspiró una tras otra largas bocanadas, pero aunque lograra amortiguar los efectos del mal de altura, no por eso recuperó la tranquilidad. Qué hacía allí, tan lejos de todo, enganchado como un bebé a aquel tubo de plástico, dándole vueltas sin parar a lo que podía estar esperándoles cuando regresaran a Buenos Aires. Incluso, puestos en lo peor, hasta la misma policía. Si lo pensaba, al marcharse con él, Mariana ni se había molestado en dejar una nota a su ex comunicándole su decisión de abandonarle. Así que su marido —¿podía llamarle así? Mariana no le había dicho que estuviesen casados, pero después de tantos años de convivencia a los efectos era lo mismo— podría perfectamente haber acudido a la policía federal, ocultando su propia responsabilidad, la denuncia que se hubiera merecido él por sus brutales malos tratos, a denunciar la desaparición de su esposa.

—Andrés... ¿A qué altitud estamos?

—Según la guía, a 3.442 metros —alcanzó a musitar, despegando los labios de la almohadilla el tiempo justo para comunicárselo. Sonriente, feliz, recuperada por completo tras el viaje, inmune a los efectos del apunamiento, Mariana se había encaramado sobre él y parecía sopesar su estado.

—¿Te sentís mejor?

—Un poco...

Como si fuese una señal, el cuerpo de ella comenzó entonces a moverse, a culebrear contra el suyo. Un verbo de lo más apropiado, una metáfora muy bíblica, tuvo tiempo de pensar Andrés antes de abandonarse por completo al placer que experimentaba, porque aunque no tuviese nada de reptil, Mariana siempre ejercía de deliciosa tentadora en su relación mientras él jugaba a dejarse querer, conforme a un ancestral reparto de papeles que en el comienzo de los tiempos había costado la expulsión del paraíso a la primera pareja humana. ¿Iban a ser también expulsados ellos? Sin duda lo serían, inexorablemente. Pero entre tanto para qué preocuparse, si todavía seguían en él.

—Ya verás, será como volar —le prometió Mariana despegándole del tubo de oxígeno y ofreciéndole a cambio su boca para que respirara—. Nunca lo hemos hecho tan alto.

*   *   *

El avión de regreso seguía el curso del río Paraná, sobrevolaba la pampa húmeda, llana como un mundo horizontal donde no existía el mínimo relieve. La extensión, la ausencia de límites, sobrecogía. Excitada, Mariana le hizo un hueco para contemplar juntos desde la ventanilla el espectáculo natural. Cuando atisbaron el delta desde la cabina, el dédalo de ríos y canales, ella no resistió la tentación de enumerarle aquellos hermosos nombres guaraníes, con la cadencia musical de quien los ha memorizado a fuerza de recitarlos mil veces en la escuela primaria, el Paraná Miní, el Paraná Guazú, el Paraná de las Palmas, los brazos del río madre que fluían lentamente hasta el Río de la Plata, hasta la misma orilla de Buenos Aires. Allá en lo alto, entretenidos con el espectáculo, vistos desde el interior del avión, cualquiera de los pasajeros con quienes compartían vuelo les hubiera tomado por una pareja de porteños más, abrazados contra la ventanilla esperando el momento de ver aparecer ante sus ojos el mapa familiar de la capital, de regreso a casa, tan entrañablemente unidos tras haber compartido un romántico *tour* por las maravillas naturales de su país. Aunque si alguien se hubiera fijado más, si se hubiera molestado en seguirle los ojos a Andrés —algo que Mariana no podía hacer, de tan apretados, de tan juntos como se sentaban— le hubiera descubierto mirando un horizonte bastante más remoto que aquel en que se disponía a aterrizar el avión. Hacia lo lejos, no allí donde el laberinto de las aguas terminaría por disolverse en el mar chocolate del estuario, sino hacia el verdadero mar, al océano azul en el que se vaciaban todos los ríos, el que de verdad llevaba a la otra orilla, al Viejo Mundo. Porque ahora sí que ya era inevitable, la suerte estaba echada del todo. No se lo había dicho a Mariana pero justo la víspera, cuando tocaba poner fin a su periplo por el norte argentino, había recibido una llamada del jefe de Internacional.

—¿Cómo va lo mío? —le había saludado bruscamente, harto de lo que empezaba a tomar por maniobras dilatorias para negarle un merecido puesto en Madrid.

—¿Quieres que te dé una primicia? Van a cargarse al jefe de Opinión.

La información le provocó un auténtico impacto. Todavía a oscuras. —En Jujuy eran las seis de la madrugada, ¿por qué el jefe de Internacional no se tomaba nunca la molestia de averiguar la diferencia horaria antes de descolgar el teléfono para llamarle?—. Andrés se había echado una camisa por encima y abandonado sin hacer ruido la habitación para no despertar a Mariana.

—¿Cuándo? —logró articular desde el pasillo del hotel con el tono más neutro posible, intentando que no se le notase el interés—: ¿De quién se habla para sustituirle?

—Aún es pronto para saberlo, pero tú estás sonando, sonando mucho... No puedo decirte más por ahora.

Desde entonces, tras aquella conversación, las coordenadas de su mente habían cambiado completamente de latitud y no había podido dejar de darle vueltas a las perspectivas que la nueva situación ofrecía. Un puesto así era el sueño de su vida. Suponía regresar con todos los honores a su campo de trabajo habitual, aquel que se había visto obligado a abandonar provisionalmente cuando le destinaron en Argentina. Pero por encima de todo, significaba un paso de gigante en su carrera profesional. Eufórico, disfrutó con la envidia que, a buen seguro, iba a despertar entre sus actuales compañeros de trabajo en cuanto supieran de su nombramiento. Especialmente en Javier Bonfín. Apenas se acordó de él, no pudo evitar preguntarse qué opinaría su cínico colega si llegara a saber que, precisamente en vísperas de su partida, se había llevado a Mariana a vivir con él. ¿Qué diría? ¿Le acusaría de haber perdido la famosa distancia, de haber violado la regla de oro del corresponsal? A la mierda con la distancia. Él nunca se había sentido parte de aquella desarraigada cofradía que constituían los corresponsales y además iba a regresar a su país con el mejor destino de los posibles, aunque de todas formas, hasta que no se confirmase el nombramiento, mejor era no hacer revelaciones anticipadas, ni siquiera a Mariana, como el propio jefe de Internacional se había encargado de aconsejarle.

—Estas cosas hay que tomárselas con calma, ya sabes... —le dijo al despedirse—. Lo importante es que no se te noten las prisas, que no te vean perdiendo el culo por conseguirlo.

(Y desde esa recomendada tranquilidad, postergadas todas sus otras preocupaciones, en espera de que terminara de definirse tan prometedor horizonte profesional, Andrés trajo su mente de regreso al avión, se abrazó aún más estrechamente a Mariana y una vez se abrocharon los cinturones de seguridad, conforme aterrizaban en el aeroparque, dejó que sus pensamientos se le fueran enredando en pequeños detalles cotidianos, típicos preludios de quien regresa a casa: se acordó de que tenía que llevar a reparar el fax, comprar un nuevo juego de toallas, pagar el alquiler del departamento y sobre todo pararle los pies a la insolencia del portero que no había dejado de lanzarle miradas socarronas desde que había metido a la bailarina en su casa.)

13

Primero fueron las llamadas, difíciles de alarmar a nadie dado el caótico funcionamiento habitual del teléfono; apenas descolgaba Andrés, apenas decía la primera palabra, escuchaba el ruido inequívoco del corte de comunicación; pero luego comenzó a detectar otras señales mucho más claras. Le bastaba demorarse un poco al comprar el periódico o en la panadería o en el supermercado para darse cuenta del seguimiento. A veces, incluso, le descubría apostado frente al portal. Normalmente mantenía la distancia, intentaba disimular si él miraba en su dirección, pero no dejaba de vigilarles. No lo había comentado con Mariana para no preocuparla con aquella irrupción del pasado, así que, decidido a enfrentar él solo el problema, Andrés aprovechó un momento de descuido, tomó sin previo aviso un rumbo de regreso a casa que su perseguidor no podía prever y se plantó por sorpresa a su espalda cortándole la retirada.

—¡No me golpeés!, ¡por favor, no me golpeés!

La reacción le desarmó por completo. El tipo parecía realmente atemorizado.

—Tranquílizate. No voy a pegarte —dijo casi contra su voluntad, porque no le faltaban ganas de hacerlo. Luego, para evitar escándalos, se lo llevó del brazo a una cafetería cercana y apenas les sirvieron un café, todavía el coreógrafo temblando de miedo, Andrés le echó en cara que fuese tan cobarde con alguien de su propio sexo y tan macho para andar por la vida golpeando mujeres.

—¿A Mariana? ¿Golpear yo a Mariana? Jamás lo haría.

—No mientas, yo la vi, vi cómo la dejaste.

Tras las gruesas gafas, sus ojos se abrieron de par en par, entre el asombro y el espanto.

—¿Eso te dijo?, ¿que fui yo? Nunca podría hacer eso. Su voz sonaba tan desolada, componía tan a la perfección la imagen de una víctima en lugar de la de verdugo que Andrés, por un momento, se quedó sin saber qué decir.

—A veces sufre ataques autodestructivos... No es la primera vez que se hace daño a sí misma.

Ya estaba bien. Sólo el más perfecto caradura o quizás un psicópata podía exhibir tanta facilidad para negarse a sí mismo sus acciones. Pero Andrés no había ido en su busca para escuchar cómo se las negaba. Furioso, le agarró la chaqueta por las solapas, le zarandeó con violencia.

—¡Basta! ¡Nos seguías, tenías celos, ella te engañaba conmigo, tenías buenos motivos, por eso le pegaste!

En la cafetería, los ojos de los escasos parroquianos a esas horas de la mañana confluyeron hacia su mesa. La frase le había salido tan de folletín televisivo que Andrés, avergonzado, soltó al tipo y bajó los brazos. La expresión del coreógrafo se había vuelto otra vez de absoluta incredulidad.

—¿Celoso? Yo nunca he estado celoso de ella. Cómo iba a estarlo... Es absurdo sentir celos cuando se tienen problemas mucho más graves.

Por lo visto, lejos de asumir sus responsabilidades, pretendía seguir simulando un serial, introduciendo, como mandan los cánones, nuevas vueltas de tuerca en el nudo de las complicaciones sentimentales. Incómodo, Andrés terminó de beberse el café mientras escrutaba hacia ambos lados. Por lo menos, ya nadie les miraba, desinteresados de la conversación. De todos modos, bajó la voz.

—¿Ah, no? ¿Entonces por qué nos espías?

—Yo no espío, tan sólo intento protegerla... Ya ha pasado otras veces.

—¿Qué ha pasado?

—La abandonan... en cuanto lo descubren.

—¿Qué? ¿Quiénes la abandonan? ¿Quieres hablar claro? ¿Qué mierda descubren?

—Que es... tan complicada...

Aquél sí que fue un golpe bajo. Era seguramente una casualidad pero él había utilizado tantas veces ese mismo adjetivo para definirse a sí mismo a Mariana... Y luego la alusión a otros hombres, a otras historias anteriores, similares a la que él estaba viviendo. Como contraataque, como venganza, le pareció tan miserable que se sintió asqueado. Allí estaban los dos hablando de Mariana, despedazando a Mariana, sin que ella tuviera la menor idea, peor aún, sin que ninguno de los dos tuviera ningún derecho a hacerlo; y menos que nadie aquel tipo de barbas, con aquella estrambótica combinación de calva y melena que le daba un aire tan intelectual, el aspecto de no ser capaz de matar a una mosca; y sin embargo, en realidad un sádico maltratador de mujeres.

—Te lo advierto —dijo poniéndose de pie—, si vuelves a seguirnos, si te vuelvo a encontrar, si haces una llamada más, te denunciaré, avisaré a la policía.

El hombre asintió mansamente. Su voz se convirtió en un último susurro de disculpas.

—Sólo intentaba protegerla, ya te dije. Vos no sos de acá, vos te irás... ¿Qué va a ser de ella entonces?

Aún sintió más asco. En sus palabras, por más que sonaban protectoras, Mariana se transformaba en un objeto a proteger, en una criatura desamparada, algo así como un animal doméstico que nunca se acostumbraría a vivir sin amo. Una bailarina cuyo destino sería siempre el de bailar con música ajena. Sintió otra vez deseos de golpearle, de gritarle a aquel coreógrafo de ideas supuestamente avanzadas lo que opinaba de su reaccionaria concepción de la mujer; pero extrañamente lo que le gritó sonó en la misma onda, en el mismo registro que sus palabras.

—¡Yo me ocupo de ella!, ¿entiendes?... ¡Ya no es asunto tuyo! ¡Ahora está conmigo! ¡Ahora yo me ocupo de ella!

Por toda respuesta, le vio bajar la cabeza y llevarse las manos a la chaqueta, en un último gesto de miedo, aparentemente protegiéndose de su posible agresión. Pero lo que hizo fue buscar en un bolsillo y tenderle una fotografía.

—Está mal, es tan frágil... No sabría vivir sola.

Tras decirlo se fue, se escabulló como una anguila de la cafetería y todavía Andrés siguió de pie un buen rato, sin moverse, desconcertado por la violencia de su propia reacción, ese nuevo brote de fiebre posesiva que se le había desatado hacía un instante; pero más desconcertado aún, más perplejo, mirando la fotografía sobre el puente del Arno que acababa de entregarle aquel hombre; la misma que desde hacía semanas había dado por desaparecida de su casa y en la cual su mujer, su *Beatrice*, posaba ahora en Florencia con los dos ojos ciegos, mutilados, vaciados a conciencia con algún objeto punzante, como en una siniestra macumba.

* * *

Cuando un país entero, cuando una sociedad está en crisis, también sus crímenes acaban convirtiéndose en manifestaciones singulares de esa misma anormalidad así que no era de extrañar que, por aquellos días, periódicos, revistas y noticiarios de la televisión argentina pasaran a ocuparse monográficamente de Carlos Monzón, boxeador retirado, ex campeón mundial del peso medio, acusado de dar una brutal paliza a su mujer y arrojarla después al vacío desde el balcón de su casa, intentando simular un suicidio. Y como si no bastase con aquel bombardeo de sensacionalismo informativo, al macabro caso Monzón —con su eterna noria de dudas: ¿Alicia Muñiz se tiró o la tiraron?

¿El boxeador la golpeó hasta la muerte o solamente intentó evitar que saltase?—, vino a unirse unos días después el suicidio de Alberto Olmedo, el más famoso cómico de Argentina, que se arrojó igualmente al vacío desde su apartamento estival en Mar del Plata; y por si todavía no fuera suficiente con tales muestras de personajes famosos precipitándose al abismo —el mismo por el que se despeñaba la Argentina, de nuevo en la espiral de la hiperinflación y con los billetes de cien y hasta de mil australes convertidos en papel inservible—, las páginas de sucesos se llenaban día a día con crímenes extraños, muertes inexplicables y morbosas que afectaban también a gente de la calle, sin relación con los *mass media*. Durante semanas, por ejemplo, se discutió vivamente tanto en televisión como en la prensa sobre el caso de dos muchachas adolescentes, cuyos cuerpos habían sido encontrados —desnudos y en avanzado estado de descomposición— en una bañera. No presentaban señales de violencia física ni parecían haber ingerido ninguna sustancia, así que también aquí surgió el debate de si había sido asesinato o suicidio o incluso más allá, fenómeno sobrenatural o rito satánico.

Prudentemente, Andrés no había querido entrar en esa clase de noticias. Aparte de que, desde que había recibido la llamada del director del periódico comunicándole oficialmente —¡por fin!— su nuevo nombramiento, casi había perdido todo el interés por los acontecimientos de aquel lado del mundo. Tenía ya la cabeza en otra parte, en otro continente. Mariana, en cambio, parecía haberse vuelto muy aficionada a las páginas de sucesos, de hecho junto con las de ofertas de empleo las únicas que leía; y fue para mostrarle un caso más en aquella cadena de crímenes misteriosos que desplegó una tarde el periódico ante él: tres personas habían aparecido muertas en la habitación de un hotel céntrico de Buenos Aires; dos hombres y una mujer, los tres completamente desnudos —por lo que se veía la desnudez era una escenificación bien recurrente—, sentados, desplomados más bien en torno a una mesa sobre la que se encontraron casi cien gramos de cocaína de máxima pureza junto a claros indicios de haber estado consumiéndola. Tampoco había señales de violencia en los cuerpos y a falta todavía de los resultados de las autopsias, el artículo apuntaba varias hipótesis para explicar sus muertes —sobredosis, suicidio de grupo o ajuste de cuentas entre bandas de narcotraficantes—, ninguna de las cuales explicaba satisfactoriamente la desnudez de los cadáveres ni el hecho de que no se hubiera encontrado la ropa de ninguno de ellos en la habitación.

—Acá tenés un tema que puede interesar en España —le dijo Mariana—. Allá y en cualquier otra parte... Tiene todos los ingredientes...

Sólo por complacerla, aceptó echarle una ojeada al periódico, aunque sin mayor interés. Luego intentó seguir con su trabajo. Estaba terminando la que sería una de sus últimas crónicas, precisamente sobre la sorprendente victoria del gobernador de La Rioja, el aspirante *outsider* de las grandes patillas que había entrevistado en Jujuy y que, contra todo pronóstico, acababa de ganar las primarias peronistas. Pero aquella tarde a Mariana no le interesaba la política; inmersa por completo en aquel crimen sin resolver, volvió a reclamar su atención.

—No estoy nada de acuerdo con lo que dicen; para mí es otra cosa, nadie ha sabido ver que se trata de una historia de amor.

—¿Amor? ¿Te parece amor eso? ¿Matarse?

Mariana asintió y Andrés experimentó un escalofrío de interés. De repente, aunque sólo fuera en el plano teórico, sentía una enorme curiosidad por descubrir qué es lo que ella consideraba amor; pero en el fondo ansiaba despejar la duda que se le había quedado con el encuentro de unos días atrás, aquellas calenturientas acusaciones de su ex, de las que, por supuesto, no había creído una sola palabra.

—Miralo de otro modo —insistió Mariana—, buscá la belleza de su gesto.

—¿Belleza? ¿Qué belleza?

—¿Querés saber lo que pasó en esa habitación?

—Claro —dijo Andrés, dejando a un lado temporalmente su artículo sobre las primarias. Con mucho aplomo, Mariana señaló la página del periódico.

—No importa a lo que se dedicaran, que sean narcos o no... Esos dos hombres, A y B, aman a una misma mujer, digamos Z. Ninguno lo sabe, pero Z está segura de que cuando A o B descubran que ella también se acuesta con el otro, sufrirán tanto, lo pasarán tan mal que no querrán seguir viéndola; el deseo que cada uno siente por Z, es así de excluyente y único. Ella, en cambio, les quiere por igual a los dos y no se siente capaz de renunciar a ninguno.

—¡Venga ya! —protestó él—, es demasiado retorcido.

—Las pasiones son retorcidas, ningún sentimiento es razonable —dijo Mariana.

El escalofrío que sintió Andrés fue ahora mucho más intenso. Sin transición, sin cambiar el tono, como siguiendo con el juego, Mariana parecía a punto de pasar a hablarle de algo mucho más personal que la noticia de sucesos. Por primera vez desde que se conocían se mostraba dispuesta a abrirle sus sentimientos, a compartir con él el conflicto emocional que sin duda tenía que estar viviendo tras el traumático abandono de su pareja y de su casa. Pero si esperaba una apertura así, la decepción fue inmediata. El movimiento se quedó en amago y Mariana optó por seguir relatándole su versión del caso.

—Ellos son de esa forma, no pueden sentir de otra manera. Esa tarde, Z ha decidido que no quiere seguir mintiendo a sus dos amantes y les ha citado en un hotel, en la misma habitación en la que les ha amado a solas, por separado, tantas veces. Cuando llega A se desnudan los dos con la misma urgencia de siempre y Z le acaricia, aviva más que nunca su deseo. Pero la mujer sabe que en cualquier momento B va a aparecer, va a entrar en escena.

—Mariana —dijo Andrés, poniendo suavemente un

dedo sobre su boca, queriendo interrumpir aquel doble discurso del relato, tras el que tan evidentemente se escudaba—. Si te apetece hablar, si quieres que hablemos, ahora podemos hacerlo.

Pero Mariana estaba demasiado excitada para detenerse.

—Esperá, dejame terminar —continuó—. Z lo ha preparado todo. Cuando llama B, encierra a A en el baño y se deja abrazar por el recién llegado, lo desnuda también. Después, sin que se dé cuenta, se deshace de su ropa como se había deshecho antes de la suya y de la de su otro amante. Luego abre la puerta del baño y al encontrarse allí, desnudos, los dos rivales enloquecen, se insultan a través de la puerta, juran que se matarán el uno al otro, que se matarán a sí mismos o que la matarán a ella. Despechados, los dos quieren irse pero no pueden hacerlo sin ropa. Pelearse por celos cuando se está desnudo es algo muy difícil, es como si faltara el disfraz, la identidad desde la que indignarse. Eso también lo había previsto Z. Les habla entonces con dulzura, con delicadeza, exponiéndoles su plan. Sólo quiere que lo intenten los tres, que aunque sólo sea por una vez prueben a compartirse.

—Con tanta cocaína, debieron estar tres días y tres noches follando —bromeó Andrés—. ¿Y cómo terminó el *ménage*? Mal, según el periódico...

—Yo no creo que tan mal.

—¿Ah, no? Los tres murieron...

—Por lo menos lo hicieron juntos.

Tan contundente conformidad, la comprensión que demostraba ante aquel desenlace al que conducía su absurda hipótesis congelaron el buen humor de Andrés. Más allá del evidente paralelismo con cualquiera de los dos triángulos, el que habían formado ellos dos con el coreógrafo o el que todavía formaban con Beatriz, era fácil reconocer, tras aquel calenturiento plan, su propia relación imposible, emplazada, condenada a la separación. Si Mariana pensaba que la muerte había sido una solución para sus tres amantes del periódico, a lo peor tan funesto final también andaba rondándole la cabeza. De creer en las insidias de su antigua pareja, era lo suficientemente desequilibrada para hacerlo, incluso lo habría intentado ya una vez. «Es tan complicada...», había dejado caer cínicamente aquel tipo que había vivido con ella, como si con esas palabras le estuviera traspasando la custodia de una criatura, de un ser indefenso y necesitado. Pero el caso es que —recordó Andrés— ni él estaba en situación de asumir la custodia de nadie —con un pie en el avión de regreso, ya que, como le había hecho el honor de comunicarle en persona el propio director, había bastante prisa, quería presentarle al resto de su equipo en el próximo consejo de redacción de finales de mes— ni tampoco Mariana le había pedido nunca la menor protección, al contrario, siempre se había mostrado de lo más independiente y del todo capaz de manejar perfectamente su propia vida. Aparte de que no hubiera tenido el menor derecho a exigirle nada. Los dos sabían muy bien que el hecho de compartir la casa y la cama era algo meramente circunstancial y la misma Mariana, sabedora del término precario que condicionaba su relación, había sido la primera en tomar precauciones para no engancharse más de la cuenta. Tanto que ni siquiera, pese a las protestas de Andrés, había aceptado sacar su equipaje del coche, convertido en un hogar portátil, y cada vez que quería cambiarse de ropa bajaba a la calle, abría el maletero y subía sólo lo imprescindible para vestirse. ¿Entonces? ¿Entonces, si todo estaba tan claro entre ellos, por qué no lo había comentado con Mariana, por qué no le había hablado de la persecución a que les tenía sometidos su ex, por qué no le había contado la entrevista que habían tenido, sus insidiosas insinuaciones sobre sus impulsos autodestructivos, sobre todo, por qué no le había mostrado la fotografía? Si lo que quería era despejar dudas de una vez... Pero tampoco era un buen momento, demasiado reciente todo, para infligirle un nuevo desengaño; aparte de que tampoco estaba muy seguro de cómo podía tomarse ella una hipotética petición de explicaciones. Qué sabía él de Mariana. Dormían juntos, sí, disfrutaban por fin del maravilloso placer de no tener que separarse cada noche, ahora que ella ya no tenía que mentir ni compartirle con otro hombre —dormir era una forma de hablar: hacían tanto el amor que muchas veces el amanecer les descubría despiertos, trabados en un revoltijo inseparable, negándose a rendirse al sueño—. Pero aparte del sexo, quizás porque sabían que a nada más podían aspirar, los dos evitaban cuidadosamente cualquier otra forma de intimidad; y en el fondo, aunque no quisiera reconocérselo, aquel veneno que le había inoculado precisamente la única persona que podía darle referencias sobre Mariana, iba causando efecto en Andrés porque por muchas vueltas que le diera, la pregunta de quién se había llevado el retrato de Beatriz de su apartamento para mutilarlo tan bárbaramente, sólo tenía una posible respuesta. Y no sólo porque nadie más hubiera entrado en su casa. Quién podía tener más motivos que ella para odiar a su mujer.

* * *

El club Esmirna ofrecía entre semana un ambiente mucho más deprimente que el de los viernes por la noche. Cuando entró, toda la parroquia se reducía a media docena de clientes de aspecto triste y ojos turbios por las libaciones de ouzo, más interesados en ensimismarse en su melopea que en contemplar las evoluciones de las bailarinas de sirtaki. La atmósfera le pareció a Andrés tan vulgar que pensó que se había equivocado de sitio, que aquél no podía ser el club al que les había conducido a su llegada Cristina Wilde con la promesa de descubrirles algo inesperado, un espectáculo sorpresa en las noches de Buenos Aires. ¿Cuánto tiempo había pasado? Un año apenas, pero casi parecían décadas a la vista del deterioro que había experimentado el lugar. Desde aquella primera vez, Andrés nunca había vuelto al Esmirna ni había visto bailar a Ma-

riana su tintineante danza del vientre. Y no por falta de ganas de sentirse otra vez arrebatado por su manera de bailar, pero siempre tuvo la impresión de que ella no quería
que se entrometiera en esa parte de su vida —aparte
de que le hubiera sido difícil hacerlo con su compañero de
entonces yendo, celosamente, a esperarla a la puerta al final de cada actuación—. Pero ahora la situación había
cambiado: Mariana ya no bailaba allí, nadie la esperaba en
la puerta y él había pretextado esa noche una ineludible
cita de trabajo para poder ir al Esmirna sin que se entera-
se, porque no se le ocurría otro lugar en donde averiguar
cosas de ella.

—Che, flaco..., ¿me garpás un trago?

Se la quitó de encima con un gesto incómodo, no
sólo por el aspecto entre poco agraciado y de vapuleada
por la vida de la mujer, sobre todo por lo que su intromisión tenía de reveladora de las costumbres al uso en aquel
mundo. Así que era verdad que las bailarinas de sirtaki no
se limitaban a esperar a que los clientes las invitasen a beber o bailar, también tomaban la iniciativa; y si echaba
una ojeada alrededor, viendo cómo entraban y salían del
local del brazo de los clientes, era fácil adivinar que se de-
dicaban a otras cosas con ellos además de a compartir
unos tragos. ¿Y qué? Mariana le había dicho que ella allí
nunca se había relacionado con el público, al fin y al cabo
era la estrella y la verdad no podía imaginársela acostándose por dinero con aquellos hombres. Basta, se recriminó, no tenía derecho ni a pensarlo, ya se había confundi-
do una vez, ya la había tomado imperdonablemente por
una prostituta la primera vez que la vio, incluso había intentado pagarle... pero, ¿y si las cosas habían sucedido de
otra manera?, ¿y si alguna otra reina del esnobismo como
Cristina Wilde había organizado una expedición anterior
y alguien como él, otro extranjero solitario recién llegado
a Buenos Aires, se había rendido anteriormente a las he-
chiceras contorsiones de la bailarina? Había habido otros
antes, eso era lo que le había dicho aquel tipo. ¿Estaba de

verdad interesado en averiguarlo? El atenuarse de las luces, la retirada de las mujeres que bailaban a la espera del número principal de la noche, desató un febril hormigueo en el estómago de Andrés. Buscó su copa y la vació con ansiedad. De golpe, algo mucho más importante había pasado a preocuparle. No es que se hiciera la ilusión de verla salir a ella, pero sentía una enorme inquietud por ver quién ocupaba su lugar, qué nueva bailarina vestía el mínimo dos piezas recubierto de falsas monedas de oro, quién era la mujer que ahora bailaba, descalza y semidesnuda como Mariana, haciendo tintinear los mismos cascabeles y ajorcas. Aunque no era sólo inquietud lo que sentía, también temor, un miedo doble y contradictorio: miedo a decepcionarse con la danza de su sustituta, pero todavía más a arrebatarse con ella, a experimentar la misma fascinación que había sentido la otra vez —¿y si aquella experiencia se repetía esa noche, si no había sido tan única como pensaba?—. Pero como siempre últimamente, su mente estaba yendo de nuevo mucho más rápido que la realidad: llegado el momento de que la orquestina diera el toque de aviso, cuando hubieran debido encenderse los focos para iluminar a la nueva estrella, no hubo ni luces ni música; tampoco salió nadie a bailar. El espectáculo había terminado.

Todavía esperó unos cuantos minutos por si se trataba de algún retraso imprevisto. Pero cuando vio que los clientes se levantaban para marcharse, también él se incorporó y fue directamente hacia el tipo morocho de los bigotes que le había impedido la entrada la primera vez.

—¿Es todo? —le dijo—, ¿no hay más espectáculo?

—¿Qué quiere que haya?

—Antes había una bailarina...

—¿Sibila?

Escuchar aquel nombre artístico, que no le conocía, le desconcertó por completo. De modo que Mariana, cuando bailaba allí, se hacía llamar Sibila, la «Sibila del Esmirna». Tenía algo de pomposo y fuera de lugar un sobrenombre así en semejante antro, pero por otra parte comprendía muy bien que ella hubiera querido mantener su verdadera identidad al margen. ¿Habría elegido ella misma el nombre? ¿Por qué? El descubrimiento también tenía su lado triste: venía a demostrarle una vez más lo poco que sabía de Mariana.

—Sibila lo dejó. No volverá a actuar acá.

Su voz sonaba bien cargada de alcohol y tan desesperanzada como la del deudo que sólo espera recibir condolencias en un velorio. Andrés miró alrededor, el goteo intermitente de clientes hacia la puerta de salida.

—Si no va a volver ¿por qué no la ha sustituido?

—¿Sustituirla, dice?

El morocho abrió unos ojos grandes, asombrados. Señaló la botella mientras buscaba en los bolsillos de su chaqueta.

—Sírvase.

Le pasó una pequeña copa a medio limpiar. Mientras Andrés se servía, sacó un manojo de papeles arrugados con un mensaje impreso y le mostró uno.

—Vea.

Andrés leyó el mensaje:

CLUB ESMIRNA
SE PRECISA BAILARINA GRIEGA.
AUTÉNTICA

—He mandado imprimir más de mil. Los he colocado por todas partes. Muchas creen que un baile así es cuestión sólo de mover la cola y las caderas... Pero hace falta mucho más: hay que ser griego para entenderlo.

En letra más pequeña, debajo de la hoja arrugada, Andrés leyó una adenda que más que aclarar complicaba: «ÁRABES Y DANZA DEL VIENTRE, ABSTENERSE.» ¿Pero no era inequívocamente islámica aquella danza? ¿Y si no era danza del vientre qué es lo que había bailado allí Mariana? Todo aquello era absurdo, empezando por la premisa principal que aquel tipo estaba dando por supuesta. Cansado, decidió cortar.

—No diga tonterías: Mariana no es griega.

Le vio parpadear, abrir y cerrar los párpados rápidamente, como tratando de digerir las dos noticias: el verdadero nombre de Sibila y su falsa nacionalidad. Pero quizás todo lo que pasaba es que estaba borracho y la modorra del alcohol le pesaba tanto en los ojos que no lograba mantenerlos abiertos. Para desperezarse, agarró de un tirón la botella de ouzo y llenó las dos copas. Luego buscó en un nuevo bolsillo de su chaqueta y le tendió su cédula de identidad.

—Éste soy yo —dijo señalando la foto y luego su nombre: Jorge Roberto Kunduriotis—, ¿de qué país diría que son mis padres?

—Grecia.

—Acá todos me llaman el *turco* Kunduriotis.. ¿Se da cuenta? ¿Sabe qué es lo que más odia un griego?

Por supuesto que lo sabía. Incluso hacía unos meses, la primera vez que visitó el club, cuando todavía andaba obsesionado con desvelar el alma argentina, Andrés hubiera aprovechado encantado aquella oportunidad de departir con aquel hombre, un espécimen tan característico del multiculturalismo porteño. Pero ya no. Con el paso del tiempo sus objetivos se habían vuelto mucho menos ambiciosos: ahora ya no aspiraba a descifrar el enigma de su país, a lo que él había ido al Esmirna era sólo a intentar comprender el enigma particular de Mariana.

—¿Sabe por qué se fue? —le interrogó a su vez, ignorando su pregunta retórica—, ¿le dijo por qué dejaba de bailar?

—No hizo falta. Había un hombre por medio, podía leérselo en la cara. Un facho celoso, un hijo de la gran puta incapaz de apreciar el arte de la danza.

—Por eso no entraba al club, por eso se quedaba siempre en la puerta... —asintió Andrés, haciéndose cargo de la inquina que, tan justificadamente, parecía sentir por el coreógrafo. Pero apenas lo dijo, los ojos del morocho volvieron a abrirse para él como dos enormes ventanas vidriosas.

—¿Ése, dice? ¡Qué va! Si vino por acá poco después. Estaba desesperado, Sibila había desaparecido de su casa, lo había abandonado sin dejar rastro... Así que tenía que haber otro... Por él, no pudo ser.

Dio tal salto, se levantó tan rápido de la silla que derramó las copas de ouzo. No podía créerselo, no quería, no podía aceptar que Mariana hubiese realizado semejante sacrificio por él... y desde luego sin pedírselo. Pero hasta aquel último intento de justificación le sonó tan fuera de lugar, como si el amor fuera cuestión de peticiones, como si pudiera ser objeto de las mismas limitaciones y reservas que un contrato cualquiera, que se sintió todavía más canalla. Tanto como había intentado convencerse a sí mismo de que lo suyo era una aventura de paso, de que él no había interferido en la vida de Mariana y acababa de escuchar allí mismo la prueba evidente de haberlo hecho; y eso, sin ponerse a pensar en las igual de evidentes razones por las que la bailarina había abandonado también al hombre con el que vivía, las mismas por las que se había dejado golpear o, dependiendo de la versión, se había causado aquel daño ella sola. Basta. No quería saber más. No podía permitírselo, se marchaba, aquello no tenía sentido. Intentó contenerse, recuperar el control, pero al mismo tiempo una voz interior le decía que era él solo quien se había metido allí, tanto empeño en averiguar la verdad sobre Mariana. Ahí la tenía, le gustase o no. ¿O no era la verdad lo que había ido a buscar al Esmirna?

También Kunduriotis se había puesto de pie. Desde su mole tambaleante, le miraba ahora fijamente como si por fin acabara de descubrir quién era el responsable de haberle arrebatado a la mejor estrella de su espectáculo.

—Eso es lo peor de Argentina, por lo que no funcionará nunca este país —le soltó mientras le apuntaba con un dedo aparentemente amenazador, aunque en realidad lo que quería era retomar el viejo monotema de los agravios a su identidad—: Acá nadie distingue a un griego de un turco.

Andrés echó una ojeada alrededor. Aparte de e los dos y las bailarinas de sirtaki que no habían levantado clientes, el local se había ido quedando vacío. Tampoco él tenía ya nada que hacer allí salvo esperar a que el dueño del club, en cuanto se lo permitiese la borrachera, terminara por descubrirle. Pero no parecía correr riesgos por ese lado, porque cuando le despidió, la voz de Kunduriotis sonaba más alcohólica que amenazadora.

—Si la encuentra a Sibila, dígale que acá sigue teniendo un lugar. Pero no va a volver: la mina está zarpada, reloca...

Sintió la flojera en sus piernas, la tensión que le subía a la boca del estómago.

—¿Loca? ¿Por qué?, ¿por qué ha dicho eso? ¿Por qué dice que Mariana está loca?

El tipo ni siquiera pareció haberse dado cuenta de su nerviosismo.

—Y bueno..., todos los artistas lo están, ¿no?

* * *

Sólo se le ocurrió poner como disculpa su libro de crónicas, aquel primer anzuelo con el que habían logrado arrastrarle a un destino indeseado y remoto, tan inesperadamente transformado en trampolín profesional. Aunque con los artículos que había ido escribiendo tenía ya un abundante material, todavía le quedaban flecos sueltos, aspectos de la realidad argentina sin iluminar suficientemente. Sería una pena, que por no quedarse unas semanas más, perdiera la oportunidad de acabar de redondear su futuro libro...

—¿Estás mamado? ¿A quién le importa ahora ese maldito libro? —le interrumpió al teléfono el jefe de Internacional—. Parece que no conoces al director. Se ha puesto hecho una fiera. Nada más empezar la reunión ha preguntado por ti.

La verdad es que ni él mismo sabía explicarse por qué no había acudido, por qué llevaba postergando día tras día su regreso, ocupado en asuntos de menor importancia que no quería dejar sin resolver en Buenos Aires y que, de una manera escalonada y aparentemente casual, habían ido reclamando su atención y su tiempo. Pero como tampoco quería ponerse en evidencia ante su nuevo colega, que no ya jefe, lo intentó con una nueva argumentación. Había estado dándole vueltas: si querían hacer las cosas bien, organizar un traspaso ordenado, el periódico debía ser el primer interesado en mantenerle en Buenos Aires hasta la llegada de su sustituto. Durante unas semanas, a lo sumo un mes más. Pero qué sustituto. No iba a tener ningún sustituto. Cada vez más impaciente, el jefe de Internacional le informó que en el último consejo de redacción —ese precisamente al que Andrés hubiera debido asistir— se había tomado la decisión de dar carpetazo al experimento de mantener una corresponsalía propia en Buenos Aires. El proyecto de plataforma periodística europea no había acabado de cuajar y en los últimos tiempos, el interés informativo se había ido desplazando a los vertiginosos cambios políticos que comenzaban a vivirse en Europa del Este; dadas las circunstancias, lo mejor y lo más barato era recuperar la vieja fórmula.

—¿Qué vieja fórmula? —se interesó, sin acabar de entenderle, Andrés.

—La del *free lance*. Javier Bonfín, ya sabes..., queremos arreglarnos de nuevo con él.

Hubiera debido alegrarse, para empezar por JB, pero sobre todo por él mismo, salvado de la quema tan oportunamente, precisamente cuando Argentina perdía puntos como centro de interés en la geopolítica informativa española. Pero lo que experimentó fue una sensación de vacío, seguida de una punzada en su amor propio: si no enviaban a un nuevo corresponsal, quién iba a recoger el testigo de su paso por Buenos Aires. No iba a quedar de él la menor huella, todos sus esfuerzos habrían sido inútiles. Nadie continuaría el nuevo estilo que había intentado infundir a la corresponsalía, su forma diferente de mirar y explicar un país; sin nadie que le sucediera, ahora sí que aquel puente, el cable comunicador que había intentado tender entre dos mundos lejanos y a la vez tan engañosamente idénticos, iba a resultar del todo inservible Como noticia, no podía ser más deprimente. Quizás haciéndose cargo, el de Internacional adoptó un tono más fraternal en la despedida.

—Oye, no sé en qué andas metido ni cuáles son esos asuntos que te quedan por resolver, pero si quieres un consejo yo subiría a un avión lo antes posible..., mejor esta semana que la próxima.

* * *

El principal asunto que le retenía en Buenos Aires, desde luego que ajeno a la incumbencia de su periódico, era el seguir sin tener resuelto dónde y de qué iba a vivir Mariana una vez que él se marchase. No porque se considerase obligado a cumplir aquel disparatado compromiso de ocuparse de ella que tan intempestivamente había adquirido con su ex, pero tampoco podía quedarse indiferente ante el futuro de Mariana en un país en bancarrota, zarandeado por una crisis económica cada vez más aguda. Si los argentinos no tenían ya ni para comer, mal iban a alimentar a sus artistas; y eso que la bailarina, en su constante esfuerzo de hacer valer su independencia, pero sobre todo de ponerle el camino fácil a Andrés, llegaba cada día con nuevos proyectos, cuando no inviables, descorazonadoramente imprecisos: que si le habían ofrecido dar nuevas clases de danza —pero al precio de cada clase, ni con cincuenta a la semana hubiera podido alquilarse un departamento de un solo ambiente—, que si se estaba hablando de producir un nuevo espectáculo en el que le habían asegurado un papel... El día en que llegó anunciando que al fin había encontrado un trabajo de contratación inmediata y razonablemente pagado, Andrés la vio bajar a la calle, subirse un hatillo de ropa del maletero de su automóvil y luego estarse más de una hora encerrada en el baño. Cuando salió, parecía otra persona: había maquillado su rostro hasta alcanzar una palidez que contrastaba con el *rouge* de los labios, la oscuridad del rímel en sus ojos. Su cuerpo se adelgazaba aún más en un vestido de raso negro, largo hasta los tobillos, con una abertura lateral que descubría al andar la pierna derecha. Se había puesto también unos zapatos de tacón de aguja que Andrés tampoco le había visto llevar nunca. Vestida así, de *femme fatale*, convertida en perfecta viuda aunque de un luto más bien voluptuoso, Mariana dejó que la admirara unos cuantos minutos antes de dignarse a explicar a qué venía aquel vestuario.

—Tangos —le contó—, el laburo consiste en bailar tangos.

—¿Y de dónde has sacado la ropa? —se sorprendió Andrés.

—Qué querés, es nuestro baile nacional. No hace falta ser bailarina, cualquier porteña tiene pilchas de tango —y luego observándole, movió la cabeza críticamente—. Lástima que no haya para vos, también deberías vestirte a tono...

Extravagancias del atuendo al margen, aquélla era una opción laboral que no tenía nada de desdeñable: siendo como era el tango el baile argentino por antonomasia, las oportunidades para una bailarina de encontrar trabajo en uno de los clubes para turistas que abundaban en Buenos Aires, eran mucho mayores que en cualquier otra parte. Si Mariana no se había decidido a buscar hasta entonces allí, quizás fuera debido a que su formación era de danza contemporánea —aunque él la había conocido haciendo danza del vientre—, pero tales prejuicios habían quedado por completo atrás dada la situación de su economía. Cómo no se les había ocurrido antes a ninguno de los dos. Tal y como estaban las cosas, bailando en El Viejo Almacén, en Taconeando, en Casablanca, incluso en el Café Homero, Mariana no sólo ganaría más que un alto ejecutivo de empresa, además las propinas serían en dólares. Más adelante, ya surgirían otras oportunidades. Él particularmente, doblemente extranjero en Argentina y en el mundo del baile, nada tenía en contra del tango; es más, le gustaba y aunque nunca con ella —lo que no dejaba de resultar curioso—, había acudido muchas veces en compañía de otros colegas a tomar unas copas en los locales donde se exhibían esa clase de shows, así que aceptó encantado repetir la experiencia acompañándola a aquel en el que iba a trabajar una vez él se fuera. Encantado y aliviado a la vez porque aquella solución providencial allanaba el camino para su propio viaje de regreso (¿Cuál era el último plazo que le había dado el jefe de Internacional? La semana desde luego ya había pasado), aunque le sorprendió que en lugar de dirigirse hacia el sur, al barrio tanguero por excelencia, Mariana le llevase en dirección opuesta.

—¿Adónde vamos? San Telmo queda del otro lado.

Como siempre, la bailarina conducía pisando a fondo el acelerador, a toda la velocidad que permitía el agonizante motor de su Ford.

—¿Querés saber de verdad lo que es el tango? Vamos a un boliche que seguro que no conocés.

Lejos del centro, tras un trayecto interminable, estacionaron en un lugar en el que efectivamente Andrés no había estado nunca. Cuando entraron, el viejo portero aprobó con un guiño la indumentaria de Mariana; nadie allí parecía sorprenderse de la ropa de ella, porque todas las mujeres iban vestidas como si viviesen en los lejanos años de la Reina del Plata. En el umbral de la enorme sala, Andrés se detuvo, desconcertado.

—¿Qué es esto? ¿Carnaval?

—Es un salón para bailar tangos —dijo ella—. Uno de los últimos, acá no llegan los turistas.

El orgullo con que lo dijo, le desconcertó todavía más. Si no había turistas, no habría dólares; ¿y entonces para qué quería bailar allí ella? Encontraron sitio en una pequeña mesa de las que rodeaban a la pista. Sentados, podían ver evolucionar a la multitud de parejas que bailaban.

—Caña para los dos —pidió Mariana, quizás porque en aquel ambiente, vestida como iba, se sentía obligada a consumir, para estar a la altura, el aguardiente mítico que había arruinado la voz y la carrera de tantos viejos milongueros. A media luz los dos, las piernas cruzadas de Mariana mostrándole el regalo de sus muslos desnudos por la generosa abertura de su vestido, mientras escuchaban los tangos más típicos, *Mi Buenos Aires querido, Sur, Adiós muchachos, San Juan y Boedo antiguo, Caminito*, Andrés experimentó la melancolía de descubrirles de repente un común denominador: hasta entonces sólo se había fijado en que los tangos eran canciones tristes, pero ahora descubría que en realidad no hablaban de otra cosa que de marcharse, de las mil maneras posibles, a cuál más desgarrada, de decir adiós.

—¿Qué te parece? —acudió a rescatarle Mariana de la inminente depresión—. ¿No es auténtico?

—Supongo que sí —reconoció, tras echar una mirada alrededor—. Pero son todos viejos, viejos y viejas solitarios. No veo qué puedes pintar tú aquí.

—Precisamente eso. El dueño quiere renovar el ambiente. Contratar a algunas bailarinas jóvenes.

—¿Para qué?

La llegada del camarero con la botella de aguardiente le salvó de escuchar la respuesta. Mientras llenaba ella misma las copas, Mariana le confesó que nunca había soportado aquel licor asqueroso y apenas lo hubo dicho se acabó la suya de un trago.

—Che, tenés que fijarte —protestó—, abandonar la distancia, no estás haciendo un reportaje. Claro que son viejos, el tango es viejo. ¿No ves nada más?

Andrés volvió a mirar y en el destartalado salón no

vio otra cosa que mujeres de canas mal teñidas, las arrugas exageradamente maquilladas, que vestían trajes de noche deslucidos y usados mil veces. También los hombres se acicalaban como si fuesen galanes de un miserable repertorio; alguno lucía peluquín, todos sacaban pecho al andar, llevaban pantalones tan estrechos que la entrepierna se les marcaba en la tela.

—Es como una mala película —dijo—; todos parecen ir disfrazados.

—Bien —aprobó Mariana—, vas entrando. ¿Disfrazados de qué?

—No es sólo la ropa; la forma en que ellas beben, la manera que tienen de mirar a los hombres como si fueran...

—¿Putas? —se adelantó Mariana.

No. De ninguna manera. Eso ni lo había dicho ni pensaba decirlo él. No iba a caer otra vez en la misma trampa, por más que se le hubiera pasado por la cabeza, por más que no acabara de gustarle nada aquel lugar promiscuo y desagradable donde Mariana se proponía bailar.

—Tenés razón —se respondió riendo ella—, es su disfraz... Quieren parecerlo, desean parecer putas pero no lo son; son sólo minas, minas y malevos, personajes de tango.

Miró a Mariana. Maquillada como las demás mujeres, vestida como todas, no dejaba de ser una intrusa en aquel lugar, tanto como él mismo. Pero se conocían demasiado bien, para no darse cuenta de que lo que ella buscaba esa noche, tras el pretexto de mostrarle su futuro lugar de trabajo, era una nueva oportunidad de sorprenderle, de medir su respuesta, de provocarle. El viejo juego de siempre. Sólo que era demasiado tarde. Hablaran de ello o no —y desde luego él agradecía infinitamente que no lo hicieran—, estaban prácticamente despidiéndose; y como si quisiera abreviar el trámite, Mariana, habitualmente poco bebedora, parecía dispuesta a emborracharse a fondo.

—No bebas tan aprisa —pidió Andrés—. Va a hacerte daño.

En respuesta, Mariana apuró un nuevo vaso. Buscando qué mirar, dejándose llevar por el hábito observador de su oficio, Andrés creyó haber descubierto otra arcaica costumbre entre aquella fauna en extinción: al margen de las parejas en la pista, sentados no había más que grupos de hombres y mujeres solas, perfectamente separados, como si el encuentro de los sexos, el único contacto, sólo pudiera producirse en el baile.

—Acá nadie viene con su pareja —le confirmó Mariana—, la buscan; el tango es la única manera de comunicación que conocen. Fíjate, cuando bailan no hablan, no se dicen una sola palabra.

En ese momento vieron levantarse a un tipo de una mesa próxima, arreglarse la chaqueta con parsimonia, repasar con la mano su cabello ralo y escaso y, cuando consideró adecuada su imagen, avanzar por el borde de la pista, pausado, solemne, en dirección directa a ellos. Mariana reclamó la atención de Andrés, le pidió que no se perdiese detalle. El hombre caminaba como si no hubiese nadie en el local esa noche, como si paseara por un lugar deshabitado. Una vez les sobrepasó, apenas desvió la vista un momento y la dejó caer sobre una mujer flaca y arrugada, la miró fijamente si dejar de andar, con una mirada sin matices pero a la vez desafiante que luego, mientras entraba en la pista, volvió a dirigir al infinito, a ninguna parte. Nada parecía haber ocurrido, pero entonces vieron incorporarse a la mujer, ordenar su peinado, las vueltas de su collar de perlas falsas, y echarse a caminar en dirección al hombre que se había girado a esperarla, que la aguardaba ya en la pista para iniciar el primer paso de baile. Juntos, se perdieron entre las demás parejas.

—Ya lo has visto —dijo Mariana—; ése es su lenguaje, ojos, miradas nada más.

A pesar suyo, Andrés sintió crecer su curiosidad.

—¿Y si ella no se levantara, si no le siguiera a la pista de baile? ¿Qué pasaría?

—El hombre continuaría caminando, daría la vuelta

al salón y regresaría a su mesa. Cuando echa a andar, él ha hecho ya su elección, ha elegido una compañera de baile. Sabe que corre un riesgo pero no intenta hablarle, seducirla con sus palabras; su invitación ha de ser imperceptible para los demás, sólo va dirigida a ella.

—Pero la mujer también puede desviar la vista..., no aceptarle a él.

—Claro, lo arriesga todo a una mirada.

Ahora que lo sabía, el universo del salón empezaba a volverse inteligible para Andrés, las órbitas erráticas de los hombres junto a las mesas, las mujeres que se incorporaban a su trayectoria como si no fuese con ellas y la frialdad intensa del ambiente, la soledad en la que parecían transcurrir sus pasos, aquel mundo de seres antisociales, sin comunicación alguna, le pareció aún más inhumano.

—Sigo sin entender lo que hacen. Bailan una danza nupcial que es igual siempre, pero que no llegan a consumar. ¿O sí? Por lo menos alguna noche, cualquiera de estas parejas acabarán en un hotel...

—Nunca —dijo Mariana—, cuando terminan de bailar se separan, cada uno regresa a su mesa. Vuelven a ser desconocidos.

—¿Entonces, para qué?

—Vienen y se van solos —dijo ella, apurando un nuevo trago de caña—. Seguirían estándolo igual por mucho que se acostaran, ¿no?

Esta vez la alusión fue tan directa, la expresión de la bailarina tan absolutamente reveladora de su identificación con aquel inframundo, producto de una misma pétrea y esencial soledad, que Andrés pensó que no tenía sentido seguir perdiendo el tiempo, desperdiciar una de sus últimas noches —¿pero cuántas últimas noches llevaban ya?— en observar vidas ajenas, seguir hablando de cualquier cosa menos de lo que de verdad sentían.

—Mariana..., si estás tratando de decirme algo...

Por toda respuesta, le vio alzar su mirada turbia y sostenerla desafiante frente a la suya. Tardó más de un minuto eterno en hablar. Pero cuando lo hizo, fue para cambiar por completo de tema.

—¿Querés que te presente al dueño? Es el tipo gordo de allá.

—No, gracias. Deja.

En cualquier otro momento quizás le hubiera interesado entrevistarle, incluso hubiera podido escribir un buen artículo sobre aquel nostálgico salón, una auténtica joya, superviviente de otras épocas, libre de la adulteración, tal y como le había anunciado Mariana, de los circuitos turísticos del tango. Pero ya no, ya no tenía sentido. Ahora lo único que se le ocurría era que cuando él se fuese, ella iba a quedarse trabajando allí, en aquel ambiente promiscuo, todavía peor que el del Esmirna.

—Dime. ¿En qué consistiría exactamente tu trabajo aquí?

—En bailar. Cada vez que nos sacan, el local nos paga unos mangos. Pueden invitarnos si quieren, pero no tomamos con los clientes.

Casi no la escuchó. Recordar el club griego, le había hecho acordarse de su reciente visita, una visita de la que como es lógico no le había dicho una palabra a ella. ¿Pero por qué le parecía tan lógico? La acumulación de mentiras, tantas cosas como había ido ocultándole desde que vivían juntos comenzaba a pesarle como un insoportable lastre; sobre todo por la falta del menor motivo para seguir mintiéndole ahora que se marchaba, que iban a separarse para siempre. Lo suyo sí que era patológico. Se volvió a mirarla. Junto a sus secretas inquisiciones, entre las cosas que iba a quedarse sin decirle, también estaba el que, valorando como valoraba su arte, sentía vergüenza de dejarla bailando no en un teatro o en algún centro cultural sino en otro tugurio de mala muerte. Pero así era la vida. Aparte de que en aquel momento, Mariana, desinteresada de sus explicaciones, del papel de introductora en los arcanos del tango que le había dado por representar esa noche, se había puesto a repasarse el maquillaje, a alisar las arrugas de su traje de raso, mientras su voz recuperaba el tono irónico

—¿No vas a sacarme a bailar? Recordá que me pagan por eso.

—¿Tangos? Tangos no —se apresuró a excusarse Andrés—. Contigo no me atrevo; además, tú y yo hemos venido juntos.

Volvieron al silencio. Bebieron y miraron de nuevo el triste ir y venir de las parejas en el salón, el eterno retorno del baile y de la música. A Mariana, el alcohol y el sueño parecían vencerla, dispersar su atención. Entonces un tipo que pasaba junto a su mesa, tan vulgar como todos, tan absorto, se volvió de repente a mirarla, clavó en ella unos ojos fingidamente duros, descarados, apenas un instante, antes de proseguir su caminar sonámbulo. Mariana miró a Andrés, se levantó, siguió los pasos del malevo. En la pista, el tango les unió, trenzó sus piernas, sus cinturas.

No sintió celos. Qué derecho tenía. Hasta que les perdió de vista estuvo Andrés pensando que ese hombre solo, anónimo, con el que bailaba, estaba siendo mucho más sincero con ella de lo que lo había sido él nunca.

* * *

Ya había logrado quitarle de la cabeza a Mariana la absurda idea de trabajar en aquel decadente salón de tangos, cuando le telefoneó Cristina Wilde para anunciarle que estaba organizándole una gran fiesta de despedida.

—Va a ser una fiesta especial, la ocasión de reunir a todos los amigos, de decirte adiós juntos —le anunció con la misma frívola generosidad de siempre.

—Espera un momento, ¿despedirme de quién?... —intentó pararle los pies Andrés—, si yo no tengo amigos en Buenos Aires...

—No importa —resolvió alegremente Cristina—, te los presento a todos. Los conocerás antes de irte.

—Pero es que todavía no sé cuándo me voy —siguió objetando él—, aún me quedan asuntos por resolver.

—No veo dónde está el drama —le replicó molesta la argentina, a quien nunca dejaba de sorprender la mala educación con que aquel ingrato gallego correspondía a sus atenciones—. Podés resolverlos perfectamente después de haberte despedido. Decime sólo el día que te venga mejor, ¿OK?

* * *

Los últimos días no salieron de casa. Ni prácticamente de la cama. Cuánto más se acercaba el final, menos dispuestos parecían sus cuerpos a separarse. Una noche se amaron tantas veces que creyeron que iban a morirse, a deshacerse sobre las sábanas. Cada orgasmo que se arrancaban era un último resto de placer, la última energía que lograban desatar juntos. El sexo de Andrés, entumecido, resbalaba en la vulva de Mariana y pese a ello seguía queriendo entrar en ella; su deseo era tan grande que no se resignaba a los límites corporales. Bajo el suyo, el cuerpo de Mariana olía también a esperma, a sudor masculino; al olor de Andrés que se le había quedado pegado a la piel como una película indeleble.

—¿Hacés el amor así con tu mujer? —se interesó de repente Mariana. Su primera reacción fue de desconcierto ante la pregunta. No sólo porque era la primera vez que ella le preguntaba algo así, sobre todo porque la cuestión entraba de lleno en ese coto privado de cada cual en el que, hasta entonces, los dos habían evitado adentrarse. En otras circunstancias le hubiera parecido desleal responder, pero a tales alturas, qué sentido tenía ocultarle nada.

—Suele ser más tranquilo —dijo, sin entrar en detalles—. No es tan intenso.

Mariana le mordió los labios, le besó ferozmente.

—Es más tranquilo porque ella representa la costumbre, lo habitual. Es con ella con la que vivís.

—Ahora vivo contigo.

—No es lo mismo. Cuando hay un plazo te podés permitir entregarte más.

La absoluta frialdad de sus palabras, el desapego que mostraban hicieron daño a Andrés. Una cosa era que Mariana se resignase, que intentara, tan generosamente, no ponerle obstáculos a su partida, y otra muy distinta aquella indiferencia, como si de verdad, más allá del sexo, no le importara lo más mínimo perderle.

—¿Cómo se llama? Nunca me lo has dicho.

Estuvo a punto de decir Sibila, tan sólo para ver su reacción. No porque le importara la mentira inocente de ocultarle su nombre artístico, pero desde que vivían juntos le había ido descubriendo otras ocultaciones mucho más inquietantes, por ejemplo, de dónde había sacado tantos nuevos vestidos como le veía lucir últimamente, incluidas las ropas de tango que —de eso estaba bien seguro— no habían formado parte del mínimo equipaje con el que se marcharon de su casa. No había vuelto a tener noticias suyas, tampoco había notado desde la conversación en el café nuevas vigilancias ni seguimientos, pero aquel vestuario, junto con las cada vez más abultadas pertenencias que guardaba en el coche, eran la mejor prueba de que Mariana y el coreógrafo habían tenido que volver a verse. Y si se trataba de simples entrevistas con el único fin de recuperar sus cosas, ¿por qué entonces se las había ocultado? Para no hablar de ese otro misterio de adónde iban a parar las sumas de dinero que tan generosa como discretamente, para hacerle más llevadero su futuro, él le había estado dando.

—Beatriz es un nombre muy lindo. Me gusta.

Quién mentía más de los dos. Sobre todo qué tramaba Mariana, qué iba a hacer cuando él se fuera, no sólo en qué iba a trabajar, en qué cama, con quién iba a dormir. No sabía por qué pero no lograba imaginársela durmiendo sola. La certidumbre de que iba a quedarse sin saberlo, de no tener ya tiempo ni siquiera para aspirar a averiguarlo, se le volvió de pronto absolutamente angustiosa.

—Mariana...

—¿Qué, Andrés? —susurró ella, encaramada sobre él, mientras sus manos, como las de una experta alfarera, comenzaban de nuevo a moldear la masa informe de su sexo.

—Si me quedase contigo, si siguiésemos juntos, ¿crees que se enfriaría nuestra pasión?

De repente los dedos se retiraron, dejaron de amasar allí abajo. Sobre el suyo, todo su cuerpo pareció ponerse en tensión, como al acecho. Antes que las palabras, fueron sus ojos los que le interrogaron en la oscuridad.

—¿Es que vas a quedarte?

—Me gustaría tanto...

Al decirlo, él fue el primero que se sorprendió, perplejo ante la irreflexiva confesión de un deseo que sólo podía venir a complicar todavía más la complicada despedida que vivían; así que sus siguientes palabras corrieron a cerrar la peligrosa puerta que acababa de abrir.

—Aunque no puede ser, los dos sabemos que es imposible.

—Si es imposible, ¿para qué preguntás?

—Por nada —se esforzó en sonreír él—. Sólo era una hipótesis.

Pareció pensárselo un momento. Pero luego volvió a aplicarse a su tarea, a masajearle, lamerle y besarle con la misma incansable dedicación de siempre.

—Callate entonces. Las hipótesis son boludeces. Matan la pasión —dijo.

＊　＊　＊

Cuando Beatriz le llamó, casi no le quedaban ya pretextos que inventar. Hablaron primero de los habituales temas anodinos, de las pequeñas cosas que pasaban en uno y otro lado del mundo; luego, ella le preguntó por su regreso.

—Pronto —le aseguró Andrés—. Aunque los del periódico no paran de exprimirme, me han pedido un último reportaje.

En el auricular, en sus oídos, podía sentir la respiración, los esfuerzos que hacía su mujer por conservar la calma. Con toda la razón, desde luego: ya había cambiado dos veces sin aviso su billete de vuelta y a lo que parecía no tenía ninguna explicación medianamente satisfactoria que ofrecerle.

—Escucha —le dijo con suavidad—, no sé por qué no puedes venir, no sé lo que te sucede. Me han llamado de tu periódico. Dicen que ya han dejado de pagarte que no tienes más trabajo allí. Querían sonsacarme. Sospechan que te estás haciendo el interesante, que estás ganando tiempo porque te han hecho otra oferta de trabajo mejor. ¿Es eso?

—No, qué va, no.

No debió resultar muy convincente porque la voz de su mujer tardó más de la cuenta en llegar. Cuando le alcanzó, le pareció que Beatriz hablaba con demasiada lentitud, del modo en que suele hablárseles a los niños.

—No sé si puedo ayudarte, pero si tiene algo que ver conmigo espero que mo lo digas. Recuerda que fuiste tú quien decidió adelantar el regreso a Madrid... Por favor, no me vuelvas loca...

—Te escribiré —dijo Andrés y el efecto de la larga distancia reforzó aquella absurda promesa con un eco solemne—, son cosas demasiado complicadas para contarlas por teléfono.

14

«Vivo en una isla. En varias cartas que tú no has podido leer, te contaba la vida que llevo en esta isla; lo hacía
de una forma confusa, imprecisa, porque he tardado tiempo en comprender la nueva realidad, en adaptarme a ella
y en cierta forma, mi desorientación continúa todavía: lejos de mi país y de mi gente, sumido en un mar de dudas,
te mentiría si te dijese que estoy seguro de saber dónde estoy. Decir que en Buenos Aires (menuda paradoja bautizar
Buenos Aires a una isla batida por semejantes crisis y tem-
pestades) sería como seguir sin contarte nada y esta vez
me he propuesto hacerlo, quiero explicarme de una
vez por todas, sin más adornos ni rodeos, ciñéndome a
unos hechos que te he ocultado ya demasiado tiempo: se
suponía que iba a volver, iba de camino hacia ti, pero he
naufragado en una isla (o desembarcado por decisión propia, no quiero evadir ninguna responsabilidad), la isla es
una mujer. ¿Ya te lo he dicho todo, basta el matiz del gé-
nero como una explicación absoluta, definitiva? A partir
de aquí sé que es difícil que continúes leyendo, quizás no
tengan ya sentido otras explicaciones. ¿Qué más puedo
decirte? Mi única defensa es que casi hasta hoy ni yo mismo he sido consciente de lo que me pasaba. Cuando ella
interpuso por primera vez su cuerpo entre tú y yo sólo
duró un instante, el tiempo justo de la satisfacción inmediata. El abandono fue tan breve que me pareció insignifi-

cante, no le di importancia, acababa de conocerla. Aparte de que al principio no parecía tener que ver contigo. Estabas demasiado lejos, en otro mundo. Las cartas que te escribía y que tú nunca recibiste —porque no te las envié; ¿de qué puede servir en una isla intentar comunicarse con nadie?— fueron como botellas de náufrago, perfectamente inútiles. Lejos de ti, mi soledad me confió y poco a poco me fui aferrando a ella sin darme cuenta de hasta qué punto iba aislándome, volviendo del revés todas mis rutinas. Incluso perdí interés en mi trabajo como corresponsal. Me convertí en adicto, nada podía atraerme; nada me interesaba más allá de su cuerpo y su voz (preciso más, no pienses que me escudo en un nuevo eufemismo: no me estoy refiriendo a su conversación sino a su lengua húmeda y caliente, sus susurros, sus gemidos de éxtasis). Me alimenté de esa mujer, comí su carne y ella comió la mía. ¿Cuántas veces? ¿Una, mil, un millón? Qué importa. En la isla de Circe las medidas no existen, el tiempo carece de sentido: cinco días pueden ser cinco años. Soy un cerdo, lo sé, ni siquiera hace falta que me lo digas (precisamente ésa es la metamorfosis reservada a los hombres en esta clase de islas), pero quiero que sepas que no he dejado ni un momento de pensar en la huida, de soñar que abandonaba Buenos Aires y regresaba a ti, que me alejaba de su cuerpo, de la tela de araña que ella teje noche a noche sobre mi piel, de sus caricias de hechicera. No lo he hecho, es verdad. En realidad no hay nada que yo pueda decidir ni hacer porque no hay forma de escapar de esta isla cuya superficie se reduce cada vez más hasta acabar siendo de la hechura de ella, como si el mar creciese y la soledad a nuestro alrededor nos aislara del mundo. El deseo es una isla. Ella habla y yo intento descifrar sus palabras, tan oscuras como las de un oráculo. Ella abre sus muslos para mí y yo intento leer en sus entrañas lo que me depara el futuro...»

* * *

En ese punto, dejó de teclear. Qué es lo que estaba escribiendo, qué le estaba contando a su mujer. ¿A eso le llamaba sincerarse? Aquel tono de mixtificación mitológica, aquella pretenciosa *odisea*, ese intento de revestir a Mariana de poderes de seducción sobrenaturales como si sólo así pudiera justificarse la atracción que sentía por ella (lo había intentado ya de muchas formas desde que la conociera: primero disfrazándola de diosa griega de la danza; luego, de prostituta, de loca, de ninfómana, de neurótica autodestructiva... ¿Y todo para qué?, ¿para ocultarse el hecho de lo poco que sabía de ella o en busca de un pretexto para dejarla?). Pero había algo mucho más inquietante en aquella carta, un mensaje evidente y clarísimo en medio de las metáforas y subterfugios. Por más que fuesen otras sus intenciones, la carta que le estaba escribiendo a Beatriz nada tenía que ver con su tan postergada confesión, aquella que le había prometido en su última llamada telefónica. Era otra cosa muy distinta. Ni siquiera necesitaba concluirla para saber que aquella carta que escribía —con un pie en el avión, cuando se suponía que ya debía estar en Madrid—, no sonaba a demanda de perdón sino que tenía todo el aspecto de una carta de despedida. Nervioso, Andrés encendió un cigarrillo, se levantó y comenzó a dar vueltas por el cuarto. A qué venía aquello, cómo podía ocurrírsele a estas alturas, con el apartamento liquidado y cerrado el pasaje de vuelta. Pero estaba tan claro, era tan evidente aquel sentimiento que le venía acompañando desde que le habían comunicado su nuevo nombramiento: no era sólo que no quisiera marcharse, es que cada vez se sentía menos capaz de hacerlo. Agobiado, sin fuerzas para dar un paso más, se detuvo en medio del salón. Desde algún lugar próximo al estómago sintió subir el pánico, paralizando en su camino todos sus órganos vitales. Por qué no se lo reconocía de una vez, por qué no se rendía a la evidencia de que no sentía el menor deseo, de que no quería, de que con todo su cuerpo se resistía a volver. Cuál otra podía ser la razón de tantos pretextos como había inventado, tantos inverosímiles aplazamientos. Por qué si no, al ir a confesarle a su mujer que durante todo un año en Buenos Aires había tenido una amante, sin darse cuenta se había puesto a comunicarle otra cosa, de mucha mayor trascendencia. Una decisión definitiva, sin vuelta atrás. Un cambio de vida tan repentino y vertiginoso que en cualquier otra circunstancia —no tenía más que recordar sus ensueños de fuga en la quebrada de Humahuaca— le hubiera hecho sufrir un terrible mareo, pero que esta vez, tras el miedo inicial, comenzaba de pronto a transformársele en una alternativa verosímil, factible, lógica, incluso enormemente tranquilizadora. En realidad, no se trataba de decirle adiós a nada: ahora comprendía que eso ya lo había hecho, que ya se había despedido de Beatriz y de su antigua vida cuando salió de España un año atrás. De pronto, lo incongruente no era su relación con Mariana sino ese empeño en seguir vinculado a las ataduras del pasado. Su presente, su realidad era Mariana; ya vivían juntos, ya compartían sus vidas más allá de aquella ficción de limitarse a compartir un apartamento; el verdadero cambio, la ruptura traumática no estaba en quedarse a su lado, hubiera estado en separarse de ella. Sintió una enorme paz, una irresponsabilidad liberadora que quiso de inmediato compartir con Mariana. Era bastante tarde porque sólo a aquellas alturas de la noche, cuando estaba seguro de no tenerla al lado, había esperado encontrar la tranquilidad y el valor necesarios para sincerarse con Beatriz. ¿Y para cuándo dejaba el hacerlo con ella? Qué insensibilidad, qué torpeza la suya, pretender arreglar cuentas con el pasado antes de hacerlo con el presente. Avergonzado, se dispuso a remediarlo pero al asomarse al dormitorio se la encontró durmiendo con tanta placidez, tan confiada, con aquel abandono de siempre que tanto le connmovía, que prefirió no despertarla. Al fin y al cabo, tenían tiempo, iban a disponer en adelante de todo el tiempo del mundo para ellos. Regresó al salón y se sentó de nuevo frente al ordenador.

Si Mariana podía esperar, con su mujer en cambio no tenía sentido seguir postergando una explicación, el deber de contarle por qué, pero sobre todo por quién se disponía a romper la relación que habían compartido tantos años. Una explicación que de ninguna manera podía ser aquella que había empezado a escribir y que borró de la pantalla con un golpe impaciente sobre las teclas. Ahora todo estaba mucho más claro, lo que quería contarle era sencillo, tan sencillo que no necesitaba ni de rodeos ni de circunloquios. Tampoco autojustificaciones ni golpes de pecho, puesto que allí no había ningún culpable. Esas cosas pasaban; por mucho que pudiera dolerle, los dos sabían muy bien que los afectos empezaban y terminaban. Como emoción que era, el amor no dependía de la voluntad y era totalmente imprevisible. Habían pasado años muy felices juntos, habían formado una pareja que todos los amigos consideraban modélica y compenetrada, seguramente hubieran podido seguir siéndolo, pero ahora él quería a otra mujer, aquello era todo lo que tenía que decirle a Beatriz, de forma rápida y sincera para no prolongar su incertidumbre; y como después de tantos años la conocía tan bien, no le costó el menor esfuerzo imaginarse las preguntas que le formularía de tenerla delante y se dispuso a respondérselas en el ordenador. Para empezar, la inevitable, ¿qué edad tiene? «ES MÁS JOVEN». Bueno, eso formaba parte de lo esperable, una cabronada, claro, los hombres sois así, tenéis tanto miedo a envejecer, a morir, que perdéis el sentido del ridículo en cuanto os salen las primeras arrugas. ¿Y a qué se dedica tu jovencita? «ES BAILARINA.» Con su respuesta, podía imaginarse el desconcierto de su mujer. Beatriz era médica internista, no sólo había estudiado seis años de carrera, más otros tres de especialidad, había tenido que hacer un sinfín de exámenes, pelear muy duro para conseguir respeto y reconocimiento profesional. Así que no entendía: ¿Qué quería decir exactamente bailarina? ¿Lo mismo que decir actriz o cantante? ¿Qué diablos significaba? «BAILA DANZA DEL VIENTRE», pensó aclararle en el ordenador, pero no se atrevió a escribirlo primero porque no era exacto, ya que también podía haberle dicho que se había graduado en la universidad, pero sobre todo porque era una provocación innecesaria, precisamente cuando en la misma pantalla sentía llegarle un pálpito, el latido de la perplejidad de su esposa, de su cólera, pero más que nada de su decepción: cómo puedes ser tan vulgar, creía que eras de otra manera, así que eso es todo lo que buscas en una tía, cómo se supone que debo explicárselo a los amigos, a los compañeros del hospital, ¿eso es lo que quieres que diga?: «mi marido me ha abandonado por una bailarina más joven». «ES FRÁGIL... NO SABRÍA VIVIR SOLA...», tecleó Andrés a toda prisa en la pantalla del ordenador, tratando de defenderse de su previsible despecho; pero entonces fue él quien sintió rabia al descubrir que, en lugar de explicarla, estaba cosificando a Mariana, que acababa de escribir lo mismo exactamente, cayendo en la misma odiosa superprotección del hombre que había vivido con ella. «INTENTÓ SUICIDARSE» añadió, tratando de dejarse de una vez de eufemismos, pero aquello resultó aún peor, porque sintió que traicionaba a Mariana al contar algo que ni siquiera sabía si había sucedido de verdad y también que se traicionaba a sí mismo al pretender justificarse tras una situación tan patética.

Derrotado, se levantó del ordenador. Pero aquél era sólo un primer round porque Andrés no quería rendirse ni estaba dispuesto en absoluto a volverse atrás en la decisión que había tomado. Excitado de nuevo, se puso otra vez a dar vueltas, mientras sentía girar también sus pensamientos en busca de una forma más clara con que explicarle a su mujer su decisión de cambiar de pareja. No era fácil y no sólo por lo equívocas que podían llegar a ser las palabras; estaban demasiado lejos, le faltaba el imprescindible *vis a vis* para poder anticiparse a sus reacciones; y en busca de un simulacro de proximidad, echó mano al bolsillo y sacó el retrato de Beatriz, la foto mutilada que desde que se la devolviera el coreógrafo guardaba siempre encima, por miedo a que Mariana se la encontrase. Y no porque le cupiese ya la menor duda de que fuera la autora del atentado. Era curioso —pensó deteniéndose frente a aquella otra fotografía de la mujer que se tapaba la cara con las manos, el cartel que Mariana se había traído de su vieja casa y colgado en la suya como único signo de su presencia—, era curioso que nunca hubiera reparado en que también en ese autorretrato, a Tina Modotti —magnífica fotógrafa, según se había preocupado de averiguar, en el revuelto México de principios de siglo, bellísima revolucionaria tan emancipada de ideas como desgraciada en amores— tampoco se le veían los ojos, en que careciese igualmente de mirada; y que pese a que en la foto prácticamente no podía distinguírsele el rostro, oculto tras las palmas abiertas de sus manos, aun así fuese capaz de expresar con tal fuerza el mismo absoluto desamparo, la misma necesidad de amor que él estaba intentando transmitirle a su mujer a propósito de Mariana. Porque era eso, en realidad no quería decirle otra cosa. Clarificado con la comparación, volvió la vista a su fotografía, la imagen familiar en la que, desde el puente del Arno, parecía mirarle Beatriz con sus dos agujeros en lugar de ojos. «ELLA ME NECESITA», se escuchó decir en voz alta, como si de verdad creyera posible hablar con un retrato. Pero luego, como no acababa de estar seguro de que Mariana le hubiera explicitado alguna vez esa necesidad, creyó necesario concretar más: «TÚ NO ME NECESITAS, NOSOTROS NUNCA NOS HEMOS NECESITADO.» Diana. Directo al corazón. El silencio total, la perfecta tranquilidad de la mente que sucedió a aquel pensamiento, le confirmó a Andrés que había mordido en hueso, que al fin había logrado transmitir a su mujer, pero sobre todo a sí mismo, la verdadera causa, la razón por la que no pensaba regresar a su lado. Aquello era por fin algo real. En los años que habían pasado juntos, por aparentemente felices que hubieran sido, ninguno de los dos se había desviado un milímetro de su propio círculo de intereses, de sus respectivas carreras. Ninguno había sacrificado al otro un ascenso, un proyecto laboral, un viaje de formación, ni siquiera unas horas extra. Cada uno tenía su propia vida, eso era lógicamente lo primero. Por qué si no, no habían tenido hijos. De hecho, cualquiera de sus amigos, incluidos los respectivos compañeros de trabajo, se hubieran escandalizado si a ella se le hubiera ocurrido pedir una excedencia en el hospital, aunque fueran unos meses sin sueldo, para acompañarle a Buenos Aires. Tampoco a Beatriz se le había pasado por la cabeza pedirle a él que renunciara a aquel puesto lejano; y como consecuencia, los dos llevaban más de un año sin verse, es decir, sin necesitarse.

Volvió a escrutar la foto. Cualquier censura, cualquier asomo de reproche habían desaparecido como por ensalmo del rostro de Beatriz. Hay verdades, se dijo Andrés, demasiado evidentes para admitir refutaciones. Pero luego, cuando ya iba a guardársela, en la soledad de la noche le pareció percibir una pequeña agitación en la imagen del puente, que fue subiendo poco a poco hasta alcanzar la boca de su esposa: «De acuerdo, quédate con tu bailarina, si eso es lo que deseas... ¿Pero has pensado ya de qué vas a vivir? Por lo que escribes, la situación en Argentina no es muy prometedora...» Fue en este punto cuando su seguridad comenzó a flaquear; en cuanto imaginó el sueldo que, puesto que Javier Bonfín le había arrebatado tan arteramente la posibilidad de mantenerse en su corresponsalía, pasaría a cobrar en australes —y eso si llegaba a conseguir un puesto en alguna de las redacciones porteñas tan hinchadas de personal—, los mordiscos que día a día le iría dando la inflación a su capacidad adquisitiva, la crisis generalizada y sin salida visible que vivía la Argentina, el tipo de noticias mediocres y de cuarta fila que se vería obligado a comentar para sobrevivir. Desconcertado, desinflado, la siguiente pregunta imaginaria de su mujer le alcanzó con un golpe aún más bajo: «¿Has hablado ya con los de tu periódico? Supongo que antes de decírmelo a mí, habrás renunciado al nuevo puesto de jefe

de Opinión.» No quiso escuchar más; la mano le tembla-
ba incapaz de seguir sosteniendo aquella imagen aguafiestas y acusadora; «TE SACÓ LOS OJOS», le espetó como una
última confidencia y luego, en un arrebato de venganza
infantil, antes de irse a dormir con Mariana, hizo pedazos
su fotografía.

15

Acudió con ella a la fiesta porque sólo a su lado se sentía capaz de soportar los discursos, los besos de hasta siempre, los votos por un feliz regreso con que iban a homenajearle los amigos desconocidos que Cristina Wilde le había reunido en su casa. Pero también se lo impuso como una reparación, una manera de hacer públicas, casi póstumamente, sus tanto tiempo secretas relaciones.

—Tenías que haber avisado, hombre, al embajador le hubiera gustado ofrecerte un almuerzo... —le saludó el agregado cultural en la misma puerta, palmeándole la espalda con una deferencia que sólo podía explicarse porque la noticia de su nuevo puesto ya hubiese llegado a la embajada. Pero luego, apenas se hubo alejado su acompañante un par de pasos, evaluó su físico con todo descaro y guiñándole un ojo, le otorgó a Andrés su plácet—: Enhorabuena, veo que eres de los que saben cómo despedirse.

Le indignó. ¿Por quién le tomaba, qué se había creído? Se propuso aclararle que nunca le había dado el menor pie para opinar sobre su vida, incluso ya puestos, tratándose de la última vez que iban a verse, a soltarle en la cara lo patéticas que le habían parecido siempre sus virreinales ínfulas de superioridad sobre los argentinos, pero no le dejaron oportunidad. Enseguida le perdió de vista y también a Mariana, arrastrado por una nube de invitados interesadísimos en comentar su viaje, sobre todo en hacerle saber lo acertada que encontraban su decisión de regresar, de poner tierra por medio con la mayor brevedad posible. Ninguno hacía esfuerzos por retenerle, todos encontraban de lo más natural que se marchase de Argentina, un país hundido y sin solución a la vista, pero en lo que no llegaban a ponerse de acuerdo era en si su destino podía estar a la altura de Nueva York, Roma o París. Desairando la admiración por la madre patria que tan por hecho daba el agregado cultural, algunos no acababan de considerar a España un lugar lo suficientemente cosmopolita, especialmente en el sector empresarial de la fiesta encabezado por el anfitrión consorte, el «capitán de la industria» Corrugueiro.

—Estuve en Madrid en los años setenta —estaba contando cuando Andrés se acercó a su grupo—. No lo podía creer, la gente vestía horrorosamente... y qué cuerpos deformes; nunca he visto personas tan gordas.

—Los gallegos morfan como lobos —asintió uno de sus compañeros en la directiva de la Sociedad Rural. Pero luego, al ver que se les unía uno de ellos, juzgó oportuno matizárselo—. Debe ser cosa de la guerra de ustedes... Se les quedó el trauma...

—En Argentina al menos nunca se pasó hambre —dijo otro.

—Hasta ahora.

—Déjales. Es mejor. Éstos todavía no quieren enterarse de cuánto ha cambiado España —le susurró al oído un joven ejecutivo de la compañía Telefónica, integrante de la incipiente colonia de nuevos empresarios españoles, recién llegados al país pero ya representados en la reunión. (Lástima, aquel era un buen tema para un reportaje que se le iba a quedar pendiente.) Casi en volandas, Andrés, protagonista a su pesar, se sentía llevado de un grupo a otro: pasó por entre artistas de prometedora juventud, coleccionistas y críticos de arte, políticos con ambiciones intelectuales, tiburones de los negocios sin barniz cultural alguno, mujeres maduras y atractivas de cuerpos esculpidos

tan artificialmente como sus almas; pero en todos los co-
rros siempre era recibido con un único tema de conversación, la eterna vocación de fuga de los porteños, que la crisis venía, de lo más comprensiblemente, a acentuar.

—¡Qué maravilla, Europa! —se le colgó del brazo una
de las amigas de Cristina Wilde. Aquello sí que era una novedad, producto de la nueva imagen que España había
empezado a proyectar hacia el mundo exterior. Superada
la marginación del pedestre pasado, a dos años tan sólo de
haber conseguido el tan ansiado ingreso en las Comunidades Europeas, por fin España, al menos para aquella dama
criolla, había logrado homologarse con su entorno conti-
nental.

—Europa es otra cosa. Fuimos con mi marido el invierno pasado; hay estabilidad, disciplina social y económica..., sobre todo, sentido de la proporción.

¿De qué Europa le estaba hablando? Difícilmente Andrés podía reconocerse a sí mismo ni a su país en esas
características. Seguramente porque se trataba de un continente imaginario, una Europa que no podía existir más
que mirada desde fuera, a diez mil kilómetros de distancia, una Europa fabricada de sueños que los argentinos
habían empezado a inventarse cuando sus costas se iban
quedando atrás, vista desde la popa de los barcos que se
llevaban a los emigrantes. ¿Pero era más real su América,
existía acaso esa Argentina que tan concienzudamente había intentado explicar en su crónicas, que tanto se había
esforzado por desentrañar para sus lectores?, ¿o sólo la lejanía, el distanciamiento intelectual y emocional permi-
tían darle forma?

—¿Cómo le ha ido la experiencia?

—Bien, bien... —respondió mecánicamente, de pasada, sin fijarse en su nuevo interlocutor.

—En un país como Argentina, para un español tiene
que ser difícil.

—¿Difícil? ¿Díficil el qué?

—Mantenerse neutral.

La andanada la sintió tan certera, tan extraordinariamente conectada con lo que en ese momento se le estaba pasando por la cabeza, que tuvo que detenerse a respirar. Rubio y rotundo, el primer secretario de la embajada suiza también se había parado delante de él, dispuesto a no dejarle escapar sin que le contara sus últimas impresiones. Andrés ya le conocía de otras veces y la alusión iba con segundas, porque él no estaba allí como suizo sino porque su embajada representaba también temporalmente los intereses ingleses en el país. Desde la guerra de Malvinas, Londres y Buenos Aires seguían oficialmente en guerra, sin relaciones diplomáticas y aquello, al margen de las complicaciones políticas, era una espina clavada en el árbol genealógico de los Wilde y de tantas otras familias patricias para quienes lo anglosajón había representado siempre, mucho más que lo hispánico, lo más *high* en cuanto a clase y prestigio social. Según dedujo Andrés, invitar al suizo debía representar un sutil ejercicio de reivindicación anglófila, porque junto con el español, eran los únicos representantes del cuerpo diplomático en la fiesta.

Dónde estaba Mariana. Empezaba a sentirse arrepentido de haberse prestado a participar en semejante circo, sobre todo de su peregrina ocurrencia de intentar presentarla en una sociedad a la que no pertenecían ninguno de los dos. Podía imaginársela aún más acorralada que él mismo, teniendo que soportar las miradas lascivas, los intentos de seducción de todos aquellos empresarios y especuladores sin escrúpulos, sin otros sentimientos que ofrecer que el número de cifras de sus talonarios, para quienes una chica joven y atractiva, una bailarina como Mariana, sólo podía tener una función, servir para una cosa. Cómo podía ser tan poco delicado, cómo podía habérsele ocurrido llevarla allí. Escabulléndose, apartándose de la gente, abriéndose camino en solitario por entre las instalaciones de vanguardia, los muebles de exclusivo *art déco* y los *bibelots* de lujo que decoraban la mansión, de una opulencia insultante en tiempos de crisis, se puso desesperadamente a buscarla. Pero a quien se encontró fue a Cristina Wilde, en el salón que hacía las veces de pista de baile, haciéndole unas señas exageradas para que le acompañara en el siguiente lento. Despreocupada de sus invitados, llevaba allí bailando toda la noche, pieza tras pieza, luciendo generosamente su cuerpo en plena forma, más *teenager* que nunca, en compañía de Rodrigo Melnick. No tenía escapatoria, así que se unió a ella. Hacía tiempo que no se veían, desde antes de su intento de suicidio —éste sí verdadero, o al menos archicomentado porque, aunque su marido hubiese logrado evitar que saltase a los medios, no había podido impedir el implacable chismorreo—; en realidad, desde su incidente, muy poca gente la había visto porque Cristina había evitado exponerse en público antes de sentirse recuperada, de volver a ser ella misma. Ahora que ya lo era, Andrés se daba cuenta de que organizar su despedida no había sido más que un pretexto para reaparecer, para reencontrarse con su mundo sin tener que dar demasiadas explicaciones; la resurrección, la vuelta a la vida social de Cristina Wilde y no el adiós de Andrés era en realidad lo que allí se estaba celebrando. Una resurrección igual de escandalosa y sin ningún propósito de enmienda como la presencia de Rodrigo Melnick parecía proclamar. Aunque también su esposo —indiferente por completo a la presencia del último joven amante de su mujer, ¿acaso podía ser el único que lo ignorara?— perseguía en la reunión sus objetivos particulares, con aquel grupo de ejecutivos españoles de los que no se separaba un instante.

—Mirá qué pirañas —señaló amargamente hacia sus compatriotas Cristina Wilde—, dicen que vienen a invertir, pero lo que hacen es comprar deuda externa... por cuatro mangos...

Aquello era cierto a medias o por lo menos no era cierto del todo o incluso quizás podía ser discutible o matizable en el peor de los casos, pensó Andrés, pero la cosa estaba en que a él en ese momento le daba igual, no le interesaba lo más mínimo como tema de conversación.

—Gracias —dijo, y después, sin preocuparse de la incoherencia de su respuesta, estrechó su cintura, reafirmada tras varias semanas de gimnasia intensiva, pegó su cara contra su cabello, esta vez de un alegre naranja casi fosforescente y se dejó llevar por la música, sintiendo que aparte de aquella absurda fiesta tenía otras cosas que agradecerle y no sólo las múltiples y espontáneas atenciones con que había intentado obsequiarle desde que llegara a la Argentina; porque, por encima de todo, lo que le debía de verdad era que gracias a ella había conocido a Mariana. Casi sin darse cuenta, como un gesto reflejo de agradecimiento, ciñó más su cuerpo y sintió la respuesta inmediata del de Cristina Wilde apretándose contra el suyo. Cadencioso y rítmico, yendo y viniendo con la música. No necesitaba mirar sus ojos para saber que había tomado bastante y no solamente alcohol. Lo habría necesitado para sacar fuerzas, para atreverse a desafiar una vez más a su clase social; aparte de que tampoco tenía nada de raro: la coca abundaba en la fiesta como en general en Buenos Aires y en toda América Latina, porque para algo diez años de recesión la habían convertido en el producto autóctono de precio más estable y demanda internacional garantizada. Siguiendo con el juego, en un intento de reparar las constantes ingratitudes con que hasta entonces la había correspondido, Andrés bajó los labios hasta su cuello y dejó un leve beso en su piel pecosa. Sintió un estremecimiento, una tensión defensiva en el cuerpo de ella. Quizás no le gustaba que le besasen allí, los cuellos eran un punto débil, en la textura de la piel de un cuello podía reconocerse la edad de una mujer, pese a todas las operaciones del mundo, como en los anillos de la corteza de un árbol. Volvió a besarlo.

—Decime una mentira, gallego. Decime que nos vas a extrañar un poco.

—No voy a irme —le contestó, y se lo dijo con absoluta sinceridad en una respuesta que no tenía nada de falsa, que era completamente verdadera, aunque hasta entonces no se lo hubiera dicho a nadie, ni siquiera a Mariana, pese a tantas vueltas como le venía dando a solas. Pero Cristina Wilde, como era de prever, tomó su confesión por un intrascendente cumplido.

—Tené cuidado con tu bailarina —le aconsejó, cambiando de tema—. Por si no lo sabés, Javier es un depredador nato.

Siguió sus ojos y les divisó hablando en una esquina del salón, aislados del resto de los invitados, inmersos en una conversación aparentemente de lo más animada. No recordaba haberles presentado esa noche —ni ganas que tenía: de todos sus colegas, Javier Bonfín había sido el único en no felicitarle por su nombramiento, ni siquiera, él sabría por qué, para agradecerle una renuncia que le había permitido a él recuperar sus antiguas colaboraciones—, así que debían haberse encontrado los dos solos, empujados por pura inercia, uno de esos encuentros fortuitos frecuentes en las fiestas. Pero no, con Javier Bonfín no había encuentros casuales, como las palabras de Cristina se habían encargado de recordarle. Como un reflejo, como una respuesta a su advertencia, Andrés se despegó, reduciendo, sin dejar de bailar, la presión de las manos en su cintura. Cómo no se le había ocurrido antes, tanto pensar en con quién podría irse Mariana y allí, ante sus mismas narices, tenía al más peligroso candidato. De repente, en una fracción de segundo, en el intervalo de un parpadeo, sintió que viajaba en el tiempo y seguía viéndoles allí en el mismo sitio, susurrándose en aquel rincón, sólo que cuando él ya no estaba, después de que hubiese regresado a España.

Los pies se le pararon solos. Fue a soltarse del todo, intentó interrumpir el baile para acudir a interponerse ante lo que ya se temía un inexorable destino, pero tuvo que volver a abrazarla, porque Cristina Wilde se le escurría, se le iba al suelo de repente como un peso muerto.

—¿Qué ocurre? ¿Qué te pasa?

De nuevo tuvo que seguirle los ojos. Como si no bastara con sus alucinaciones, allí, en la puerta del salón, acababa de entrar otra Cristina Wilde, el mismo cabello anaranjado, la misma minifalda y el mismo top, el mismo cuerpo esbelto y sin un gramo de grasa. Perplejo, Andrés cabeceó, temiendo aquel desdoblamiento efecto del alcohol, aunque no había bebido tanto. Porque si aquélla era Cristina Wilde, ¿con quién estaba bailando él entonces? Pero la nueva parecía mucho más joven, o al menos más verdaderamente joven, perfectamente rejuvenecida, como si al fin los avances de la cirugía, el esfuerzo de tantas dietas y ejercicios, hubieran hecho realidad el milagro de conseguirle una auténtica juventud. Todo en ella era fresco, adolescente, hasta el ceño adorablemente fruncido, hasta el ligero temblor en sus labios de niña, presagio de una inminente cólera a punto de volcarse sobre su doble, aquella mala copia que se desmadejaba en los brazos de Andrés.

—¡Vieja bruja! ¡Te lo dije, te advertí que no te pusieras mi ropa!

Tras decirlo, la Cristina Wilde recién llegada llevó sus manos a la cabeza de la otra y de un tirón certero le arrancó su cabello naranja que resultó ser una peluca. Todavía seguía Andrés ciñendo su cintura, todavía la inercia del baile les mantenía absurdamente unidos a los dos, cuando Rodrigo Melnick corrió a interponerse, adoptando un tono conciliador.

—¡Pará, Violeta! ¿Sos loca? No podés tratar de ese modo a tu mamá.

—¡Callate vos, chanta pelotudo! ¡Callate, cogedor de viejas!

Aun sin saber a qué venía aquello, pese a ser la primera vez que veía a la hija única de su anfitriona, no le fue difícil deducir a Andrés que entre los tres formaban una tormentosa geometría, un triángulo en uno de cuyos vértices se situaba Rodrigo y en los otros dos, compitiendo por él, la madre y la hija. Algo que por otra parte era *vox populi*, que había sido ya objeto de un incesante cotilleo, del que tan sólo Andrés, inmerso en sus propias complicaciones sentimentales, parecía estar al margen. Qué tenía aquel polígono, emblema de la perfección pitagórica, para expresar con tanta exactitud las pasiones humanas —pero sobre todo las miserias y miedos, las mentiras, como aquella en la que tanto tiempo había vivido él y de la que se había propuesto liberarse de una vez por todas—; qué tenían los triángulos, cómo era posible que siendo por naturaleza combinaciones transitorias, situaciones de paso entre una pareja anterior y otra nueva, tendieran siempre a complicarse y perdurar, incluso a no ofrecer otra salida que la muerte como en el caso de los tres cadáveres encontrados desnudos en la habitación de un hotel, aquel suceso policial sobre el que le había dado por fantasear a Mariana y cuyo móvil aún seguía sin esclarecerse. Esa noche, al menos el de su compañera de baile, el motivo de su sonado intento de suicidio tan comentado en los últimos meses, podía perfectamente darse por explicado con tan sólo mirar a aquellas dos mujeres, tan sorprendentemente iguales, más que en el físico, en la pasión y el odio que las enfrentaba.

—¡Dámela, devolvémela! —exigió hecha una furia Cristina Wilde soltándose de sus brazos para recuperar el trofeo anaranjado que su hija aún sostenía en la mano.

Tan asombrados como Andrés, los invitados formaron un corro. Ninguna de las hienas reunidas en la fiesta quería perderse el duelo inesperado, el plato fuerte en el festín de carroña doméstica que les estaba ofreciendo una de las familias más ricas y poderosas de Buenos Aires. Nadie intentó mediar, unos por desconcierto, los más por puro morbo de comprobar hasta dónde podía llegar la cosa; aunque afortunadamente para las dos Wilde, cuando ya se disponían a enzarzarse, quien saltó a la palestra, pisoteando bruscamente y sin el menor respeto por los miles de dólares que le había costado, aquella «SIRENA RECICLADA» formada con basuras y materiales de desecho, fue el cabeza de familia Corrugueiro, proveniente del salón contiguo y por completo ajeno a lo que allí se ventilaba. Es más, ni siquiera pareció reparar en la escena. Él acababa de recibir una llamada urgente y se sentía en la obligación de compartirla con sus invitados.

—El coronel Seineldín ha regresado clandestinamente al país —anunció en voz alta, una vez alcanzó el centro de la sala—. Acaban de informarme. Ha sublevado la escuela de Infantería de Campo de Mayo... —y luego, sin transición, del todo incongruente con la gravedad de la noticia, la cara pasó a iluminársele con una ancha sonrisa—. ¡Violeta, hija! ¿Cuándo llegaste? ¡Qué alegría verte acá!

Más que un final, fue una verdadera estampida. En su carrera hacia la puerta ni uno solo de los periodistas, diplomáticos, políticos o empresarios, ni siquiera los artistas y marchantes de arte, se acordaron de despedirse de Andrés, el pretexto que les había reunido esa noche. Seineldín era el ideólogo de los *carapintadas*, el líder indiscutible, incluso por encima de Aldo Rico, y sólo su destino forzoso en la embajada argentina en Panamá le había mantenido alejado de las últimas asonadas militares. Su presencia en Buenos Aires indicaba que esta vez se trataba de algo mucho más grave que los anteriores pronunciamientos. Esta vez iba más en serio que nunca. Y para colmo, con el presidente de viaje, en Nueva York, en la ceremonia anual de apertura de la Asamblea General de la ONU. De modo inconsciente, Andrés también hizo ademán de seguir a sus compañeros de oficio.

—¿Adónde vas? —le detuvo Javier Bonfín mientras salía—. Tu trabajo está ahora en Madrid, para ti se ha terminado Buenos Aires.

Qué sabía él. Sintió el impulso de decirle cuánto se equivocaba, cómo en vez de un final lo que estaba a punto de empezar era una nueva vida allí; pero aquél no era desde luego el momento en medio de la desbandada que la pésima e imprevista noticia acababa de desatar. Como todos, también él buscó a Mariana para marcharse. En la puerta, recompuesto su maquillaje, los ojos chispeantes tras una última dosis de su estimulante favorito, la peluca de nuevo sobre su cabeza, Cristina Wilde decía adiós a sus invitados. Milagrosamente restablecida, del escándalo que acababa de protagonizar con su hija parecía quedarle tan poca huella como de su tentativa de suicidio, quizás porque desde pequeña había sido adiestrada para fingir er sociedad, quizás porque era plenamente consciente de que los millones que tenía la ponían a resguardo de cualquier represalia de la pacata clase alta argentina por muchos números que montara. Pero no sólo era por eso. Mucha gente se equivocaba con ella dejándose llevar por su aire frágil, por su pose de eterna niña —él el primero, tuvo que reconocerse Andrés, que durante tanto tiempo se había preguntado qué podía haberle visto Javier Bonfín para adoptarla por confidente y amiga—, pero Cristina Wilde era mucho más fuerte de lo que parecía. El dinero le había servido de poderoso apoyo, sin duda, pero suyo era el mérito de haber logrado mantener intacta la provocadora vitalidad de la juventud, de haber seguido haciendo su real gana a pesar de las innumerables crisis y los gobiernos militares que llevaban su vida entera empeñados en hacer inhabitable su país. Con uno u otro de tales gobiernos, muchos de los invitados a su fiesta habían colaborado y hecho grandes negocios, su marido incluido. Y si los milicos volvían, volverían a hacerlos, por más que ahora se escandalizasen y fingiesen espanto, corriendo como locos de un lado para otro. Por lo menos, Cristina Wilde se mantenía en su sitio —según pudo constatar con admiración Andrés, viéndola despedir a sus invitados con total *savoir-faire*, como si nada hubiera sucedido— demostrándole al mundo, a su mundo, que no era en absoluto una mujer fácil de hundir; y mucho menos por aquel nuevo golpe que tanto perturbaba a todos pero que en su caso había venido a salvarla muy oportunamente de otros golpes más íntimamente dolorosos.

—Nos vamos al pedo, *once again...* —le dijo adiós con frivolidad despreocupada, con su adolescente ligereza de siempre—. Lo que me jode es que te vayás de este modo, en medio de un nuevo quilombo tercermundista.

16

Esa madrugada, una larga caravana de tanques, cañones, vehículos blindados, abandonó Campo de Mayo, cruzó la ciudad en sombras sin encontrar otro obstáculo en su camino que automóviles que se detenían a ceder el paso, noctámbulos que huían despavoridos ante el siniestro cortejo, y desembocó en Villa Martelli, un acuartelamiento enclavado en un barrio de alta densidad de población, donde los sublevados se hicieron fuertes. Al día siguiente, Buenos Aires, Argentina entera, amaneció pendiente de la pesadilla que volvía, la misma vieja historia que Andrés había oído contar cuando Semana Santa, cuando Monte Caseros. Aunque ya no fuera su trabajo, también él, como tanta gente, había pasado aquella tensa noche en blanco frente al televisor, cambiando compulsivamente de canal, de los nacionales a los extranjeros que transmitían por cable, en busca de una última noticia o declaración, queriendo de ese modo mostrarse partícipe, protagonista de algo, pero en el fondo, como todos los argentinos, convertido en un simple espectador pasivo de los acontecimientos. Algo muy difícil de soportar para Andrés, acostumbrado por su trabajo de corresponsal a estar en primera línea.

En directo, de regreso precipitado de USA, el presidente Alfonsín acababa de dirigirse al país. La ciudadanía podía estar tranquila: como comandante en jefe, había ordenado a los mandos leales de las fuerzas armadas que reprimieran sin contemplaciones el nuevo foco sedicioso. Pero Andrés no se sentía tranquilo. Llevaban ya veinticuatro horas de crisis y cada vez era más evidente que ninguno de los generales, por más que proclamasen su lealtad constitucional, estaba dispuesto a obedecerle; el ejército entero, aunque no asumiera los métodos, compartía las reivindicaciones *carapintadas*. Y por si hiciera falta confirmarlo, las imágenes de Villa Martelli mostraban a los rebeldes completamente relajados, ocupados tranquilamente en alinear sus tanques, sembrar minas, fortificar sus posiciones; incluso algunos hacían por anticipado el signo de la victoria ante las cámaras.

—Miralos —oyó la voz de Mariana a su espalda— qué piolas, se exhiben como en una vidriera... Juegan a la guerra, porque saben muy bien que nadie va a enfrentarse a ellos.

Casi al amanecer, Mariana había terminado por acostarse un rato, tras compartir con él buena parte de la ansiosa vigilia. Ahora, recién levantada, se incorporaba al espectáculo con la ironía bien engrasada.

—Esto va en serio, no se trata de ningún juego... —le recriminó Andrés, rechazando sus primeras caricias, tan completamente fuera de lugar, dada la situación. Las mismas con que la noche anterior, apenas regresaron a casa, había intentado apaciguar el poso de inquietud que había dejado en él verla conversar con Javier Bonfín: «¿y con quién querías que hablase? Gallego, periodista... Era quien más se parecía en esa fiesta a vos». Pero ahora era ya un día diferente, las circunstancias cada vez se complicaban más y en aquella mañana turbulenta el nuevo reproche no pareció sentarle nada bien a Mariana.

—¿Crees que no lo sé? ¿Te la hago corta? ¿Empiezo ya a contarte desde cuándo nos cagan los milicos en Argentina?

—Perdona, Mariana, yo no...

Se marchó a la cocina a preparar café, salvándole a Andrés de tener que continuar disculpando lo que él mismo consideraba inexcusable. Por mucho que llevara un año en Buenos Aires, por mucho que se hubiera esforzado en entender, en explicarse a sí mismo Argentina como parte de su obligación de explicársela a sus lectores, pese al afecto que pudiera haberle tomado, por muy solidario que como español se sintiese, aquél seguía siendo el país de Mariana, no el suyo. Y desde luego él no era quién para recordarle a una argentina todo el dolor, toda la pesadilla que eran capaces de provocar sus militares.

Aunque también, en desagravio, estaba deseando contarle a Mariana lo que acababa de decidir esa misma mañana. Más que una decisión, a esas alturas un hecho consumado: después de mucho pelear con la saturación de las líneas telefónicas había conseguido comunicar con su agencia de viajes para cambiar el vuelo de regreso, que tenía cerrado para el día siguiente. Su idea inicial había sido cancelar el billete pero en el último momento se había limitado a no ponerle fecha nueva, dejándoselo abierto. Lo había hecho por Mariana, claro, porque en una situación como aquélla cualquier duda quedaba fuera de lugar, contundentemente despejada por urgencias mucho más acuciantes. Cómo iba a abandonarla, cómo iba a dejarla sola, cómo iba siquiera a planteárselo antes de que la situación se arreglase. Cuando pasase todo, dentro de unos días, ya tendrían tiempo los dos de hablar tranquilamente y planear juntos su futuro. ¿Unos días? Nada más pensarlo, Andrés sintió volver una primera punzada de incertidumbre. ¿De dónde sacaba ese optimismo? Y aún peor, ¿quién le decía a él que la situación tenía que arreglarse? Si lo pensaba, desde que había llegado a Buenos Aires —en plena resaca del segundo golpe de Aldo Rico, tan sólo un año atrás—, desde que había conocido a Mariana, los dramas no habían parado de sucederse en aquel remoto rincón del mundo, en una espiral cada vez más trágica: la crisis económica y los saqueos a los supermercados, la hiperinflación, la última y más grave sublevación *carapintada*... Fue entonces, como si acabara de leerle el pensamiento, que

Mariana vino a sentarse frente al televisor con las dos tazas de café en las manos.

—¿No es terrible? —preguntó, señalándole las imágenes de preparativos bélicos, aquella nueva locura que se había desencadenado sobre su país—. Cuando vos te vas es como si todo en Buenos Aires se pudriese, quisiera también acabarse.

* * *

Al caer la tarde la situación empeoraba y la televisión comenzó a lanzar mensajes desesperados convocando a la ciudadanía a defender la democracia en la calle, a manifestarse frente al Congreso. A unos kilómetros de allí, las tropas desplazadas por el Estado Mayor a Villa Martelli no daban el más mínimo indicio de disponerse a reprimir a los sublevados. En esa confusión, mientras el coronel Mohamed Alí Seineldín, católico integrista, para más guirigay, pese a sus islámicos nombres, reiteraba su voluntad de combatir hasta el final y en todos los cuarteles de Argentina iba cosechando más y más adhesiones, las imágenes de la plaza de Mayo mostraban a los granaderos de la guardia presidencial montando nidos de ametralladoras para defender la Casa Rosada, incluso a un helicóptero con los rotores en marcha, por si fuera preciso, en cualquier momento, sacar al presidente del país. De repente, conforme se iban complicando las cosas, Andrés comenzó a sentir que los acontecimientos le superaban, que en medio de aquel disparate se iba volviendo cada vez más disparatada la decisión que tan razonablemente creía haber tomado. Y lo peor, lo más angustioso, era que ni siquiera podía contar con una información exacta de lo que sucedía; puesto que ya no ejercía de periodista, puesto que había abandonado su atalaya profesional, se le hacía mucho más difícil valorar en su justa medida la gravedad de la crisis. Aparte de que para él, ya no se trataba sólo de contar. Una vez que había decidido quedarse al lado de Mariana y compartir con ella aquella incierta circunstancia, lo que estaba ocurriendo en Argentina le afectaba personalmente, en una medida que un año atrás, cuando se decidió a aceptar el destino inesperado que le ofrecían, ni siquiera hubiese podido imaginarse. De pronto, todo parecía ser posible. Incluso que aquel golpe militar, tan anacrónico y a contracorriente, pudiese tener éxito. Sintió un estremecimiento. De triunfar aquella nueva intentona, por más que lo que le quedaba de olfato periodístico lo calificara de improbable, los argentinos iban a convertirse otra vez en ciudadanos de un país de tinieblas, poblado de verdugos y cárceles, sin libertad alguna, con todos los medios de información intervenidos. Un horror. ¿Y entonces, atrapados en semejante horror, qué iban a hacer Mariana y él?

Por un milagro, después de llevar horas intentándolo, acababa de conseguir la ansiada línea de larga distancia, pero antes de terminar de marcar todos los dígitos del teléfono directo de su periódico, consciente de lo absurdo de aquella llamada, tuvo la lucidez de cortar la comunicación. Qué es lo que estaba haciendo, qué quería decirle al director, sobre todo cómo iba a ponerse a inventar más excusas sobre su regreso a Madrid en medio de una emergencia como aquélla. Argentina era por fin noticia, centro del interés informativo mundial como no lo había sido nunca durante todo el tiempo que le había tocado cubrirla; y en medio de tan maravillosa oportunidad, de aquel inapreciable filón periodístico que a buen seguro hacía palidecer de envidia a los corresponsales de primera fila en París, Washington o Moscú, a Andrés se le ocurría llamar, no para informar sobre el apasionante abismo que iba abriéndose bajo los pies de los argentinos, sino para avisar, de una manera del todo extemporánea, de un nuevo aplazamiento de su viaje por motivos inconfesables. Inconfesables hasta para sí mismo. Joder, ya estaba bien de alucinar: si lo que quería era salvar a Mariana de un hipotético siniestro futuro de su país, no tenía más que llevarla consigo, pagarle un pasaje a España, ayudarla a instalarse allí.

Sólo tendría que hacerlo al principio: a Mariana no iban a faltarle oportunidades de bailar en Madrid, y además mucho mejor pagadas que en Buenos Aires. En cuanto a él... Casi sin darse cuenta, al hilo tranquilizador de sus pensamientos, había vuelto a marcar el número de su periódico. Sí, claro que tenía sentido aquella llamada, claro que era esperable, incluso necesario que, en una situación como aquélla, pospusiese su viaje de vuelta; pero no por Mariana, como se había querido convencer a sí mismo, sino para ponerse a la orden, para recuperar temporalmente su condición de corresponsal y ofrecerse como refuerzo que ayudara a cubrir la información, el minuto a minuto de los acontecimientos..., unos acontecimientos de los que, desgraciadamente, encerrado como estaba en su casa no tenía demasiada idea. Sudorosos, a toda prisa otra vez, los dedos se le fueron hacia la tecla de colgar. Si tan diligente quería mostrarse, más le valía enterarse primero a fondo de lo que pasaba, informarse con algún colega, para que no empezaran a preguntarse en Madrid a qué diablos se estaba dedicando, para que no se le notase lo verdaderamente al margen que se encontraba de todo.

Ahora que por fin había conseguido línea, Javier Bonfín no respondía al teléfono. Tampoco el de la Agencia Efe. Supuso que estarían con los demás corresponsales en la Subsecretaría de Información, en la Casa Rosada, en alguna rueda de prensa en el Congreso, en cualquier parte menos en sus casas, informándose directamente sobre el terreno, y todavía experimentó una frustración mayor. Nadie se había molestado en llamarle, en contar con él en aquella crisis. Ni siquiera el jefe de Internacional, tan dispuesto habitualmente a sacarle de la cama a horas intempestivas. De pronto, en Madrid o en Buenos Aires, todos parecían haberse puesto de acuerdo en tratarle como a un jubilado.

—¿A quién llamabas? —le preguntó Mariana desde el sofá, cuando le vio regresar del teléfono.

—Me siento incómodo —le confesó—, tanta pasividad me agobia; se me hace raro estar aquí todo el tiempo frente al televisor.

—¿Qué otra cosa podemos hacer? Pero tenés razón, ver las noticias tampoco soluciona nada —dijo Mariana, haciéndolas desaparecer con el mando a distancia.

El nuevo silencio fue un alivio; y, de todas formas, decidió Andrés, algo sí podía hacer. Ya que no tenía posibilidad de intervenir en el asfixiante compás de espera que vivía la Argentina, por lo menos creía haber encontrado una solución para salir de su asfixiante *impasse* particular.

—Mariana, escucha, hay una cosa que quiero proponerte... —le dijo, pensando en compartir con ella la idea que se le había ocurrido de llevarla consigo a España; pero antes de que terminara la frase, Mariana ya había caído sobre él, le estaba arrancando su camisa y cada uno de sus besos en su cuello, en sus axilas, en su cintura eran una manera de alejarle de cualquier pensamiento, de los dramáticos sucesos que llevaban tantas horas bombardeándoles; un camino para transportarles a otro mundo; a un lugar lejos de las incertidumbres del presente y los horrores del futuro, a un limbo imaginario que no podía existir porque ni siquiera alcanzaba a ser real, al menos para ella, mientras siguiese ignorando por completo sus planes.

—¿Qué querés, qué deseás? Sólo tenés que decírmelo —le susurró Mariana, recuperando su vieja y seductora teatralidad de siempre; y Andrés sintió de nuevo la urgencia impostergable de decírselo, pero no pudo hacerlo, porque, como siempre le sucedía, conforme su deseo despertaba le invadió una completa amnesia, se olvidó de que pudiera existir nada más.

—No hay manera —oyó quejarse a su amante cuando terminaron—, es inútil, te irás y me quedaré sin saberlo.

—¿Qué querías saber? —se extrañó Andrés.

—Lo que sentís. Cómo son tus orgasmos.

Desconcertado por tan peregrinas preocupaciones, pero a la vez excitado de complacerla, Andrés repasó en su memoria, tratando de sintetizar sus experiencias de placer masculino.

—Supongo que es más breve que el tuyo —le explicó—, como el resorte de un mecanismo que se dispara... y también mucho más automático.

—¿Qué pensás entonces?

Sonrió ante una pregunta tan obvia. Esta vez, el nuevo juego de Mariana parecía sacado directamente de algún manual de iniciación sexual para escolares.

—No se piensa en nada. Ya te dije que funciona solo, cualquier estímulo basta.

—¿Y luego, cuando desciende?

—Cae de golpe y viene un sentimiento de vacío... Al final siempre decepciona.

—En las mujeres no es así, no existe ese vacío —dijo Mariana como para sí, y como luego se quedara callada, tumbada apaciblemente contra él, Andrés buscó con la mano libre el mando a distancia y aprovechó para encender otra vez el televisor. Las voces roncas y excitadas de los comentaristas, el tumulto, los nervios en tensión de las redacciones informativas, el ruido generado por los constantes cambios de conexión volvieron a invadir por completo la casa. Pero Mariana ni siquiera pareció darse cuenta, tan sólo interesada en su cuestionario.

—¿Querés decir que en ese momento, cuando se termina, ya no me deseás?

—Sí —dijo Andrés, con el pensamiento en otra cosa, ensimismado en la televisión—. No se desea nada, a nadie.

—¿Cómo podés no desearme? —protestó ella—. Yo te deseo siempre.

Sorprendido del rumbo imprevisto que tomaba la conversación, temiendo estar metiéndose en un jardín de arenas traicioneras y movedizas, Andrés intentó rectificar lo más rápidamente que pudo.

—No lo has entendido, te estoy hablando de una cuestión fisiológica... Yo no digo que sea voluntario.

Demasiado tarde. Mariana parecía por completo herida. Hasta su voz le sonó distinta, cargada de reproche por primera vez.

—¿Qué es voluntario entre nosotros? Cuando está duro busca mi concha, eso también es automático, fisiológico; cuando está blando, deja de desearme, deja de buscar. ¿No ha habido otra cosa entre vos y yo? Quiero escuchártelo, quiero que me lo contés.

Los dos seguían desnudos. Una completa extravagancia —decidió Andrés—, algo completamente fuera de lugar a tenor de los acontecimientos exteriores, tanto como seguir manteniendo con Mariana aquella inverosímil conversación. Se incorporó y comenzó a recoger su ropa.

—Tengo que salir —anunció.

—¿Adónde vas? —dijo la bailarina—, no podés irte, no ahora...

—Ocurren cosas fuera. Es mi trabajo. Tengo que saber lo que sucede.

A toda prisa, vio cómo se incorporaba también ella para interponerse ante él. En su mirada había de pronto una fiereza, una determinación desconocida. La amante generosa y perfecta, la que jamás en todos aquellos meses le había pedido nada, tanto que hasta le había hecho llegar a confundir su entrega ilimitada con indiferente resignación, de repente no parecía nada dispuesta a conformarse.

—No mientas. No soy una boluda. Vos ya no tenés ningún laburo acá.

—Es verdad, pero de todas formas necesito hacer algo... —intentó explicarse él—. No puedo quedarme en casa cruzado de brazos. Ahí fuera también está en juego nuestra vida, nuestro mundo. Quizás nada sea igual en Buenos Aires después de esto.

—Éste no es tu mundo —puntualizó ella.

Andrés miró alrededor, la mesa de trabajo, el televisor con sus imágenes vertiginosas, el sofá en el que acababan de hacer el amor. Objetos alquilados junto con la casa que siempre había sentido impersonales pero que ahora, tras haber liquidado el contrato, eran menos suyos que nunca.

—¿Tengo que repetírtelo? —alzó la voz Mariana—. Me siento como el culo, estoy podrida con todo esto; pero aunque sea un desastre de país, aunque esté jodido del carajo, soy yo quien tiene que bancárselo, no vos... Soy yo quien vive acá.

—De acuerdo —trató de conservar la calma Andrés—. Lo único que quiero es saber qué pasa. Volveré pronto, sólo serán unas horas.

—¿Te parece poco? ¿Cuánto tiempo me queda a mí de vos?

Así que era eso. Aún seguía Andrés sin hablarle del cambio de pasaje que había realizado y para Mariana la separación seguía constituyendo un desenlace inminente, una amenaza que marcaba como un reloj cada instante, cada minuto que les quedaba de estar juntos. Ella seguía creyendo que se marchaba al día siguiente. Cómo podía haberlo olvidado. Tenía que haberle contado, decírselo ahora mismo, pero también se sentía demasiado confuso, demasiado impactado por la airada reacción que acababa de descubrir en ella; y aún menos seguro se sentía de la oportunidad de seguir manteniendo, a la vista de su actitud, aquella propuesta que había pensado hacerle a continuación. No, si de verdad quería venirse con él a España, si de verdad quería Mariana que la ayudara a iniciar una nueva vida en un nuevo y menos convulsionado país, primero tendría que demostrarle que allí serían capaces de vivir cada uno su vida, porque en Madrid ya no —y mucho menos con el absorbente trabajo que le aguardaba—, porque en Madrid sí que ya su pasión no podría seguir siendo una isla.

Con el caer de la noche, el calor habitual en aquellas fechas prácticamente veraniegas se había ido volviendo más y más asfixiante, tanto como para acabar desactivando cualquier gana de continuar una discusión. Complaciente otra vez, dispuesta a no seguir desperdiciando el poco tiempo que les quedaba, la bailarina se arrodilló ante él y así, sin ropa alguna, comenzó a jugar con su polla. Todavía flácida, abría y cerraba el puño sobre ella con la mayor familiaridad, como queriendo medir sus dimensiones.

—Qué diferente es —dijo al cabo de un rato, recuperando el personaje de la investigadora adolescente al que, tan fuera de contexto, le había dado aquel día por jugar—. En mi concha el deseo está escondido, no se ve como en vos; ni crece, ni mengua, no es palpable, pero tampoco podés contenerlo en una mano.

Desde su posición, sentado en el sofá, Andrés escuchaba su voz pero todo lo que podía ver de ella era su cabellera empapada, los surcos que iba abriendo el sudor en su espalda delgada, llena de huesos pronunciados que la humedad hacía brillar con una extraña fosforescencia. La inmovilidad pegajosa del aire, su propia inmovilidad mientras ella le acariciaba, parecían detener el tiempo en la habitación, fijarlo como en una fotografía. Se estaban despidiendo, aquella íntima conversación que Mariana sostenía con su sexo era a todas luces la última; y fue para salvarse de aquel destino, de aquella escena fantasmal del adiós, que volvió Andrés a aferrarse a su cuerpo, intentando escapar a través de él, como tantas veces lo habían hecho, de aquel pesado acoso, del cerco, cada vez más cerrado, de la realidad. No tenían que hacer planes, no tenían nada que reprocharse o que decirse, el futuro no existía para ellos, no tenía sentido ni lugar. Sólo mientras durase su pasión, podrían durar eternamente. Ésa era su fuerza, el vínculo que siempre les había mantenido unidos. Si seguían avivando ese fuego, mientras lo mantuviesen encendido, viviesen en donde viviesen, en Buenos Aires o Madrid, nunca llegarían á separarse. Fue a contárselo, esta vez sin demora, a decírselo de una maldita vez, pero al hacerlo, ya dentro de Mariana, sus ojos repararon en un extraño brillo en una esquina del sofá, semiescondido entre los almohadones.

—¿Qué es esto? —dijo Andrés alargando la mano—. ¿Qué hace aquí?

Los ojos de la bailarina esquivaron lo suyos. Bajo su cuerpo, sintió que el de ella se encogía, como buscando desaparecer, resguardarse al amparo de una caracola imaginaria.

—Me da seguridad —dijo al fin con un hilo de voz—. Pensaba que no iba a ser capaz de soportarlo.

De golpe, el pánico redujo por completo el sexo de Andrés hasta expulsarlo fuera de Mariana como si el cuchillo de cocina que ahora sostenía, que empuñaba en su mano, fuese la única erección posible.

—¿Soportar qué? ¿Estás loca? —gritó mostrándole el cuchillo mientras la zarandeaba—. ¿Qué ibas a hacer con él? ¿Matarte tú? ¿Matarme a mí?

—No había pensado los detalles.

La abofeteó con la mano libre, dos tres, cuatro veces... No podía soportar su sonrisa, pero sobre todo no podía soportar no saber si aquélla era una mueca de loca o una sonrisa de suficiencia, de triunfo, de haberle hecho caer en un nueva trampa, de saberle engañado por otro de sus juegos.

—Su hoja es fría, dura —le escuchó recitar teatralmente a su espalda, mientras corría a poner aquel arma homicida fuera de su alcance—. Por más que entre y salga, aunque se clave mil veces siempre está igual, el mismo filo. Vos no podés amarme de esa forma.

Era la misma voz, sonaba igual de suave e hipnótica que siempre, como si nada hubiera sucedido. Frente al televisor, Andrés terminó de vestirse. Las cámaras mostraban en ese momento una panorámica de la plaza del Congreso invadida por una enorme multitud que había respondido a la llamada del Gobierno; junto a diputados y senadores, una docena de los más importantes embajadores extranjeros, entre ellos el español, habían acudido al parlamento a expresar su solidaridad. Pero también muchos otros porteños se habían dirigido directamente al epicentro del conflicto, a Villa Martelli, para cercar a los sublevados y animar de una vez a las tropas leales a reprimirles. Allí, en el inminente campo de batalla, era donde seguramente se encontrarían los corresponsales más curtidos y veteranos. En su casa, entre tanto, Mariana había ido arrastrándose hacia él y su cuerpo desnudo luchaba por atravesar la barrera fría de sus ropas.

—¿Es que no volvés a desearme? —preguntó desde el suelo, buscando con las manos su cintura—. ¿No vuelve a estar duro?

Andrés la apartó bruscamente.

—Tengo que irme —repitió.

—¿Te cansaste de mí? Hay mil modos de amarme que todavía no conocés.

—Ahora no —dijo él y sintió que con esa negativa, la primera vez que renunciaba a una de sus invitaciones, algo más se rompía entre ellos, que se iban desanudando uno por uno los hilos que le habían mantenido unido al mundo de Mariana.

—Me rechazás —fueron sus últimas palabras—. Me dejás sola. Me estás abandonando antes de irte.

* * *

De madrugada, cuando logró llegar Andrés —en un *remise* de alquiler que tuvo que pagar a precio triple del habitual—, Villa Martelli, pese a lo avanzado de la hora, era un hervidero de actividad y rumores. El Gobierno seguía negando que estuviera manteniendo diálogo alguno con los rebeldes por más que el entrar y salir de vehículos oficiales al regimiento, fuesen la evidencia de lo contrario. El jefe del Estado Mayor en persona, general Dante Caridi, había sido encargado de conminar a los rebeldes a la rendición incondicional, aunque según las fuentes más maliciosas, a lo que se dedicaba en realidad era a actuar como su correo.

—Caridi es como Seineldín. El Gobierno ha elegido para reprimir al portavoz de los *carapintadas* —oyó cómo ponía en antecedentes a los extranjeros recién llegados un periodista de *Página 12*.

—No es verdad —precisó un corresponsal veterano—, su cabeza es lo primero que piden, no le quieren al frente del Estado Mayor.

—¿Y por qué no? —se interesó uno de los nuevos—, él mismo ha declarado que comparte todas sus reivindicaciones, la amnistía incluida.

—Ma qué amnistía. Si ya casi no quedan milicos en la cárcel... —recordó amargamente el periodista argentino.

—La amnistía da igual —terció el corresponsal de *Newsweek*—. Lo que no le perdonan a Caridi es que estuviera al mando cuando Monte Caseros.

—Pero si allí tampoco reprimió —terminó por hacerse un lío con la interna militar argentina el enviado novato.

Fascinado, disfrutando de aquella oportunidad única de sentirse en primera línea, de compartir la noche con aquel grupo de experimentados trotamundos, con más guerras y conflictos que años a sus espaldas, Andrés iba de corrillo en corrillo tratando de anotar febrilmente en su memoria los datos y opiniones que escuchaba. Todavía estaba a tiempo de recuperar el que tan absurdamente había perdido, encerrado tras las cuatro paredes de su casa. Si conseguía la suficiente información, incluso podría enviar a Madrid una crónica de primera mano esa misma noche. «¿Es cierto lo del cardenal Primatesta? La Conferencia Episcopal se ha mostrado muy comprensiva con las exigencias de los sublevados.» «La Brigada Aerotransportada de Córdoba está prácticamente insubordinada, no acata órdenes», «¿y la Armada, qué pasa con la Armada?» «El Presidente insiste en reprimir, ha vuelto a ordenárselo a Caridi.» «Parece que va en serio, están desalojando a todos los vecinos del barrio...» Excitado, revitalizado, con la adrenalina a flor de piel —él, que nunca antes se había imaginado a sí mismo en el papel de corresponsal de guerra—, sin tiempo de digerir tantas informaciones, Andrés casi pegó un bote cuando sintió que una voz conocida le deslizaba al oído una especialmente confidencial:

—Quédate con el nombre: el coronel Aureliano Buendía es quien está detrás del golpe.

—¿Quién? ¿Cómo? —reaccionó sobresaltado, sin lograr ubicar en su nerviosismo a aquel militar literario en la abultada nómina de oficiales *carapintadas*. La carcajada del corresponsal del *Frankfurter Allgemeine* debió escucharse hasta en el regimiento de los sublevados. A pocos metros del alemán, despegado del grupo, Javier Bonfín contemplaba tranquilamente el espectáculo con su sempiterna sonrisa de ironía a flor de labios. Cuando le vio, su bienvenida no fue demasiado cálida.

—¿Qué haces tú aquí? Lástima, hace cinco minutos que terminó el reparto de credenciales.

Por qué tenían que seguir compitiendo, por qué tenían que continuar aún con las espadas en alto entre ellos. Ahora que ya no existía nada por lo que competir, nada que ganar ni perder, ahora que Andrés se iba y él iba a recuperar sus viejas colaboraciones... ¿Sólo las colaboraciones? Cómo podía ser tan ingenuo. De pronto, en el ambiente lleno de presagios de la madrugada de Villa Martelli, en aquella noche tensa y bochornosa que tantas cosas le había ido desvelando, sintió que experimentaba una nueva ráfaga de lucidez; ni siquiera necesitaba verle con ella; tanto deprimirse, tanto pensar en que nadie iba a sucederle en su puesto de Buenos Aires y allí tenía delante al más que seguro sustituto. Y por lo que había creído intuir en la fiesta de Cristina Wilde, aspirante a sustituirle en algo más que en la corresponsalía. ¿Qué podía impedírselo? Su colega ya le había demostrado en innumerables ocasiones que para él no existía el juego limpio. Incluso, de repente, como si una venda se le cayera de los ojos, la urdimbre de la trama que había ido tejiendo en torno a él se le quedó meridianamente al descubierto. Bastaba echar la vista atrás, hasta el día de su llegada a Buenos Aires, para que los acontecimientos fueran encadenándose en una reveladora secuencia. Cómo Javier Bonfín se había erigido desde el primer momento en su guía, en su inseparable iniciador en los secretos de la argentinidad; cómo le había ido presentando a todos sus amigos, incluida Cristina Wilde, cómo le había ido sugiriendo temas absurdos para escribir mientras que él, sibilinamente, enviaba otros muy diferentes al periódico; de qué modo había negociado sustituirle, a sus espaldas, con el propio jefe de Internacional; pero sobre todo cómo —y aquí fue donde sintió más vértigo— habían tenido que ser precisamente él y su íntima amiga quienes le llevaron al Esmirna, el lugar donde actuaba Mariana... ¿Estaba todo planeado? Se conocían, tal y como la confiada conversación que les vio mantener en la fiesta permitía sospechar? ¿Había sido Mariana un anzuelo, una trampa más, la definitiva, para alejarle a él de su puesto? Estaba sin duda desbarrando con aquel último eslabón porque la bailarina hubiera sido en todo caso un anzuelo para quedarse, no para huir, pero de todas formas lo que ya no podía soportar de JB era que, pese a haber conseguido recuperar su antigua posición y lograr que él se marchara, dejándole todo el campo libre —no sólo en el trabajo, conociéndole como se temía conocerle—, siguiese aún empeñado en tratarle con la misma actitud perdonavidas de siempre.

—Eres un cabrón —le soltó en plena cara, resumiendo en esas tres palabras lo que había ido a decirle allí, lo que llevaba queriendo decirle desde mucho tiempo atrás, prácticamente desde su llegada.

—¿Qué hostias dices? —reaccionó Javier Bonfín, poniéndose en guardia. Pero en aquellos días, subordinados por entero a una crisis mayor, las crisis particulares parecían condenadas a no lograr desencadenarse y antes de que los dos periodistas españoles pudieran llegar a las manos, sonó un agudo chirrido de acople y una voz estalló a todo volumen difundida por megafonía.

¡ATENCIÓN, ATENCIÓN, EL ÁREA VA A CONVERTIRSE EN ZONA DE OPERACIONES MILITARES, SE ORDENA A TODOS LOS CIVILES QUE DESALOJEN INMEDIATAMENTE!

Como acompañamiento al mensaje, con un estruendo ensordecedor, los tanques y blindados del Estado Mayor que rodeaban el regimiento arrancaron al unísono sus motores. Potentes reflectores comenzaron a barrer el área, iluminando a los desconcertados manifestantes, a los periodistas, a los rebeldes atrincherados. Había llegado la hora de la verdad, por fin las tropas leales al Gobierno se disponían a ejecutar la orden de reprimir que les había dado el Presidente. A su espalda, las voces de mando se entrecruzaban ya con los gritos y carreras de los soldados que acudían a sus posiciones de combate. En medio de aquel caos, todavía no habían tenido tiempo de reaccionar los periodistas y reporteros gráficos cuando dos camiones vacíos se detuvieron frente a ellos y un grupo de oficiales les conminó, educada pero firmemente, a subir a bordo. Ante el comienzo inminente de las operaciones, por nada del mundo quería el ejército argentino poner en peligro la seguridad de la prensa, especialmente de la internacional. No tenían ni que preocuparse: les habían asignado un observatorio seguro y a resguardo desde el que podrían cubrir el operativo y donde el servicio de prensa del Estado Mayor les mantendría puntualmente informados. «¡Es intolerable!», gritó un corresponsal veterano. «¿Adónde nos llevan?», protestaron los recién llegados. «¡Es una detención ilegal!» «¡Ésta es la manera en que el Gobierno argentino practica la libertad de prensa!», tronó *Frankfurter Allgemeine*. Todas las protestas y maldiciones, formuladas en media docena de idiomas, fueron inútiles: fácilmente identificados por las credenciales que llevaban, los militares fueron subiéndoles a todos, extranjeros y nacionales, a los camiones.

Andrés no desperdició la oportunidad. Aprovechando que carecía de identificación, se escurrió del grupo, se fue alejando de sus colegas hasta confundirse con los manifestantes. No sentía miedo, ni siquiera se planteó que pudiera existir un peligro real. La voz en la megafonía seguía repitiendo admonitoriamente su mensaje: «¡Atención, atención, se ordena a todos los civiles que desalojen inmediatamente!» Pero los civiles no desalojaban; enardecidos, aguijoneados por la inminencia del asalto, aquellos dos millares escasos de manifestantes, como queriendo animar al ejército a entrar en acción de una vez, habían pasado, de insultar, a arrojar piedras, latas y todos los proyectiles a su alcance contra las líneas *carapintadas*. Sin dudarlo, Andrés se unió a ellos. Un propósito firme, pero sobre todo un deseo de revancha profesional le empujaba. Por fin, después de todo el tiempo que había perdido, de haber pasado, pese a su inesperada promoción, con más pena que gloria por la corresponsalía en Buenos Aires, tenía ante sí la oportunidad definitiva. Ahora él era el único periodista presente, él único que iba a poder contar sobre el terreno, desde el mismo teatro de operaciones, la batalla final de Villa Martelli.

«¡A VER, A VER, QUIÉN TIENE LA BATUTA:
EL PUEBLO UNIDO O LOS MILICOS HIJOS DE PUTA!»

No hubiera debido gritarlo, corearlo con los demás porque eso significaba volver a perder la distancia, la tan manida imparcialidad de su oficio, pero estaba tan exultante, se sentía tan eufórico, que le daba por completo igual. Además, allí no había ningún corresponsal que pudiera reconvenirle. Ni siquiera Javier Bonfín. Gritó a pleno pulmón, se dejó llevar por la marea humana que rompía una y otra vez, indiferente a los avisos de desalojo, contra las posiciones, cada vez más fortificadas, de los sublevados. Unos estampidos secos a su espalda —sin alcanzar la sonoridad de disparos— fueron el anticipo de la espesa niebla que fue extendiéndose por los alrededores del regimiento. Ante la negativa de los manifestantes a dispersarse, la policía había comenzado a lanzar bombas lacrimógenas. Imitando a los que le rodeaban, Andrés se quitó la camisa para protegerse con ella la boca y los ojos. Le dolía la garganta, sentía que le estallaban los pulmones de tan sólo intentar respirar, pero ni siquiera se planteó marcharse. Ni él ni el grueso de los manifestantes, todavía más encolerizados tras aquella injustificada agresión. Los más atrevidos, incluso se pusieron a levantar del suelo los botes humeantes para arrojárselos a los *carapintadas*, sus lógicos destinatarios, puesto que ellos estaban allí en respuesta a una llamada del Gobierno, pertenecían al lado bueno, habían acudido a defender el orden constitucional y era contra los rebeldes contra quienes hubieran debido dirigirse las tan demoradas medidas represivas. Además del ahogo, el humo terminó por reducir tanto la visibilidad que era casi imposible ver nada a más de un metro. Sólo las toses y respiraciones agónicas le indicaban a Andrés la cercanía de otras personas, una proximidad humana de pronto silenciada por el ruido de los vehículos militares que por fin parecían haberse puesto en marcha, que al fin se decidían a avanzar para hacerse cargo de la situación, sustituyendo en la primera línea a aquel grupo de civiles suicidas, desarmados, ciegos y al borde de la asfixia. Y fue en aquella confusión, obligado a abrirse camino en la oscuridad tanteando con las manos, cuando apenas los jirones de niebla le permitieron distinguir algo de lo que sucedía a su alrededor, que vio delante de él, a pocos metros, a aquel ya familiar hombre de gafas, calvo pero sin coleta esta vez, con sus ralas greñas al viento, como él desnudo de cintura para arriba, intentando protegerse con su camisa, atrapado en la misma ratonera, tosiendo y asfixiándose como él. No podía ser, seguro que era una alucinación, un efecto del gas lacrimógeno, pero también podía perfectamente ser real, perfectamente lógico que el coreógrafo hubiera acudido allí para dar rienda suelta a su cólera, a la más que justísima ira que cualquier argentino tenía que sentir contra aquellos prepotentes matones que decían encarnar a sus Fuerzas Armadas. Aunque a Andrés, de repente, fue como si se le borrara de la cabeza cualquier motivación social o política. Se le apagó la euforia de saberse el único corresponsal, perdió el interés por obtener una sensacional exclusiva. Ver a aquel hombre allí y acordarse de Mariana fue todo uno. La recordó en su casa, volvió a contemplarla arrastrándose desnuda por el suelo, suplicándole que no la abandonase, que no le robase aquellas últimas horas de estar juntos. Pero sobre todo, volvió a verle de nuevo la marca de sus dedos perfectamente visibles en la mejilla. Jamás en su vida había pegado a una mujer, ni se le había pasado por la cabeza que pudiera llegar a hacerlo. Y ahora un capricho del destino les hacía coincidir a los dos, en un mismo y ajeno campo de batalla, unidos en la misma brutalidad, partícipes de la degradación de haber maltratado por igual a Mariana. ¿Qué reproche traía, qué dedo acusador le estaba señalando tras aquella aparente coincidencia? Viendo al coreógrafo frente a él, Andrés se quedó quieto, como petrificado, sin capacidad de mirar a otra parte. Ni siquiera el peligro de asfixia, de verse empujado y pisoteado por sus enceguecidos compañeros de lucha era capaz de hacerle reaccionar, de regresarle a la realidad; sobre todo porque, nada más vislumbrarlo, una nueva certeza había iluminado, de lo más dolorosamente, su pensamiento: en cuanto él regresase a España, Mariana no iba a irse a vivir sola, tampoco con ninguna amiga, ni siquiera con su tan temido Javier Bonfín, iba a volver con aquel hombre. Era como una maldición. Volverían a enredarse los dos en la misma enfermiza telaraña de tantos años, alumna y profesor, parásito y parasitada, seguirían otra vez destruyéndose el uno al otro; y lo peor, él ya no tendría manera de impedirlo. Justo en ese momento, a su alrededor, sobreponiéndose en su furia al ruido de motores en marcha, a las tropas leales todavía invisibles que supuestamente avanzaban para meter en cintura a los rebeldes, sintió cómo las voces de los manifestantes subían bruscamente de tono: «Se van», oyó decir a una voz ronca a su lado, «¡Se van!», alzó la voz alguien más lejos. «¡Se están marchando!», gritó alguien. «¡Hijos de puta!» Y entonces, cuando acabó de levantarse la niebla de los gases, en la oscuridad de la noche todavía iluminada por los reflectores, pudo verse con claridad cómo los tanques y blindados fieles al Gobierno se habían dado la vuelta y se alejaban tranquilamente de Villa Martelli sin haber llegado siquiera a entrar en combate. Un estupor salvaje, una rabia de desahuciados invadió por momentos a los maltrechos manifestantes. «¡Rebeldes, leales, son todos criminales!», fue el nuevo grito que acompañó al rápido girar de la muchedumbre, a las piedras y proyectiles que pasaron de pronto a dirigirse contra las tropas en retirada. Sin poder evitarlo, Andrés sintió que a él también se le iban las manos al suelo en busca de cualquier objeto arrojable. Tiró al azar sin preocuparse de hacer blanco, sólo por expresar su cólera, sabedor de la escasa capacidad ofensiva de semejantes armas. Al tacto, entre latas y pequeños guijarros, sus dedos agarraron de pronto un trozo de ladrillo de dimensiones respetables. Ni siquiera perdió un instante en reflexionar el porqué de aquella nueva trayectoria, mucho más corta que las otras porque vino esta vez a terminar a unos escasos metros de él, en un impacto seco y contundente que hasta creyó escuchar contra su cráneo, antes de verle desplomarse llevándose una mano a la cabeza. (¿Le habría visto? ¿Se habría dado cuenta de su presencia? No creía, porque llevaba todo el tiempo dándole la espalda.) Algunos a su alrededor sí que miraron en su dirección tratando de localizar al inesperado agresor, sin duda un manifestante a quien la rabia o la confusión del momento había hecho errar de forma tan patente la puntería. El primer disparo de verdad sonó más atrás, a su espalda. Por un reflejo de su oficio, Andrés tuvo el tiempo justo de volverse y ver cómo un centinela rebelde se llevaba el fusil a la cara para apuntar a aquel muchacho joven que agitaba los brazos frente a él en un gesto de inútil amenaza. Según calculó Andrés, ni siquiera tendría veinte años. No falló. Tras el primero, otros disparos cayeron sobre él desde distintos ángulos hasta tumbarlo definitivamente. Después hubo una pausa: un inmenso instante de espera, como si a todos, civiles y militares, les costase por igual digerir el significado del crimen, de aquel asesinato a sangre fría. Luego, en vez de detonaciones aisladas pasaron a escucharse ráfagas. Ahora que ya no había cámaras ni periodistas, sin testigos molestos, las tropas sublevadas de Villa Martelli comenzaron a disparar a mansalva. Presos del pánico, los manifestantes huían espantados hacia las tropas gubernamentales en retirada, pero desde allí, en la absoluta confusión del momento, también fueron recibidos con disparos. «¡Al suelo, al suelo!», gritó alguien cerca de Andrés y él se arrojó de bruces sintiendo cómo caían los cuerpos a su alrededor, cómo silbaban las balas sobre su cabeza, cómo la gente se atropellaba en todas direcciones sin saber hacia dónde escapar; y en medio de aquel infierno, otra vez le pareció distinguir al coreógrafo, apenas a unos metros, tumbado cuerpo a tierra como él, exactamente donde había caído antes, con tanto miedo que ni parecía capaz de moverse —¿o acaso su inmovilidad no era fruto del pánico?—. Qué había hecho, semejante locura, por que. Desde el suelo, volvió a acordarse de Mariana, de las lunáticas palabras con que había pretendido explicarle la presencia del cuchillo escondido en el sofá, de su propia inquietud al descubrir su desequilibrio, del impulso de huir que le había provocado. Pero ahora, teniendo allí enfrente a su ex —¿era de barro o de sangre aquella mancha parda que creía distinguir en su sien?—, inmóvil en el suelo, víctima de su propio e inexplicable arrebato, ya no se sentía capaz de juzgarla. Quién estaba más loco de los dos. Sobre todo porque, ahora que por su propia conducta podía comprenderlo, Mariana y él no eran en absoluto diferentes, sus actos compartían en el fondo una motivación muy similar. Deshaciéndose del tipo con el que había vivido —o intentando hacerlo, porque la intención era lo que contaba—, lo que Andrés pretendía era evitar que la bailarina pudiese volver con él. Como desde el principio todas las escenografías de Mariana, desde el baile de la primera noche hasta sus esfuerzos por despertar sus celos con las constantes referencias a otro hombre, pasando por su fingida indiferencia y el tremendismo del cuchillo, no habían tenido otro objetivo que lograr retenerle, impedir que se fuese. ¿Por qué si no, por qué otro motivo que para conmoverle, que para despertar su piedad, se había infligido a sí misma aquellas espantosas heridas? —o provocado al coreógrafo para que se las causase, a los efectos daba lo mismo—. No, no habían sido locuras sino actos de amor. De un amor como Andrés nunca había conocido y que, quizás por eso, carecía de referencias para comprender; un amor como nunca antes se lo había ofrecido ninguna mujer; ni siquiera Beatriz, tan equilibrada para necesitarle realmente, tan en su otro mundo, tan lejos, tan ajena a la caótica realidad que le estaba tocando vivir en ese momento; un amor desmedido como todo lo era en aquel convulso país que durante todo un año se había esforzado en descifrar, el país de Mariana y de su coreógrafo, el de Cristina Wilde, incluso también el de Javier Bonfín; aquella Argentina siempre en crisis, excesiva e imprevisible, que esa noche estaba terminando de romperse en pedazos ante sus ojos en medio de la más incomprensible de las batallas. Todavía llevaba en el bolsillo el billete de avión con fecha abierta, ese que había cambiado esa misma mañana aplazando por enésima vez su regreso. Qué absurdo, pensó, qué ironía, tanto darle vueltas a lo de partir o quedarse. Ahora lo único que de verdad le importaba era lograr sobrevivir. Sobre su cabeza, parecían haber cesado ya los disparos, aquel inexplicable fuego cruzado que se había desatado en Villa Martelli. Sólo se oían voces de órdenes, ruido de botas acercándose, soldados que avanzaban por entre los cuerpos caídos. Antes que atender a los heridos, parecían primero interesados en identificar a los cabecillas de los subversivos, una actividad de mal agüero, recuerdo de los recientes años de torturas y desapariciones. Qué hacía él allí, pensó temblando Andrés. Qué pintaba en medio de todo aquello, un extranjero que ni siquiera era ya corresponsal, a quien nada se le había perdido en esa guerra. Pero sobre todo, no soportaba la idea de haberse puesto tan imprudentemente en peligro, de haber estado a punto de morir sin volver a ver a Mariana, sin llegar a contarle que, pasara lo que pasase, en Buenos Aires o en Madrid, ya no iba a separarse de su lado; sin decirle que al fin había logrado comprenderla; sin confesarle al menos una maldita vez —cómo podía ser, pero lo cierto es que no recordaba habérselo dicho nunca— cuánto, en qué medida tan desproporcionada y total como la suya esperaba llegar a ser capaz de amarla. «¡Prensa!» «¡Prensa!», se puso como un loco a gritar, agitando los brazos sobre la cabeza, tirado al suelo, mientras veía a los soldados acercarse con las armas amartilladas, «¡Prensa internacional!», gritó como un poseso a los siniestros uniformados, aunque sabía también que aquella invocación era de limitada utilidad porque no tenía ninguna credencial que le acreditara.

17

Lo peor no fue la falta de credencial. Lo peor fue que le habían visto mezclarse con los manifestantes, gritar las mismas consignas, arrojar piedras contra los soldados, había infinidad de testigos, incluso le tenían fotografiado, de tan infiltrada como estaba de policías secretas y confidentes la manifestación de Villa Martelli. Y si no le hubiera acompañado a la comisaría el agregado cultural, si el embajador en persona no hubiese llamado varias veces a Relaciones Exteriores para interesarse por su caso, Javier Bonfín bien poco hubiera podido hacer por él. Al Gobierno argentino le venía como anillo al dedo el poder demostrar la presencia de agitadores extranjeros en aquellos turbios sucesos y los corresponsales, por muchos privilegios que disfrutasen en la Argentina, no tenían inmunidad diplomática.

Tardaron tres días en soltarle. Por el camino, mientras le acompañaba a su casa, antes de que pudiera preguntarle las razones de su sorprendente radicalización, fue Andrés quien le interrogó a él, ansioso por saber el desenlace de la crisis militar, ya que durante su arresto la policía le había mantenido completamente incomunicado. Ni siquiera le habían dejado enviar crónicas a España. Paradójico, le informó su colega. Un desenlace paradójico, volvió a hacer énfasis en el adjetivo, porque paradójico era que esa misma noche, tras la complicidad con que las tropas que le cercaban se habían negado a entrar en combate, el coronel Seineldín se hubiera rendido, aparentemente sin condiciones según los portavoces del Gobierno querían hacer creer, y todavía más paradójico que las únicas víctimas del golpe, tras todo aquel despliegue de tropas y artillería pesada, tras varios días de haber tenido al país entero en vilo y paralizado, hubieran sido tres civiles —de aquellos machaconamente convocados por la televisión a salir a la calle para defender la democracia—, cuyos cuerpos sin vida fueron recogidos en los alrededores del regimiento. Entre ellos el de un muchacho de apenas dieciocho años, acribillado a balazos. Al oírlo, lejos de dar muestras de saber apreciar la macabra ironía de semejante final, Javier Bonfín le vio palidecer, quedarse sin aliento, como si fuera un cuarto muerto que añadir a la lista.

—¿Y a los otros dos? ¿Quién los mató?

—Me temo que eso no va a saberse nunca. Pero las balas eran todas de 9 mm., la munición reglamentaria de los militares.

Su ansiedad creció más.

—¿Todos de bala? ¿Estás seguro?

—¿Y de qué querías que murieran? —no pudo evitar impacientarse JB—, ¿de infarto?

Al entrar en su casa volvió a verle palidecer, tan vacía que daba la impresión de que en su ausencia hubieran entrado los ladrones a desvalijarla. Pero todo estaba en perfecto orden o aparentaba estarlo porque Andrés, nervioso ante la imperceptible anomalía que aquel orden significaba para él, recorrió las habitaciones, comenzó a abrir armarios en los que no se veía más ropa que la suya y terminó por detenerse frente a una pared desnuda del salón. Miraba algo que hubiera debido estar allí pero que ya no estaba, un objeto que para alguien acostumbrado a observar podía identificarse por los cuatro agujeros, sin duda de chinchetas, que lo habían enmarcado. ¿Una fotografía, un póster? Cuál era el contenido del cartel no podía saberlo JB, entre otras cosas porque hacía meses que no entraba en aquella casa que seguía conservando el mismo aspecto impersonal, de lugar de paso, de cuando Andrés la alquilara un año atrás. De la pared vacía vio cómo sus ojos pasaban al teléfono, que al menos sí seguía estando allí, como si esperase que en ese instante comenzara a sonar, que se adelantara a resolverle las preguntas que se hacía interiormente. Avanzó una mano para levantar el auricular, pero el movimiento se quedó en esbozo. ¿A quién pensó llamar? Más tarde, Javier Bonfín llegaría a saberlo, pero en aquel momento todo lo que retuvo fue la inutilidad del gesto, dada su falta material de tiempo para ponerse en contacto con nadie. Si la embajada había logrado paralizar el escándalo de una orden de expulsión —especialmente escandalosa entre dos países con tan cordiales relaciones— había sido a cambio del firme compromiso de que aquel desubicado periodista abandonaría la Argentina esa misma noche. Así pues, todo lo que le quedaba por hacer a Andrés en la que había sido su casa era el equipaje, tarea a la que parecía resistirse, hecho un perfecto zombi, inmerso en preocupaciones interiores indescifrables para un espectador. En cuanto empezó a mover la cabeza y a balbucir incoherencias, con los ojos clavados ora en el teléfono, ora en la desnudez de la pared, Javier Bonfín se anticipó al derrumbe. Buscó en la cocina, pero sólo encontró una botella sin abrir de Criadores, un whisky que no figuraba desde luego en su relación de bebidas potables, pero que, dadas las circunstancias, podía servir como medicina. A la segunda copa, Andrés Sebastián empezó a largar. Tenía prisa, como si antes de irse sintiese la necesidad de vaciarse, de contar su historia, como si no pudiera marcharse de Argentina sin dejar informado a alguien de todo lo que había estado viviendo en secreto. Se lo contó desde el principio, sin olvidar detalle, sin obviar ni siquiera las pequeñas intrigas y obsesiones que le incumbían a él, atribuyéndole un impensado protagonismo —¡pero si apenas se conocían, si casi no se habían tratado en ese año!—. Aunque lo que más fascinó a Javier Bonfín, aparte de la oportunidad de asomarse a otro ser, a una personalidad tan opuesta a la suya, fue aquella desbordante necesidad de contar y, por añadidura, de elegirle a él, precisamente a él, como albacea. Incluso le pasó apuntes y notas, pensamientos que había ido escribiendo, hasta un disquete con borradores de las cartas, en las que, según le dijo, había intentado muchas veces sincerarse con su mujer.

Como suele suceder con los finales —los de la vida, no los de la ficción—, los de esta historia quedaron inconclusos. El de la militar, en tablas, con Seineldín y algunos de sus oficiales pasando a engrosar provisionalmente la lista de detenidos en las sucesivas intentonas golpistas. El general Caridi dimitió un par de meses después como jefe del Estado Mayor, demostrando a quien todavía no lo supiese que una vez más la crisis se había cerrado en falso, con una nueva claudicación del Gobierno ante los reclamos *carapintadas*. (En un futuro próximo, todavía habrían de producirse nuevos levantamientos, aunque de éstos le tocaría ocuparse a un presidente diferente, ni siquiera del mismo partido, ya que el candidato provinciano de las grandes patillas, aquel por el que ningún corresponsal apostaba, barrió al año siguiente a los radicales en las elecciones.) En Madrid, entre tanto, Andrés Sebastián tomó posesión de su nuevo puesto en el periódico y concentrado desde entonces en un hemisferio geopolíticamente mucho más importante, no volvió a viajar a Buenos Aires, aunque apenas un año después Javier Bonfín recibió, con una cordial dedicatoria, el libro recopilación de sus crónicas argentinas en el que por supuesto no había la menor alusión a Mariana. ¿Volvió a vivir con su mujer? La dedicatoria del libro, esta vez la impresa, la universal, un escueto «A Beatrice», así parecía indicarlo; y la inevitable tendencia al cotilleo de su oficio, unida a una necesidad más íntima cuyo alcance aún desconocía, llevaron a Javier Bonfín a sonsacar del jefe de Internacional que incluso habían tenido un hijo, concebido, según un simple cálculo, al poco tiempo de regresar a Madrid. Respecto de la bailarina, fue más o menos por aquel entonces cuando Cristina Wilde se enteró de que había vuelto a bailar en el Esmirna y un viernes que no tenían nada mejor que hacer se dejaron los dos caer por el club. Encontraron el local aún más desastrado y vulgar que la primera vez. Tampoco es que la estrella del espectáculo, de vuelta a su dos piezas de bisutería barata y oro falso, brillara especialmente esa noche. Mientras contemplaban su danza del vientre, JB no pudo menos que evocar las absurdas intenciones galantes que tan calenturientamente le había atribuido su colega. No negaba que fuese atractiva, pero una mujer así, tan complicada como se la había presentado, no era en absoluto su tipo. Lo suyo eran los amores más fáciles. O quizás no, o quizás lo hubieran sido tan sólo hasta entonces, porque en los últimos tiempos no podía evitar sentirse turbado por el recuerdo de su confesión y se sorprendía a sí mismo cavilando en que detrás de la evidente torpeza como seductor de Andrés —porque no había peor estrategia en el juego de la seducción que mitificar hasta volver inalcanzable el objeto de nuestro deseo— pudiera haber algo más, una realidad más profunda que a él se le escapaba. Viviendo solo como había vivido siempre, alérgico a todo compromiso, JB carecía de experiencia propia desde la que explicarse no sólo la conducta, incluso la mentalidad de su colega. Algo en lo que Mariana seguramente hubiera podido ayudarle de haber tenido oportunidad de algo más que de saludarla, porque cuando fueron a su encuentro al final estaba acompañada de un hombre barbudo y con coleta que no se separaba de ella y que les presentó como su representante y marido. Sólo podía ser él, pero por más que intentó fijarse, Javier Bonfín no descubrió ninguna cicatriz en la cabeza del coreógrafo. Cristina Wilde, en cambio, sí que cambió de amante: dejó a Rodrigo —por cuyo amor había intentado tan patéticamente suicidarse— por una nueva joven promesa del arte, precisamente el autor de aquella instalación con cádaveres de paloma barnizados que decoraba la antesala de su dormitorio. Como era de esperar, su hija Violeta, una vez tuvo a Rodrigo Melnick entero para ella, perdió todo interés. En cuanto a él... Puesto que nunca la había tenido, hablar de cambios en su vida sentimental nada significaba pero sí que espació citas y cacerías volviéndose mucho más ermitaño. Aunque la verdadera novedad fue su cambio de domicilio. Dejándose llevar por un impulso, en busca de un espacio adecuado desde el que acometer la tarea que se había propuesto —o que le había sido encomendada, era difícil de distinguir—, Javier Bonfín abandonó su habitación del City y, traicionando, aunque sólo fuera temporalmente, diez años de vivir en hoteles, optó por alquilar un apartamento. Precisamente aquel en el que había vivido Andrés. Desde allí, ahora ya solo, comenzó a frecuentar el Esmirna hasta que tuvo suerte y logró coincidir con Mariana una noche en que su protector no acudió a buscarla. A la salida, tras tomar unas copas, a punto estuvieron de acabar acostándose como el más natural de los desenlaces si no fuera porque, en el último momento, el mismo fantasma incómodo que había estado incordiándoles toda la noche hizo soplar un viento helado para enfriarles a los dos. «Tenía miedo. Nunca conseguí saber a qué» fue todo lo que pudo sonsacar a Mariana sobre su relación con Andrés; y entonces descubrió que él también lo tenía, un miedo diferente, pero igualmente abstracto y paralizador. No es que hasta entonces hubiera profundizado demasiado en la mayoría de las mujeres que habían pasado por su cama y su vida, pero esta vez estaba seguro de no querer averiguar más cosas sobre ella. Si había querido de verdad a Andrés, si aún le amaba o si le había olvidado, si había sido la víctima o una hechicera manipuladora, si estaba loca o cuerda, incluso si sabía en realidad bailar... Fuesen cuales fuesen las respuestas, no era en el espejo de Mariana en el que necesitaba mirarse. Ni siquiera le mencionó lo de su cambio de residencia, tampoco volvió al club. Durante meses, instalado en la casa que había dado cobijo a sus amores, mientras ordenaba sus notas y se esforzaba por combatir los mil pretextos que suelen inventar los escritores, pero también los periodistas, antes de ponerse a escribir, le estuvo dando vueltas a la pregunta de por qué Andrés Sebastián había tenido que elegirle a él; y no sólo por la tan escasa simpatía que a la luz de sus confesiones parecía profesarle, sobre todo porque no conocía a dos personas más antagónicas en la manera de entender la pasión. Aunque quizás en ese antagonismo, en la incapacidad de Javier Bonfín de comprender la compleja sentimentalidad de Andrés, radicaba su íntima atracción, su necesidad de escribir una historia que, de eso estaba seguro, de habérsela dejado a su principal protagonista jamás se hubiera hecho pública. Entonces, ¿por qué se metía él? Seguramente, tenía sus propias preguntas que responderse: por qué cuentan estas cosas los hombres, de dónde les viene esa contradictoria necesidad de contar y a la vez de mantener ocultas sus infidelidades. Especialmente cuando están casados y a punto de poner por medio diez mil kilómetros de definitiva distancia. Descartada la tentación de presumir, de pavonearse de una conquista, pensó luego en un deseo de expiación, el impulso de confesar sus culpas, algo más acorde con el carácter de su colega. No es que fuera una conclusión, pero al final llegó a pensar que lo que más temía Andrés, a lo que no se resignaba, no era a no ver nunca más a su amante. Lo que no podía soportar era que, de no habérselo dicho, de no haberle tomado en el último momento como testigo —y de no estar él escribiendo este libro—, hubiera sido como si su relación no hubiese tenido lugar, como si Mariana no hubiera existido nunca.

Impreso en el mes de febrero de 2002
en Talleres BROSMAC, S. L.
Polígono Industrial Arroyomolinos, 1
Calle C, 31
28932 Móstoles (Madrid)